TATORTSCHWEIZ

Sabina Altermatt: *Alpenrauschen*
Gabriel Anwander: *Schützenhilfe*
Daniel Badraun: *Rheinfall*
Peter Mathys: *Die Steuersünder*
Beat Portmann: *Durst*
Beat Portmann: *Alles still*
Urs Schaub: *Der Salamander*
www.limmatverlag.ch/tatortschweiz

BARBARA LUTZ

RUSSISCHE FREUNDE

Roman

Limmat Verlag
Zürich

Für einen Druckkostenzuschuss dankt der Verlag der Gemeinde Burgistein sowie dem Kanton Bern.

SWISSLOS
Amt für Kultur
Kanton Bern

Im Internet
› Informationen zu Autorinnen und Autoren
› Hinweise auf Veranstaltungen
› Links zu Rezensionen, Podcasts und Fernsehbeiträgen
› Schreiben Sie uns Ihre Meinung zu einem Buch
› Abonnieren Sie unsere Newsletter zu Veranstaltungen und Neuerscheinungen
www.limmatverlag.ch

Das *wandelbare Verlagsjahreslogo* des Limmat Verlags auf Seite 1 stammt aus dem Buch von Paul Scheuermeier: «Wasser- und Weingefässe im heutigen Italien» mit Holzschnitten des Berner Kunstmalers Paul Boesch. Die Ergebnisse der Sprach- und Sachaufnahmen des Romanisten und Dialektologen Scheuermeier (1888–1973) für den AIS («Sprach- und Sachatlas Italiens und der Südschweiz») erschienen im zweibändigen «Bauernwerk in Italien, der ital. und rätorom. Schweiz» (1943/1956) mit insgesamt 873 Fotografien sowie 922 Zeichnungen und Holzschnitten von Paul Boesch.

Alle Figuren in diesem Roman sind frei erfunden und Ähnlichkeiten mit lebenden Personen rein zufällig.

Umschlagillustration von Anna Sommer
Typographie und Umschlaggestaltung von Trix Krebs

ISBN 978-3-85791-707-3

1

Nein. Nicht das. Nicht jetzt noch das.

Ich hatte den Hausschlüssel verloren. Es war kurz nach fünf Uhr in der Früh, die Dämmerung noch weit. Ich stand vor dem Wohnblock und starrte zu meinen Fenstern hoch. Nach elf Stunden Arbeit im Obdachlosenheim, nach Stunden, in denen ich im stickigen Büro angespannt betrunkenem Lallen zugehört und auf Schnarchen aus dem Schlafsaal gehofft hatte. Ich fühlte mich so dreckig, als hätte ich die Nacht unter einer Brücke zugebracht. Krätze, Flöhe, Läuse, Alkoholfahnen, alle Trostlosigkeit klebte an mir.

Ich ging um das Haus herum nach hinten, in unseren verwahrlosten, überwachsenen Garten. Ich wollte in meine Wohnung. Jetzt. Sofort. Der Fassade entlang sah ich nach oben zu meinem Balkon im ersten Stock.

Ich schob den Gartentisch an die Hauswand und schichtete eine Holzkiste und zwei morsche Harasse übereinander. Die Balkontür würde dran glauben müssen, aber sie schloss schon lange schlecht, und es war mir egal.

Der erste Versuch scheiterte. Die Regenrinne war stabil, doch fehlte mir die Kraft, um mich bis zum Balkon hochzuziehen. Der Kletterturm war nicht hoch genug. In einem Nachbargarten fand ich einen weissen Plastiksessel und einen Kübel. Das war frech, ich kannte diese Leute nicht, wusste bloss, dass sie ihren Gartensitzplatz täglich wischten und die dürren Blätter aus den Geranien zupften. Ich blieb stehen und horchte in die Stille. Noch schien alles zu schlafen, nur vorne auf der Hauptstrasse fuhr ein Auto.

Der Stuhl erwies sich als zu sperrig, aber den Kübel nahm ich mit, als ich wieder auf den Tisch kletterte. Vorsichtig balancierend, schaffte ich es auf die oberste Kiste und stieg auf den

Kübel, der sofort unter mir wegzurutschen begann. Jetzt aber zog ich mich verbissen an der Rinne hoch. Ich schrammte mir die Fingerknöchel blutig. Ich würde es schaffen.

Plötzlich war alles taghell. Ich wurde von gleissenden Scheinwerfern angestrahlt, während ich vor Anstrengung zitternd an der Wand klebte. Wie die dicken Kinder im Turnunterricht, die an der Stange auf halber Höhe stecken bleiben. Ich schwitzte vor Anstrengung und es dauerte, bis ich begriff. Unter mir im Garten standen Polizisten. Ich habe doch bloss einen Plastikkübel genommen, ging mir als erstes durch den Kopf.

Die Polizisten schauten mir unbeteiligt zu, wie ich der Rinne entlang nach unten rutschte. Der Turm fiel in sich zusammen und ich musste mir vom Tisch helfen lassen. Mit herablassender Gleichgültigkeit, vorbei an uniformierten Oberschenkeln, wurde ich vom Tisch gehievt. Die Polizisten bugsierten mich in einen Streifenwagen und fuhren mit mir davon.

Ich fand mich alleine in einem kleinen, fast unmöblierten Büro wieder. Sie hatten mich ins Polizeigebäude am Waisenhausplatz gebracht. Ein Schreibtisch, drei Stühle. Keine Bilder, kein Kalender, keine Uhr, ich sass und wartete. Vielleicht hätte ich einfach aufstehen und davonlaufen können. Gut möglich, dass da keiner war, der es bemerkt hätte. Ich blieb sitzen. Während mindestens zwei Stunden wartete ich. Eine winzig kleine Spinne zog sich an ihrem Faden zum Schreibtisch hinauf und liess sich, oben angekommen, in die Tiefe fallen. Oft, immer wieder. Ich hatte Durst, meine Blase war voll, ich war müde.

Auch Polizisten scheinen nicht gerne vor acht Uhr morgens zu arbeiten. Irgendwann stieg der allgemeine Geräuschpegel im Haus, später betrat ein Mann in Zivil das Zimmer. Mit einem Gruss und kurzem Blick zu mir hin setzte er sich und startete den Computer. Während dieser langsam hochfuhr, sah er zum Fenster hinaus. Dann begann er etwas einzutippen.

«Wie ist Ihr Name?», richtete er schliesslich das Wort an mich und sah mich dabei zum ersten Mal an.

«Ilka Kovacs. Ich wohne in dem Haus, an dem ich hochgeklettert bin. Ich habe meinen Schlüssel verloren und wollte in meine eigene Wohnung.»

Ich sagte das sehr sachlich und souverän.

«Ich warte seit ungefähr zwei Stunden hier», schob ich nach, ohne es zu wollen. Ich gab mir alle Mühe, meine Wut zurückzuhalten. Ich war übernächtigt und entnervt und sass einem frisch rasierten Beamten gegenüber. Es hatte keinen Sinn.

«Ich muss Ihre Personalien aufnehmen. Bitte beantworten Sie meine Fragen. Ihr voller Name ist also Ilka Kovacs? Geburtsdatum?»

Nach dem Geburtsdatum kam die Frage nach Geburtsort, Familienstand, Staatsbürgerschaft, Wohnadresse. Es dauerte.

Sicherlich gab es schriftlich festgelegte Verfahrensregeln, Richtlinien für den Ablauf einer Befragung. Ganz bestimmt hielt er sich daran. Ob dort auch stand, dass kein weiteres Wort zulässig war? Eine kurze Erklärung, weshalb er mich befragte? Wie lange es dauern würde? War irgendwann vorgesehen, sich zu erkundigen, ob die Angeklagte aufs Klo musste? Ob sie Durst hatte? Ich hätte gerne meinen Anwalt erwähnt, aber ich hatte keinen, und der Herr hinter dem Schreibtisch wusste das.

Ich sagte nichts, beantwortete knapp seine Fragen und schaute, synchron zu seinen Blicken, ebenfalls zum Fenster hinaus. Ein müder Versuch, ihn mit seinen eigenen Waffen zu schlagen. Er tippte die Angaben ein, surfte herum, hatte sichtlich Zugang zu irgendwelchen Daten über mich. Dann druckte er etwas aus und verschwand.

Wenig später kam der gleiche Mann wieder herein, nun mit einem Dossier in der Hand.

«Kennen Sie den Mieter in der Wohnung oberhalb Ihrer eigenen, Juri Salnikow?», fragte er mich und schaute mir unerwartet direkt in die Augen. Mit dieser Frage hatte ich nicht gerechnet.

«Ja», antwortete ich und sah wieder zum Fenster hinaus. Es schien ihn nicht zu beirren.

«Wann haben Sie ihn zum letzten Mal gesehen?»

«Das weiss ich nicht mehr.»

«Wann waren Sie zum letzten Mal in seiner Wohnung?»

«Wieso glauben Sie, dass ich überhaupt schon einmal in seiner Wohnung war?»

«Waren Sie schon einmal in seiner Wohnung?»

Ich gab auf. Er sollte mir doch einfach erklären, um was es eigentlich ging.

«Weshalb fragen Sie mich das alles? Ich habe versucht, zu meinem eigenen Balkon hochzuklettern. Falls ich irgendwelche Nachbarn gestört habe, werde ich mich entschuldigen. Sie haben doch inzwischen sicher schon herausgefunden, dass ich dort wohne. Weshalb also werde ich befragt?» Es klang kläglicher, als ich wollte.

Aber überraschenderweise ging er auf mich ein.

«In die Wohnung von Juri Salnikow ist eingebrochen worden. Eine Nachbarin hat das bemerkt und uns gerufen. Gleichzeitig sind Sie die Fassade hochgeklettert. Sie verstehen sicher, dass wir abklären müssen, ob es einen Zusammenhang gibt.»

Ich nahm den Beamten zum ersten Mal genauer wahr. Sein Blick auf mich war aufmerksam und angenehm nüchtern. Er war um die vierzig, etwas untersetzt, mit einem weichen Gesicht und braunen, leicht gelockten Haaren. Er wirkte nicht unklug und, genauer besehen, eigentlich sogar sympathisch. Ich war schon nicht mehr sauer, nur noch müde. Ich befürchtete den Beginn eines Stockholm-Syndroms.

«Waren Sie in seiner Wohnung?» Während er die Frage wiederholte, stand er kurz auf und beugte sich über den Drucker, mit gezielten und sorgfältigen Bewegungen. Ein ruhiger, besonnener Mann, ergänzte ich das «sympathisch». Seine weichen Bewegungen passten nicht zu meiner Vorstellung von einem Polizisten.

«Ich war ab und zu da. Wenn Juri Salnikow weg ist, schaue ich nach den Pflanzen. Ich darf sein Klavier benutzen. Ich weiss, wo ein Ersatzschlüssel zur Wohnung liegt. Ich müsste also gar nicht einbrechen. Und wenn schon eingebrochen worden ist, weshalb würde ich dann anschliessend noch einmal die Fassade hochklettern?»

Seine Kopfbewegung schien fast ein Nicken zu sein. Vielleicht war ich doch nicht die Hauptverdächtigte. Vielleicht würde er mich bald einmal auf die Toilette gehen lassen. Vielleicht bekam ich sogar einen Kaffee. Ich war bereit zur Kollaboration.

«Wo war denn Juri, als eingebrochen wurde?», erkundigte ich mich. Juri war nachts eigentlich immer zu Hause, er kam ab und zu spät heim, schlief aber selten auswärts. Der Beamte erklärte mir, der Einbruch sei um drei Uhr in der Früh geschehen. Eine Nachbarin wurde von ungewohnten Geräuschen wach und hatte im Treppenhaus nachgesehen. Sie bemerkte Juris aufgebrochene Wohnungstür und rief die Polizei, die den Einbruch feststellte. Die Täter waren bereits verschwunden, aber auch der Mieter war nicht da. Bisher hatte die Polizei Juri nicht erreicht. Als ich um fünf Uhr an der Fassade hochkletterte, fuhr die Polizeistreife zufällig zu einem zweiten Kontrollgang am Haus vorbei. Meine Wohnung liegt unter Juris Wohnung, ein Stockwerk tiefer.

Ein Einbruch in unser Haus war seltsam. Ich hatte noch nie daran gedacht, nicht in dem Quartier, nicht in dem Haus. Bei uns gibt es nichts zu holen, weder bei mir noch bei meinen Nachbarn, von denen viele von der Sozialhilfe leben. Allerdings war es einfach, über die Fassade einzusteigen. Falls man genügend Zeit dazu hatte.

Ich wurde noch weiter befragt und ich bekam einen Kaffee

im Styroporbecher. Der Befrager hatte sich schliesslich vorgestellt, er hiess Stefan Ricklin und arbeitete beim Einbruch. Gegen Mittag fuhren mich zwei uniformierte Polizisten nach Hause. Sie fragten nach dem Ersatzschlüssel zu Juris Wohnung, der wie immer verstaubt auf dem kleinen Mauervorsprung über dem Gangfenster lag. Die Beamten versuchten, Juris Wohnung abzuschliessen, was ihnen nicht gelang. Die Tür war aufgebrochen worden, das Schloss kaputt, und schon vom Gang aus sah ich, dass in der Wohnung ein Chaos herrschte. Im Flur lagen CDs, Bücher und Papiere.

Ich dachte, die Polizisten würden die Wohnung nun versiegeln, aber sie versuchten bloss, sie abzuschliessen. Weil ich wollte, dass sie bald gingen, bot ich ihnen an, mich darum zu kümmern. Sie waren einverstanden und folgten mir hinunter zu meiner eigenen Wohnung, als ob sie überprüfen wollten, dass ich tatsächlich dort wohnte. Von der Polizeiwache aus hatte ich einen Schlüsselservice bestellt, der aber noch nicht eingetroffen war. Wir warteten.

Vielleicht wollte ich beweisen, dass ich mich hier auskannte. Jedenfalls gab es keinen Grund, die Tür zu meiner kleinen Rumpelkammer zu öffnen, während wir warteten. Der Abstellraum liegt ausserhalb meiner Wohnung, ein halbhoher, schräger Verschlag unter dem Treppenaufgang.

Direkt hinter der Tür, noch vor meinem eigenen Plunder, stand ein grosser brauner Lederkoffer, den ich noch nie gesehen hatte. Mir gehörte dieser Koffer nicht. Instinktiv griff ich nach der Etikette, die am Handgriff baumelte. In grossen und deutlichen Buchstaben waren darauf Juri Salnikows Name und Adresse zu lesen. Meine Verblüffung ging unter in der Ankunft des Schlüsselservices, von weitem hörbar keuchte der Mann die Treppe hoch. Trotz Anwesenheit von zwei Polizisten musste ich mich ausweisen, aber eine Minute später war meine Wohnung offen.

2

Ich wachte gegen Abend wieder auf und dachte an das, was am Morgen geschehen war. Ich musste einen weissen Plastikstuhl und einen Eimer zurückbringen, und vielleicht wäre es gut, mit ein paar Nachbarn zu sprechen und zu erklären, was ich letzte Nacht an der Fassade gewollt hatte. Ich wohne seit bald zwanzig Jahren in diesem Block. Manche Nachbarn mögen mich für eine Eigenbrötlerin halten, vielleicht auch für eine gescheiterte Existenz. Beides wäre hier in der Gegend nichts Aussergewöhnliches. Ich bin nicht sehr kontaktfreudig, aber ich benehme mich anständig und bin freundlich.

Ich mag das Quartier, in dem ich wohne, Bümpliz, eine Mischung aus Hochhäusern und Industrie, aus ein paar übrig gebliebenen, verlotterten Holzhäusern und in die Jahre gekommenen Mietskasernen. Unser dreistöckiges Haus gehört zu den letzteren, es stammt aus der Zeit nach dem Zweiten Weltkrieg, und die Besitzer haben seit damals nicht viel investiert, mal abgesehen von ein paar Boilern. Vom Küchenfenster aus geht der Blick auf eine Tankstelle und auf mehrstöckige Wohnblöcke. Schön ist der verwilderte Garten hinter dem Haus, der bis zum Turnplatz einer Schule reicht. Die Wohnung ist billig, was sich gerade jetzt als ein Vorteil erwies. Ich hatte seit mehreren Monaten keine richtige Arbeit mehr.

Der Abend dämmerte bereits, als ich frühstückte. Da ich wieder einmal kein Brot hatte, musste ich mich mit Haferflocken begnügen. Sobald ich richtig wach war, wollte ich bei Juri vorbeischauen und von ihm erfahren, was eigentlich los gewesen war. Ich nahm an, dass er inzwischen zu Hause war, auch wenn ich von oben keine Geräusche vernahm. Normalerweise höre ich seine Schritte.

Juri ist Russe und wohnt seit eineinhalb Jahren über mir. Es ist nicht so, dass wir uns wirklich gut kennen, aber seine Nachbarschaft tut mir gut. Juri studiert im dritten Semester Wirtschaft, hat aber, soviel ich weiss, in seiner Heimat bereits einen Abschluss gemacht. Jedenfalls ist er schon einiges über dreissig. Juri lebt zurückgezogen, bis auf seltene Besuche von ein paar Studienkollegen oder anderen Exilrussen. Abends ist er meist zu Hause. Wenn wir uns im Treppenhaus begegnen, laden wir uns manchmal auf eine Tasse Tee ein.

Ich mag Juri. Ich glaube, er erinnert mich an Freddie, einen Buben aus meiner Kindheit. Freddie wohnte im gleichen Haus und er war mein Freund, dass er drei Jahre jünger war, spielte keine Rolle. Stundenlang lagen wir auf der Terrasse über der Bäckerei und betrachteten die Welt. Die Schnecken auf dem Weg zum Basilikum, die Käfer und Ameisen in der Regenrinne, die dicke Nachbarin beim Wäscheaufhängen, die anderen Kinder bei ihren Streifzügen durchs Quartier. Freddie durfte bei der Quartierbande nicht mitmachen, weil er zu klein war, und mich wollten sie nicht, weil ich ein Mädchen war. Freddie war wie ein kleiner Bruder. Juri gegenüber habe ich ähnliche Gefühle, er ist jünger als ich, aber er ist ein Verbündeter, dem ich ohne viele Worte begegne. Weshalb ich wenig über ihn weiss.

Was uns auch verbindet, ist das Klavier. Als Juri hier einzog und es die Treppe hochgetragen wurde, hatte ich seit Jahren keine Tasten mehr berührt. Dann aber liess Juri mich sein Klavier benutzen und eigentlich haben wir uns so kennengelernt. Auch das ist wie in meiner Kindheit. Damals ging ich zu einer Nachbarin, um zu spielen, zu einer älteren Dame, die mich dann auch unterrichtete. Da die Stunden nicht offiziell waren und der Unterricht meine Eltern nichts kostete, erwartete niemand, dass ich übte. Frau Rottuner brachte mich trotzdem dazu, mich mit Fingerübungen abzugeben, und ich wurde überraschend gut. Als ich irgendwann, ich war vielleicht sechzehn oder siebzehn, mit dem Improvisieren begann, war sie zuerst entsetzt. Dann aber überwand sie sich und besorgte mir Noten und Bücher über Jazz und Rock. In meiner Jugend verbrachte ich Stunden in der Nachbarwohnung am Klavier, und später gab es sogar eine Zeit, wo ich mit einer Band unterwegs war.

Juri selbst spielt ausgezeichnet Klavier. Er hat mir erzählt, er habe mit vier Jahren an der öffentlichen Musikschule von Tscherepovez begonnen, von dort stammt er. Und Juri ist ausgesprochen lärmtolerant. Selbst wenn ich stundenlang die gleichen Dinge übe, sitzt er seelenruhig mit seinen Arbeiten für die Uni im Nebenzimmer. Er muss in akustisch schlecht isolierten Plattenbauten aufgewachsen sein. Mein Geklimper stört ihn nicht, das hat er schon oft gesagt.

Ich rief meine Mutter an, in der Hoffnung, dass ich ihr einen Schlüssel überlassen hatte. Das Gespräch wurde langfädig, bis ich schliesslich die Frage nach dem Schlüssel anbringen konnte. Sie hatte einen, und wir vereinbarten, dass ich ihn am nächsten Tag holen kam.

Als ich auflegte, merkte ich, wie kalt mir war. Jetzt im September war es abends schon recht kühl. Ich sass neben dem Telefon auf dem Boden, durch die undichte Balkontür zog eisige Luft herein. Bald schon musste ich Öl beschaffen, ich heize mit einem Ölofen aus den Fünfzigerjahren, den man morgens mit einem Kanister auffüllt. Die Wohnung würde wieder den ganzen Winter über nach Öl stinken.

Juri war nicht da. Ich stieg mehrmals zu seiner Wohnung hoch und klopfte an die offen stehende Tür, betrat die Wohnung aber nicht. Juri kam auch im Laufe des Abends nicht nach Hause.

Drei Tage später war Juri immer noch verschwunden. Ich hatte nichts zu tun, ich drückte mich ums Bewerbungen schreiben. Seit Januar, seit neun Monaten also, hatte ich keine Arbeit mehr, abgesehen von den wenigen Schichten im Obdachlosenheim. Um diesen Aushilfsjob war ich zwar froh, aber ich fand ihn, vor allem die Nächte dort, immer unerträglicher. Ich fühlte mich selbst zu sehr als Sozialfall, um noch Geduld für gestrandete Existenzen aufzubringen. Die Gänge zum Arbeitsamt, das Bewerbungen schreiben, die Absagebriefe im Briefkasten zermürbten mich. Ich hatte es in all den Monaten nie zu einem Bewerbungsgespräch geschafft. Ich bin in solchen Dingen nicht sehr begabt. Trotzdem musste ich eine Lösung finden, jetzt bald. Selbstverständlich war es nun ein Problem, dass ich die Ausbildung abgebrochen hatte.

Es war kalt in der Wohnung und ich hatte kein Geld, um etwas zu unternehmen. Und so langsam machte ich mir wirklich Gedanken darüber, was mit Juri geschehen war. Deshalb holte ich seinen Koffer aus der Abstellkammer und öffnete ihn.

Was wusste ich denn schon von Juri? Ein paar Dinge aus seiner Kindheit. Er hatte erzählt von Ferien in der Ukraine, von Obstgärten voller blühender Pflaumen- und Kirschbäume, in denen er sich als Kind herumgetrieben hatte, und dass sie dort mit einem Gewehr auf Vögel geschossen hatten. Dass im Winter in Tscherepovez, das lag ganz im Norden, nur ein einziger Raum der Wohnung beheizt wurde, und dass sich die ganze Familie abends dort aufhielt. Von einem alten Onkel, der Dinge sah, die niemand sonst wahrnahm, und der ihn als Kind oft erschreckt hatte. Russland hat mich immer schon angezogen, aber mit meinen Bildern von Schlittenfahren und russischen Bauerndörfern lag ich vermutlich um Jahrhunderte hinter der Realität.

Der Koffer war nicht abgeschlossen. Zuerst sah ich einen zerknitterten Seidenschal und ein paar abgelaufene Kindersandalen. Darunter lag ein bestickter Beutel voller Murmeln und Kinderkram mitsamt einem kleinen, kopflosen Püppchen, was ich berührend fand. Dann war da noch ein USB-Stick, der überhaupt nicht in diesen Beutel passte. Ansonsten enthielt der

Koffer Fotoalben und Kartonmappen mit Briefen und Dokumenten. Ich blätterte ein paar Briefe durch, konnte aber nichts lesen, schon wegen der kyrillischen Schrift. Die meisten Briefe waren von Hand geschrieben und vom Alter leicht angegilbt. Ich stellte mir vor, wie Juri die Post seiner Mutter und seiner Grossmutter aufbewahrte, Briefe, die er erhalten hatte, als er in irgendeinem Wohnheim in einer fremden russischen Stadt lebte und studierte.

Es war nicht in Ordnung, so in Juris Andenken zu stöbern, ich legte die Briefe zur Seite und sah mir die Fotoalben an, die mir weniger intim schienen. Einen blonden Jungen, der auf fast allen Fotos abgebildet war, identifizierte ich als Juri. Blond, blass, hoch aufgeschossen, auch heute noch sieht Juri so aus. Nicht wie ich mir einen Russen vorstelle. Juri hat kaum Bartwuchs, und selbst mit dreissig wirkt er wie ein zu schnell gewachsener Junge. Juri hatte mir einmal von einer Schwester erzählt, die mit elf Jahren an einer Hirnblutung gestorben war, vermutlich das dünne Mädchen, das auf vielen Fotos neben Juri stand. Ein Album enthielt Bilder von einer Moskaureise, Juri als junger Erwachsener inmitten einer Gruppe von Kameraden. Abgesehen davon, dass mich die Bilder nichts angingen, fingen sie an, mich zu langweilen. Ich kannte die Leute nicht, Pferdeschlitten kamen keine vor, und die Häuser hätten irgendwo stehen können.

Ganz unten im Koffer lag ein Ordner, in dem Juri Diplome und Dokumente aufbewahrte. Ich stellte fest, dass Juri in Kiew Maschinenbau studiert und vor fünf Jahren abgeschlossen hatte. Mit seinem ganzen Namen hiess er Juri Wadimowitsch Salnikow, und er hatte Blutgruppe A. Es war mir unangenehm, seine Sachen durchgesehen zu haben. Ich legte alles zurück in den Koffer und schloss ihn, zögerte dann aber, holte den USB-Stick aus dem Beutel und steckte ihn ein. Wenn schon, dann konnte ich mir auch noch anschauen, was sich darauf befand.

Aber wie kam Juri eigentlich dazu, den Koffer in meine Abstellkammer zu stellen? Als ob er ihn parat gemacht hätte für den Fall, dass er das Haus fluchtartig verlassen musste. Weil es brannte, zum Beispiel, es gibt Leute, die solche Dinge tun. Warum aber hatte er ihn dann bei mir deponiert? Jedenfalls schrieb ich ihm eine Notiz, er solle sich bei mir melden, und heftete sie an seine Wohnungstür, die ich, soweit es das defekte Schloss zuliess, zuzog. Ich musste dringend einen Schlosser bestellen.

Die nächsten Tage verbrachte ich damit, die Wohnung einer alten, alleinstehenden Dame, die vor kurzem verstorben war, zu räumen. Esther, eine Frau, die ich von meinem abgebrochenen Studium her kenne, hatte mich darum gebeten. Sie hatte als einzige Verwandte bereits alles an sich genommen, was sie behalten wollte. Es war deprimierend, wie ich in wenigen Stunden die letzten persönlichen Spuren der alten Dame beseitigte. Mit einem schlechten Gewissen stopfte ich Lippenstifte, Cremen und eine Haarbürste, in der sich noch einzelne weisse Haare der Verstorbenen befanden, respektlos in Müllsäcke, zu abgelaufenen Lebensmitteln aus der Küche, zu bereits benützten Seifen und angebrochenen Zahnpastatuben. Zuerst wollte ich nichts nehmen, dann aber überwand ich mich und füllte zwei Tüten mit unverderblichen Lebensmitteln wie Tee und Reis. Eigentlich konnte ich diese Dinge, im Hinblick auf meine finanzielle Lage, gut brauchen.

Während ich Blusen und Halstücher aus dem Kleiderschrank riss und Teppiche zusammenrollte, dachte ich an Frau Rottuner, meine Klavierlehrerin, die vor zwei Jahren gestorben war. Ich hatte sie noch bis kurz vor ihrem Tod mindestens einmal im Monat besucht, selbst als sie schon im Altersheim war und mich nicht mehr erkannte. Darauf war ich stolz.

Am letzten Abend kam Esther vorbei, und wir gingen gemeinsam in ein thailändisches Restaurant essen. Esther lud mich ein und bezahlte mich auch für meine Arbeit. Sie hat das Sprachstudium, das sie gemeinsam mit mir begann, mit Doktorat abgeschlossen, während ich nach sechs Semestern abbrach. Heute arbeitet sie in einem Sprachinstitut in leitender Stellung. Sowieso leben alle früheren Freunde und Freundinnen inzwischen in besseren Verhältnissen. Ich kann nicht mithalten, nicht beim Einkommen, auch nicht beim Nachwuchs, nicht bei den glücklichen Ehen und nicht bei den stilvoll eingerichteten Wohnungen und Eigenheimen im Grünen. Ich nehme an, einige meiner Bekannten halten mich für eine Versagerin. Normalerweise finde ich, dass das ihr Problem sei, aber in der letzten Zeit lief ich Gefahr, ihr Urteil zu übernehmen. Immerhin habe ich keine gesundheitlichen Probleme, dachte ich, als ich nach unserem Abendessen im Tram nach Hause fuhr. Kaum hatte ich mich dabei ertappt, das in allem Ernst gedacht zu haben, machte ich mir wirklich Sorgen um mich. Früher hatte ich keine solchen Gedanken.

3

Ich ging also eine Woche lang frühmorgens aus dem Haus und kam jeweils spät heim. Trotzdem hätte ich es bemerkt, wenn Juri zurückgekommen wäre. Normalerweise höre ich seine Schritte, ich höre es, wenn er den Wasserhahn betätigt oder wenn sein Radio läuft.

Am Freitagmorgen meinte ich, über mir Schritte zu vernehmen. Es war halb sechs Uhr in der Früh, trotzdem stand ich auf. Ich horchte nach oben, hörte nun aber nichts mehr. Juris Verschwinden und die verwüstete, offenstehende Wohnung machten mich nervös. Sobald es acht Uhr war, würde ich einen Schlosser anrufen.

Zwei Stunden später sass ich immer noch in der Küche. Ich trank den Kaffee aus, ich wollte mich in Juris Wohnung umsehen.

Der Boden war übersät mit Papieren, selbst im Gang konnte ich kaum einen Schritt machen, ohne auf etwas zu treten. Ich nahm ein Blatt in die Hand, Teil einer Seminararbeit für die Uni. In den Zimmern sah es ähnlich aus. Alle Bücher auf dem Boden, die Regale leergefegt, die Schreibtischschubladen offen und ausgekippt, sogar die Klaviernoten waren im Zimmer verteilt. Ich versuchte ein paar Takte zu spielen, aber es fühlte sich schlecht an, und ich liess es bleiben. Ganz offensichtlich war Juri seit dem Einbruch nicht zurückgekehrt. Ich hielt Ausschau nach einem Adressbuch oder einer Namensliste, fand aber nichts. In der Küche entdeckte ich zu meiner Überraschung Juris Mobiltelefon. Halb verdeckt vom Brotkasten war es wohl unabsichtlich liegengeblieben. Ich nahm es an mich und verliess die Wohnung.

Das Telefon war seit mehreren Tagen nicht benützt worden und der Akku fast leer. Nummern hatte sich Juri keine gespeichert, aber ich notierte mir die letzten Anrufe. Vielleicht wusste ja einer, den er angerufen hatte, wo ich ihn erreichen konnte.

Ich kam dann aber nicht dazu, Esther meldete sich noch einmal mit der Frage, ob ich für sie die Wohnungsabgabe übernehmen würde. Sie konnte sich bei ihrer Arbeit nicht freimachen. Ich sagte zu und verliess die Wohnung.

Am frühen Abend war ich zurück. Es vergingen mindestens zehn Minuten, bis ich den Einbruch bemerkte. Ich hatte mir, ausgehungert wie ich war, in der Küche ein paar Brote gestrichen, die Zeitung gelesen und meine Post angeschaut. Aber als ich das Wohnzimmer betrat, fiel mir eine leicht herausgezogene Schublade auf. Eine Schublade, in der ich überflüssige Computerkabel und unpassende Glühbirnen aufbewahre und die ich nie öffne. Ich sah mich um. Die Tür des Wandschrankes im Gang, sie stand seltsam offen. So hatte ich die Wohnung nicht verlassen. Ich ging von Raum zu Raum, zog Schubladen auf, begutachtete die Schränke, sah sogar unter das Bett. Natürlich war niemand da. Aber jemand war in meiner Wohnung gewesen.

Ich versuchte herauszufinden, ob etwas fehlte. Mein Computer, der wohl wertvollste Gegenstand in der Wohnung, stand auf seinem Platz, und auch der CD-Player war noch da. Dann bemerkte ich es: Der Koffer, Juris Koffer, war weg.

Ohne viel zu überlegen, ging ich zum Telefon und rief die Polizei an. Ich hatte bereits aufgelegt, als ich mich fragte, was ich mir von ihnen erwartete. Mir war nichts gestohlen worden, und ich hatte eigentlich keine Lust, Polizei in der Wohnung zu haben. Kurz darauf trafen sie aber bereits ein, zwei uniformierte, gelangweilte Männer, die sich die Wohnungstür ansahen und ein paar Fotos machten. Ausser ein paar Kratzspuren, die vielleicht nicht einmal neu waren, konnte ich an der Tür nichts feststellen. Falls es der gleiche Einbrecher war wie bei Juri, so hatte er Fortschritte gemacht.

Es war den Beamten anzusehen, dass sie einen Versicherungsbetrug vermuteten, als ich erklärte, ein Koffer sei gestohlen worden. Sie verabschiedeten sich, und ich hörte, wie sie im unteren Stock an Türen läuteten und Gespräche mit meinen Nachbarn führten. Ich blieb mit einem unguten Gefühl in meiner Küche sitzen und machte mich daran, festzuhalten, welche Gegenstände sich in dem Koffer befunden hatten. Die Beamten hatten mich darum gebeten. Es tat mir leid, dass ich mir den Kofferinhalt nicht genauer angesehen hatte.

«Kl. Plastikpuppe, Ledersandalen, Seidenschal», stand auf dem Blatt vor mir, als mir ein Gedanke kam. Ich hatte Juris USB-Stick nicht in den Koffer zurückgelegt. Ich fand ihn in der Tasche einer Jeans, die ich nicht wieder getragen hatte.

Kurz nach acht Uhr läutete es an der Tür. Ricklin, der Zivilpolizist, der mich nach meiner Fassadenkletterei auf dem Polizeiposten befragt hatte, stand da. Ich war überrumpelt. Er entschuldigte sich und fragte, ob er sich umsehen dürfe. Ich konnte seinen Besuch nicht recht einordnen, traute er seinen Kollegen nicht, kam er von einem anderen Dezernat, hatte ich mich verdächtig gemacht? Sie hatten ihn nicht angekündigt.

Ricklin ging zuerst hoch in Juris Wohnung, ich war gar nicht auf die Idee gekommen, aber gut möglich, dass sich der Einbrecher auch dort herumgetrieben hatte. Nach einigen Minuten kam Ricklin zurück, sagte aber nichts. Er schaute sich kurz und ohne allzu grosses Interesse meine Wohnungstür an und liess dann den Blick über meine Einrichtung gleiten. Ich fragte mich, was er von meiner Wohnung halten mochte, von meiner zufälligen Zusammenstellung an alten Möbelstücken, von der Ölheizung, den verblichenen Tapeten und zerkratzten Türen. Sicher kümmerte sich bei ihm zu Hause eine Gattin um stilvolle Einrichtung.

«Darf ich?», fragte er höflich und wechselte von der Stube in das Zimmer, das ich als Büro verwende. Er fragte mich, ob etwas fehle. Ich verneinte, sagte aber, dass ich trotzdem das Gefühl hatte, Schränke und Schubladen seien gründlich durchsucht worden. Ricklin setzte sich an meinen Schreibtisch, und ich entfernte eilig eine Bewerbung, die unvollendet zuoberst auf dem Schreibtisch lag. Ich schmiss sie ins Altpapier. Es wäre sowieso nichts daraus geworden.

«Haben sie sich am Computer zu schaffen gemacht?», fragte Ricklin, und ich wunderte mich über die Mehrzahl, ich war von nur einem Einbrecher ausgegangen.

«Das weiss ich nicht. Er steht jedenfalls noch gleich da.»

«Ich möchte überprüfen, ob sie an Ihrem Computer waren. Dafür muss ich ihn aber starten», das war als Frage gemeint, er sah mich aufmerksam an.

«Ja, bitte», antwortete ich etwas perplex, das Ganze wurde mir doch langsam ziemlich privat. Ich überlegte, ob ich etwas in meinem Computer hatte, was er nicht sehen sollte, und räumte ein paar herumstehende Dinge vom Schreibtisch, um Platz zu machen.

«Was ich vom Kofferinhalt noch habe, ist ein USB-Stecker», teilte ich Ricklin mit. Er schwieg einen Moment, beschäftigt mit meinem Computer. Dann drehte er sich zu mir hin.

«Ihr Laptop wurde heute Nachmittag um 15:00 Uhr geöffnet. Waren Sie das?»

Ich schüttelte den Kopf.

«Haben Sie irgendwelche Dateien in Ihrem Computer, die jemanden interessieren könnten?»

Wir starrten jetzt gemeinsam auf meinen Desktop und auf die dort angezeigten Ordner, bei den meisten handelte es sich um Bewerbungen.

«Meine Steuererklärung?», fragte ich.

«Ja, dann müssen Sie wohl in Kürze mit einer Erpressung rechnen», zum ersten Mal sah ich ihn lächeln, «und den USB-Stick würde ich gerne mitnehmen.»

Ich bin über das Alter hinaus, in dem alles, was Polizei ist, automatisch mein Feind war. Die Polizei kann Frauen vor häuslicher Gewalt schützen, beispielsweise. Trotzdem war es mir unangenehm, einen Polizisten nett zu finden, und sei es auch nur ansatzweise. Was mir an Ricklin gefiel, war, wie unbeeinflussbar er wirkte. Wie nüchtern. Weder daraus, dass ich in einer abgenutzten Bruchbude wohnte, noch daraus, dass sich in meinem Computer vor allem Bewerbungen befanden, schien er irgendwelche Schlüsse zu ziehen. Ich hatte das Gefühl, dass solche Dinge für ihn unwesentlich waren. Das gefiel mir.

Ricklin fragte mich noch weiter aus, über Juri, seine russischen Freunde und was er so tat und weshalb sich jemand für seine Sachen interessieren könnte. Da hatte ich selbst keine Ahnung.

Schliesslich erhob sich Ricklin und ging noch einmal aufmerksam und in sich versunken von Zimmer zu Zimmer, zuletzt ins Schlafzimmer. Ich folgte ihm auf Distanz und stand im Gang herum. Ich lehnte neben der Eingangstür im Schlafzimmer, als er sich umdrehte und direkt auf mich zukam. Wir sahen uns in die Augen, und plötzlich war das peinlich. In meinem Schlafzimmer. Ich dachte eigentlich gar nichts, aber ich dachte, dass er dachte, dass ich dachte. Ruhig ging er an mir vorbei aus meinem Schlafzimmer.

Ich war froh, als er weg war. Ich stellte einen Stuhl vor die Balkon- und einen vor die Eingangstür, damit keiner unbemerkt hereinkommen konnte, und legte mich mit einem Glas Bier in die Badewanne. Aber das Dösen tat mir nicht gut. Es war schon unangenehm genug, einen Polizisten nett zu finden. Von seinen lächelnden Augen zu träumen, ging zu weit.

4

Als ich am nächsten Morgen in meine Jeans schlüpfte, stellte ich fest, dass ich Ricklin einen falschen Stick mitgegeben hatte. Unabsichtlich, die Dinger, beide schwarz, sahen sich ähnlich, wie ich mit Juris richtigem Stick in der Hand konstatierte. Ricklin musste sich also mit einer Auswahl aus meinen Bewerbungsschreiben und Lebensläufen begnügen. Ich hingegen schloss Juris USB-Stick an meinen Computer an und kam problemlos in seine Dateien, die durch kein Passwort gesichert waren.

Der Stick erwies sich trotzdem als eine Herausforderung, systemlos waren unzählige Ordner und Dokumente darauf abgespeichert, solche mit russischem, mit deutschem, englischem und manchmal auch ohne Titel. Wahllos öffnete ich ein paar Ordner. Ich stiess auf Buchhaltungsdateien, Auszüge von Abrechnungen, wie mir schien. Ich nahm an, dass die Dateien mit Juris Arbeit zu tun hatten. Juri erledigte ab und zu etwas für eine Firma, die irgendwelche Konsumprodukte nach Russland exportierte. Als nächstes öffnete ich eine englische Powerpoint-Präsentation zu den russisch-schweizerischen Handelsbeziehungen, die mich nicht interessierte. In vielen Ordnern waren, wie ich feststellte, Fotos gespeichert, wohl an die tausend Bilder. Ich stiess auf Ferienfotos, Aufnahmen aus einem tropischen, vermutlich südamerikanischen Land. Dass Juri in Südamerika gewesen sein sollte, erstaunte mich. Die Reisegruppe bestand aus ungefähr sechs Männern mittleren Alters, allesamt begleitet von jungen Frauen. Von denen ich nicht annahm, dass es sich um die Ehefrauen handelte, die Mädchen waren jung, ziemlich jung. Das passte irgendwie nicht zu Juri. In anderen Ordnern fand ich Fotos von Jachthäfen, gutgekleidete Menschen auf einem Schiff, eine Abendgesellschaft auf einer Terrasse, eine mir unbekannte Familie an einem Swimmingpool. Ich war verblüfft. Juri hatte wohl irgendwann in seinem Leben Zugang zu besseren Kreisen gehabt.

Ich liess die Fotos bleiben, schliesslich wollte ich Juri ausfindig machen. Ich erinnerte mich an die Nummern aus seinem Mobiltelefon.

Beim ersten Anruf landete ich bei einer Firma namens Impexpo, eine Frau war am Apparat. Wie sie mir sagte, hatte Juri ab und zu für Impexpo gearbeitet, was allerdings schon eine Weile her war. Vor einigen Tagen hatte er sich gemeldet und nach Arbeit gefragt. Wo ich ihn finden konnte, wusste sie nicht.

Auch die zweite Nummer stellte sich als eine Geschäftsnummer heraus. Freundlich erklärte ich dem Herrn am Telefon, wer ich sei und dass in die Wohnung meines Nachbarn eingebrochen worden war. Ich fragte ihn, ob er Juri Salnikow kenne und vielleicht wisse, wo er zu finden sei.

«Wer sind Sie?», die Stimme mit ausländischem Akzent war misstrauisch. Ich wiederholte meinen Namen. Den seinen hatte ich genauso wenig verstanden, aber ich fragte nicht nach.

«Ich bin eine Nachbarin von Herrn Juri Salnikow. Ich suche ihn dringend, weil in seine Wohnung eingebrochen worden ist.»

«Hä? Sind Sie die Freundin von Salnikow?»

«Mein Name ist Kovacs», sagte ich zum dritten Mal. «Ilka Kovacs. Wie gesagt, ich bin eine Nachbarin von Herrn Salnikow. Er scheint verreist zu sein und weiss vermutlich nichts vom Einbruch. Er ist seit einigen Tagen nicht zurückgekommen. Ich versuche ihn deshalb zu erreichen.»

«Wo ist denn Salnikow jetzt?»

War der Typ blöd, verstand er mich nicht?

«Ich rufe an, weil ich dachte, dass Sie mir vielleicht sagen könnten, wo ich ihn erreichen kann.»

«Wie kommen Sie auf uns?»

«Er hat Ihre Telefonnummer notiert», log ich.

«Wir kennen keinen Salnikow.»

Das Telefon wurde grusslos aufgehängt. Was war denn das gewesen? Eine Firma, die so ähnlich wie Adfi geklungen hatte, vom Namen des Mannes hatte ich nur ein paar Zischlaute in Erinnerung, ein russischer Name vielleicht.

Bei der nächsten Nummer meldete sich eine verschlafene Männerstimme, was ich schon mal sympathisch fand.

«Hallooo?»

Diesmal fasste ich mich kürzer und sagte nur, dass ich Herrn Salnikow suchte, weil seine Wohnungstür aufgebrochen worden sei.

«Er hat sich bei mir nicht gemeldet, ich weiss nicht, wo er steckt», der Mann am Telefon gähnte, klang aber trotzdem interessiert und beteiligt. Es stellte sich heraus, dass er Juri privat kannte. Der Mann hiess Balthasar Zeiler und wohnte am Zielweg, er schlug vor, dass ich bei ihm vorbeischaute. «Am Nachmittag? Nicht vor zwei Uhr?»

«Klar. Entschuldige das frühe Telefon», duzte ich ihn. Es war ungefähr zehn Uhr vormittags.

Ich erreichte noch zwei weitere Personen aus der Liste, zuerst einen Mann, der sich mit Petar Lischkow meldete. Er begrüsste mich wie eine alte Freundin und behauptete, wir seien uns einmal bei Juri begegnet. Das Telefon dauerte keine zwei Minuten, er versprach zurückzurufen, weil er momentan bei der Arbeit kein längeres Gespräch führen könne. Dann erreichte ich noch eine Russin, deren Namen ich nicht verstand und die auch zu wenig Deutsch sprach, als dass wir uns wirklich unterhalten konnten. Immerhin brachte ich heraus, dass sie nicht wusste, wo Juri war. Bei der letzten Nummer meldete sich niemand. Eine Combox-Stimme verriet mir, dass der Anschluss einem gewissen Tobias Bucher gehörte. Ich hinterliess eine Nachricht und versuchte im Laufe der nächsten Tage immer wieder, Tobias Bucher zu erreichen, ohne Erfolg.

Den restlichen Vormittag verbrachte ich damit, eine Bewerbung für eine Stelle zu schreiben, die ich sowieso nicht kriegen würde. Gelangweilt formulierte ich einen lausigen Brief, der besagte, wie geeignet und motiviert ich war. Trotzdem genoss ich den Vormittag. Die Sonne schien in mein Zimmer, ich lief in weiten Hosen und in einem warmen Pullover herum und setzte mich später mit einer Tasse Tee auf den Balkon. Der September war bisher recht warm gewesen, nun war es, als ob sich der Sommer verabschieden wollte. Ich wollte die Tage geniessen, solange ich konnte. Wenn nur die Angst nicht gewesen wäre. Diesen Monat lag es nicht drin, alle Rechnungen zu bezahlen, und meine Nachbarin hatte Geld von mir zugut für eine Waschmaschinenreparatur. Es war aber nicht der finanzielle Ruin, der mir Angst machte. Ich fürchtete das Scheitern, was auch immer das sein mochte. Selbst das war mir nicht klar. Wie konnte ich denn jetzt noch scheitern?

Was ich hatte, war viel Zeit. Ich beschloss, mir das Geld für den Bus zu sparen und zu Fuss in die Stadt zu gehen. Unterwegs setzte ich mich auf eine Parkbank und sah ein paar Männern bei einem Schachspiel zu. Die beiden Spieler verschoben die schweren Figuren, ohne Emotionen zu zeigen, in ihre Gedanken versunken standen sie auf dem grossen, auf den Boden gemalten Spielfeld. Andere hatten sich dazugesellt, gaben fachkundige Kommentare ab und knackten dazu Kürbiskerne. Ich dachte an die Millionen von Menschen in der ganzen Welt, die jetzt gerade keiner Arbeit nachgingen. Männer in Istanbul, Boston oder Lagos, überall auf der Welt standen Männer gemeinsam herum, an einem Strasseneck, auf einem Platz, und sahen dem Leben zu. Junge Frauen in Brasilien und Mexiko lackierten sich vor dem Fernseher ihre Zehennägel und träumten von später. Nicht alle konnten produktiv sein in dieser Welt, es wurde auch so noch genug produziert. Weshalb hatte ich das Gefühl, gescheitert zu sein, nur weil ich Zeit hatte?

Irgendwann nach zwei Uhr kam ich bei Balthasar Zeiler an. Er lebte in einem älteren Block im Erdgeschoss, die Vorhänge waren zugezogen. Ich hatte nicht den Eindruck, dass er oft dazu kam, sie zu öffnen. An der Wohnungstür erwartete mich ein athletischer junger Mann im Morgenmantel. Wir setzten uns in ein modern und hell eingerichtetes Zimmer, professionelle Schwarzweissfotos schmückten die Wände. Ich fragte mich, ob Balthasar das Model oder der Fotograf war, wollte aber nicht aufstehen, um sie mir anzusehen. Komisch, ich hatte nie daran gedacht, dass Juri schwul war. Es war mir einfach nicht in den Sinn gekommen, so wie ich oft wochenlang nicht bemerke, wenn Frauen schwanger sind. Dabei war es eigentlich ganz offensichtlich, und bestimmt war Balthasar Juris Geliebter.

Balthasar ging davon aus, dass ich das sowieso wusste. Nachdem er mir zugehört hatte, machte er sich ernsthafte Sorgen um Juri. Dann schwieg er und dachte nach. Ich sass auf der schicken Ledercouch und wartete. Mein Telefon läutete, Petar Lischkow rief zurück und überfiel mich mit einem Wortschwall, wie sehr er sich Sorgen mache seit meinem Telefon von heute früh. «Petar Lischkow, kennst du ihn?», flüsterte ich Balthasar zu, und er nickte zur Antwort. Ich verabredete für später am Tag ein Treffen mit Lischkow.

Balthasar sass mir gegenüber in einem Polstersessel und liess die Beine über die Armlehne baumeln. Mit einer theatralischen Kopfbewegung drehte er sich zu mir hin: «Ich mag Juri sehr gern, aber ich fürchte, ich weiss nicht allzu viel von ihm. Wir sind uns vor einigen Monaten begegnet. Ich glaube nicht, dass er in der Schweiz viele Freunde hat, er lebt ja auch noch nicht so lange hier. Studienkollegen vielleicht, aber er hat eher abschätzig über sie gesprochen. Ein paar Exilrussen vielleicht, so wie Petar, ihn habe ich einmal getroffen. Ich habe ehrlich gesagt keine Ahnung, wo er sein könnte.»

Die beiden Telefonnummern, die er von Juri hatte, kannte

ich bereits, die Nummer des Festnetzes in seiner Wohnung und die Nummer des Mobiltelefons, das inzwischen mit leerem Akku bei mir zu Hause lag. Immerhin hatte Balthasar eine Mailadresse von Juri. Er versprach mir, Juri eine Mail zu schreiben und mich, falls er eine Antwort erhielt, sofort zu informieren.

Petar Lischkow, meine letzte Hoffnung, etwas über den Verbleib von Juri zu erfahren, sass bereits wartend im Tramhäuschen, bei dem wir abgemacht hatten. Ich war noch nicht ganz aus dem Bus ausgestiegen, als er, flink trotz seiner Beleibtheit, aufsprang und auf mich zu rannte.

«Ich bin Petarrr, ich bin Petarrr», rief er, umklammerte mit seinen Händen meinen Arm bis zum Ellenbogen und rammte ihn mir gegen den Magen. «Ich bin Petarrr», wiederholte er. Das hatte ich verstanden. Und vielleicht waren wir uns wirklich schon einmal bei Juri begegnet, wie es Petar jetzt behauptete. Jedenfalls schien er ein recht guter Freund von Juri zu sein, obschon sie sich erst in der Schweiz kennengelernt hatten. Sie trafen sich regelmässig, aus Lust auf ein normales Gespräch, wie Petar sagte. Er meinte damit, dass er sich mit Juri auf Russisch unterhalten konnte. Wo sich Juri im Moment aufhielt oder wie ich ihn erreichen konnte, wusste er auch nicht. Immerhin erfuhr ich, dass Juris Eltern vor drei Jahren bei einem Autounfall ums Leben gekommen waren. Juri hatte mir das nie erzählt. Laut Petar hatte Juri keine näheren Verwandten mehr in Russland, niemand, an den wir uns wenden konnten.

In der Dämmerung trottete ich nach Hause, zurück nach Bümpliz. Ich hatte getan, was ich konnte.

5

Zwischen Zeitungen und Reklameschriften steckte eine Ansichtskarte, eine besonders hässliche, eine Gratiskarte, wie sie in Hotelzimmern aufliegen. Vor strahlend blauem Himmel war neben einer mageren Tanne ein überdimensioniertes rustikales Chalet abgebildet.

«Ich brauche dich. Kannst du sofort kommen? Erkläre alles später», keine Unterschrift, ein Pfeil zeigte auf die rückseitig aufgedruckte Adresse der Pension Cordula in Leukerbad. Mir war sofort klar, dass die Karte von Juri stammte, ich war nur etwas erstaunt, weshalb er davon ausging, dass ich das wusste. Und dass ich ihm, ohne Fragen zu stellen, sofort nachreisen würde. Seit seinem Verschwinden waren nun fast zehn Tage vergangen. Aber dank dem neuem Lötschbergtunnel konnte ich in zwei bis drei Stunden bei ihm sein.

Leukerbad war nebelverhangen, ein kalter Nieselregen fiel. Die Touristen liessen sich nicht abhalten und schlenderten in kleineren und grösseren Gruppen durch das Dorf. In durchsichtigen Regenhäuten und unter Schirmen betrachteten sie die Schaufensterauslagen, deren Angebot hauptsächlich aus Schweizer Messern, Wanderkleidung und Stöcken bestand. Badegäste eilten in Trainingsanzügen vom Hotel zu einem der Kurbäder und zurück.

Die Pension Cordula lag am Dorfrand, eingeklemmt zwischen Sporthalle und Appartementhäusern. Offensichtlich hatte die schwächliche Tanne einer dieser Neubauten weichen müssen. Über eine kurze Treppe stieg ich zur Rezeption hoch, traf dort aber niemanden an. Ich hustete, rief ein leises Hallo. Das Büro hinter der Rezeption schien unbesetzt. Schräg hinter mir befand sich eine Holztür, deren eingelassenes Fenster mit einem gelblich verblichenen Vorhang verhängt war. Ein Emailschild «Privat» war an der Tür angebracht. Weiter hinten im Gang führten braun laminierte Türen in die Gästezimmer. Aus dem Restaurant im Erdgeschoss drangen Geräusche herauf. Ich war schon auf dem Weg nach unten, als die Tür mit dem Privat-Schild aufging und eine ältere Dame heraustrat. Sie sah mich überrascht und beinahe erschrocken an, und ich hatte das Gefühl, sie zu stören.

«Was suchen Sie?»

Ihr leichter Akzent verriet, dass sie aus der Romandie stammte. Ich fand den Argwohn in ihrer Frage seltsam für eine Hotelrezeption. Der Goldschmuck an ihrem Handgelenk klingelte, als sie auf mich zutrat, sie schien in Eile. Sie war elegant gekleidet, die aschblonden Haaren zu einem Helm hochtoupiert. Ein Helm mit Schlagseite nach rechts, stellte ich fest.

«Sie wünschen?», sie musterte mich misstrauisch. Mir wurde bewusst, dass ich für einen Wanderkurort in den Bergen unpassend angezogen war. Abgesehen davon, dass ich ja selber fror in dem viel zu dünnen Kleid. Ich war überstürzt abgereist und hatte vergessen, dass Leukerbad in den Bergen liegt.

Wenig später fand ich mich in einem kleinen, schlecht geheizten Fremdenzimmer wieder. Die Dame hatte mir wortlos einen Schlüssel gereicht und war, nach einer knappen Erklärung, dass sich das Zimmer im oberen Stock befand, verschwunden. Nun stand ich neben einem schmalen Bett und hatte Aussicht auf einen regennassen grünen Steilhang hinter dem Haus.

Als ich einige Zeit später in der Gaststube einen Kaffee trank, war es mir immer noch nicht gelungen, nach Juri zu fragen. Die Serviceangestellte, genauso gestresst und kurzangebunden wie ihre Chefin, war ebenfalls blitzartig verschwunden, kaum hatte sie mich bedient. Im Hintergrund hörte ich Türen gehen und eilige Schritte, Stimmen. Für die Pension schien heute ein besonderer Tag zu sein.

Bis auf mich war die Wirtschaft leer, der Raum war düster

und ungeheizt. Mehr als ein ausgestopftes Murmeltier und eine Vitrine mit Vereinsfotos gab es nicht zu betrachten. Das Tischtuch hatte ein kleines Brandloch, schien also schon vor dem Rauchverbot in Gebrauch gewesen zu sein. Um mir die Zeit zu vertreiben, schnappte ich mir von einem Tisch neben der Theke eine Lokalzeitung. Sie war vier Tage alt.

Die Eingangstür wurde geräuschvoll aufgestossen. Ein Polizeibeamter betrat den Raum und verschwand nach einem kurzen Klopfen in der Tür neben dem Buffet. Wieder alleine in der Gaststube, sass ich hinter meiner leeren Kaffeetasse. Inzwischen fühlte ich mich steif vor Kälte.

Endlich kam die Serviceangestellte zurück, begleitet vom Polizisten und der Wirtin. Der Polizist hatte jetzt mehrere Reisetaschen bei sich, die er vor sich auf dem Boden abstellte.

«Wenn Sie morgen auf den Polizeiposten kommen, werden Sie bestätigen müssen, dass die Gegenstände aus dem Zimmer Ihres Gastes stammen. Und vielleicht haben wir bis dann noch weitere Fragen an Sie», wandte er sich an die Wirtin.

«Was passiert denn jetzt mit ihm?», fragte sie zurück, begleitet vom nervösen Klingeln ihrer Armbänder.

«Wir werden versuchen, Angehörige ausfindig zu machen. Wenn alle Ermittlungen und Untersuchungen abgeschlossen sind, wird er vielleicht in seine Heimat überstellt. Oder aber er hat Angehörige in der Schweiz, dann werden die sich um die Beerdigung kümmern. Wir müssen das abklären.»

Ich starrte auf das Gepäck, das der Beamte vor sich hatte, einen schwarzen Beutel, einen Koffer und eine zitronengelbe Schultertasche. Es war Juris Tasche. Langsam erreichte der Inhalt des Gesprächs mein Hirn. Sie sprachen über Juri. Sie sprachen von einer Beerdigung.

Der Beamte ging und nahm das Gepäck mit, die Serviceangestellte kam an meinen Tisch. Gelbe Beutel sind Mode, und viele Gäste stammen aus dem Ausland.

Ich zahlte.

«Ist etwas passiert hier? Weshalb ist denn die Polizei gekommen?», fragte ich, fast stimmlos.

«Es ging um die Gegenstände eines Gastes, der nicht mehr hier wohnt.»

Während der leicht hingeworfenen Antwort entfernte sie sich zum Nebentisch, wo sie ein Blumengedeck in die Tischmitte rückte. Vermutlich war das Personal bereits instruiert worden, sich vor den Gästen nichts anmerken zu lassen. Die Frau war jung, ihre Fingernägel mit einem dunklen, beinahe schwarzen Lack gestrichen. Blonde, etwas künstlich wirkende Locken fielen auf einen glitzernden, beigen Strickpullover.

«Ist jemand gestorben?», meine Frage klang jetzt ungewollt laut in der leeren Gaststube. Ich musste eine Antwort haben.

«Ja, ein Gast von uns ist bei einem Badeunfall ums Leben gekommen. Er ist aber nicht hier im Haus gestorben.» Die Antwort kam bereits von hinter dem Buffet, und ich hatte Angst, dass die Frau wieder verschwinden würde.

«Ein Ausländer?», insistierte ich, etwas leiser, aber sehr deutlich.

Sie sah mich überrascht über die Theke hinweg an und kam dann, wenn auch zögernd, an meinen Tisch zurück.

«Ein junger Russe, er war seit ein paar Tagen unser Gast, starb in einem der Kurbäder, in der Dampfgrotte.»

«Weshalb denn? Wenn er noch jung war?», brachte ich heraus.

«Die Polizei geht von einem Herzversagen aus. Er wurde in der Dampfgrotte gefunden. Das heisse Thermalwasser fliesst da direkt hinein, ich kann jetzt nicht sagen mit wie viel Grad, aber sehr heiss, direkt aus dem Berg. Neben dem Thermalwasser soll auch der Dampf sehr gesund sein. Aber für Leute mit Herzproblemen ist die Grotte nicht geeignet.»

Sie machte eine Pause. Nach einem Blick zur Küchentür fuhr sie fort.

«Natürlich stehen überall Warnungen, man soll sich nicht zu lange drinnen aufhalten und so. Aber die Badegäste überschätzen sich. Und manche Leute haben einen Herzfehler, von dem sie nichts wissen. Es kam schon ab und zu vor, dass ein Badegast einen Kreislaufkollaps erlitten hat. Das Gefährliche ist, wenn einer ohnmächtig wird. Wenn einer ohnmächtig ins Wasser sinkt und niemand sieht's, da kann einer schon ertrinken. Das mit dem Ertrinken geht nämlich schnell, zwei bis drei Minuten unter Wasser reichen schon. Die Bademeister sind natürlich auch noch da, aber sie können ja nicht überall sein.»

Ich wollte das vom Ertrinken nicht hören.

«Wie hiess denn der Gast?», fragte ich heiser.

«Salnikow», antwortete sie schnell und beiläufig. Einen Moment lang sah es so aus, als ob sie sich entfernen wollte, aber sie zog unter dem Nebentisch einen Stuhl hervor und setzte sich. Jetzt, wo sie mich, entgegen der Weisung ihrer Chefin, eingeweiht hatte, konnte sie nicht mehr an sich halten. Die Sensation verlangte es, dass man darüber sprach, sie schien ganz belebt vom aussergewöhnlichen Vorfall.

«Also, etwas ist schon sehr seltsam», fuhr sie weiter, «der Russe ist nämlich mitten in der Nacht gestorben. Nicht während der Öffnungszeiten. Das Bad war schon lange zu. Der Polizist sagt, dass man nicht weiss, wie er um diese Zeit in die Grotte hineinkam. Als der Bademeister am Morgen das Bad öffnete, trieb die Leiche im Wasser, in der abgesperrten Dampfgrotte. Den Bademeister haben sie jetzt festgenommen. Und ich habe gehört, der Russe habe ein Verhältnis mit ihm gehabt. Zwei», sie räusperte sich, «zwei Schwule, Sie verstehen schon. Wenn die beiden nachts im Bad ein Date hatten, das würde natürlich alles erklären. Der Bademeister hat Schlüssel.»

Sie machte eine Pause nach der süffisanten Neuigkeit.

«Dieser Bademeister, ein Portugiese, ist immer nur in der

Hochsaison hier, und es scheint schon früher Stories gegeben zu haben um ihn. Er arbeitet auch als Masseur.»

Ich kenne mich in der Welt der Thermalbäder nicht aus, was auch immer sie Masseuren unterstellte, es interessierte mich nicht. Die Frau sprach von Juri, Juri war tot, aber ich schaffte es nicht, das in mein Bewusstsein dringen zu lassen. Die heimatselige Gaststube, die schwarz lackierten Fingernägel der Angestellten, die ganze Pension Cordula widerten mich an.

Geräusche hinter der Küchentür retteten mich. Die Serviceangestellte sprang auf, schob den Stuhl zurück und verschwand nach einem kurzen Gruss in der Küche. Es gelang mir gerade noch, etwas Trinkgeld auf den Tisch zu legen. Dann flüchtete ich. Ich fand mich oben im kalten Zimmer wieder. Eingewickelt in die Daunendecke, kauerte ich auf dem Boden und biss mich auf den Handballen, um endlich klar denken zu können. Es gelang mir nicht. Plötzlich hatte ich auch Angst. Eine andere Art von Angst, richtig Angst. Was war bloss los? Ich verbrachte ein paar Stunden in einer Starre, in der ich nichts begriff. Das alles war so komisch, so unerwartet, so unlogisch. Irgendwann schlief ich, noch in meinen Kleidern, auf dem Bett ein.

6

Direkt hinter einer Metalltür mit Glasfenster führte eine enge Treppe über ein paar Stufen hinunter ins Wasser der Dampfgrotte. Das Wasser war beinahe unerträglich heiss, und ich tapste in einen dicken Nebel hinein. Ich war nicht allein im Raum, irgendwo aus dem Dampf heraus flüsterten Stimmen. Mitten im heissen Nebel wurde mir bewusst, dass vor kurzem Juris Leiche in diesem Wasser gelegen hatte. Ich krallte mich an die Felswand, der Tuffstein bröselte unter meinen Fingern. In einem Fluchtreflex schob ich mich zurück zur Stiege und zur Eingangstür. Sie liess sich natürlich problemlos öffnen, und kalte Luft strömte mir entgegen. Allmählich konnte ich schemenhaft erkennen, wo ich mich befand. Ich war in einem kleinen Raum, der knietief mit Wasser gefüllt war. In der Mitte befand sich eine Erhebung aus Metall, auf der jetzt zwei Kurgäste lagen und vor sich hin schwitzten. Auf der gegenüberliegenden Seite sass ein Mann mit dem Rücken an der Wand im heissen Wasser und sah mich an. Ich schloss die Tür wieder, lehnte mich stehend gegen die Felswand und hörte zu, wie Wasser von der Decke tropfte.

Nach einigen Minuten wurde mir die Hitze unerträglich. Was war bloss mit Juri geschehen? Was hatte er hier gemacht?

Mir war schlecht.

Ich duschte mich eiskalt ab und setzte mich auf eine Holzbank. Am Morgen, als ich durchfroren in meinem Kleidchen auf dem fremden Bett aufgewacht war, hatte ich gewusst, dass ich so nicht abreisen konnte. Ich musste in Erfahrung bringen, wie Juri gestorben war. Ich wollte das Bad sehen. Ich hatte vor Kälte gezittert in meinem dünnen Sommerkleid und musste mir wärmere Sachen kaufen. In einem der Touristengeschäfte hatte ich eine heruntergeschriebene erdfarbene Cordhose und eine dunkle Regenjacke erstanden. Einen Pullover aus Faserpelz und sogar einen sehr billigen Badeanzug fand ich in der Migros. Damit waren meine Geldmittel dann aber erschöpft, alles, was ich bei Esther verdient hatte. In einer klugen Anwandlung investierte ich mein restliches Geld in Proviant, in etwas Käse und Brot. Die Kasse im Kurbad umging ich, indem ich mich in der Toilette umzog. Niemand sprach mich an, als ich mich im Badeanzug durch das Drehkreuz drückte.

Die Vorstellung von Juris Tod in der Dampfgrotte verfolgte mich. Ich legte mich in eines der grossen Aussenbecken ins lauwarme Wasser. Ein schneller Herztod hoffentlich. Was, wenn Juri noch lebend entdeckt hatte, dass er nicht rauskonnte? In der Hitze, die ich nur wenige Minuten ertragen hatte? Juri, mein kleiner Bruder, Juri, den ich, wie schon Freddie, immer irgendwie beschützen wollte. Ich suchte nach Zusammenhängen, ich suchte nach einem Grund, was war passiert, die Einbrüche und die Postkarte, was hatte Juri in Leukerbad gemacht, warum war er gestorben? Ich hatte keine Erklärung. Ich hatte keine Ahnung.

Irgendwann merkte ich, dass mir vor Hunger schlecht war, ich hatte seit gestern Morgen nichts mehr gegessen. Ich holte den Käse und das Brot und folgte einem Schild mit dem Hinweis Picknickraum. Die beiden kühlen, gekachelten Zimmer mit langen Holztischen wurden vermutlich meistens von Schulklassen benützt. Ich fand sympathisch, dass es sie überhaupt gab. An einem der Tische sass eine weiss gekleidete Angestellte mittleren Alters und öffnete gerade einen grossen Tupperwarebehälter, der ihr Mittagessen enthielt. Mein Käse lag in Plastik eingeschweisst vor mir, daneben der Laib Brot. Ich überlegte, wie ich den Käse aus der Plastikhülle kriegen konnte. Da reichte mir die Frau vom Nebentisch unaufgefordert ihr Messer.

«Arbeiten Sie hier?», fragte ich, als ich das Messer zurückgab.

«Ja. Ich habe heute Morgen ganz früh begonnen, schon bevor das Bad offen war. Deshalb habe ich jetzt Hunger.»

Zufrieden sah sie auf ihr Mittagessen. Ihr Akzent verriet die Herkunft aus einem südlichen Land. Dann blickte sie beinahe ertappt auf meinen Käse und das Brot.

«Sie haben nur Käse und Brot?»

Die Frau stand auf, brachte ein Glas und bot mir von ihrem Orangensaft an. Anschliessend erzählte sie mir, wie sie am Abend für ihren Mann und die Kinder vorkochte, die Kinder wärmten sich das Mittagessen dann selber. Das Gespräch über alltägliche Banalitäten tat mir gut und holte mich in die normale Welt zurück. Nur waren meine Beiträge mehr theoretisch, ich koche fast nie und schon gar nicht im Voraus. Die Frau kam aus Portugal und arbeitete seit zwei Jahren im Bad.

Ohne mein Zutun kam das Gespräch auf den Badeunfall. Die Frau erzählte mir, was vorgefallen war, natürlich beschäftigte der Vorfall die Angestellten.

«Sie sagen jetzt, Alexandre Pereira sei schuld. Er ist hier Bademeister, ein Kollege von mir, auch Portugiese, ich kenne ihn gut. Alexandre würde niemals mitten in der Nacht jemanden baden lassen. Er will doch seinen Job nicht verlieren, das weiss ich.»

«Wo ist er denn jetzt?»

Vielleicht konnte ich mit ihm sprechen.

«Er ist in Brig oder Visp. Gestern kam Polizei zu ihm nach Hause.» Sie begann mit ein paar groben Bewegungen ihre Sachen zusammen zu räumen. «Was weiss ich, wie dieser Russe ins Bad gekommen ist. Was hatte er hier zu suchen, mitten in der Nacht. Das Bad war geschlossen, aber die Leute werden immer frecher. Man muss aufpassen. Und jetzt hat Alexandre Probleme.»

Sie stand und wollte sich verabschieden.

«Ich kenne den Toten, Juri Salnikow und ich, wir waren

Freunde. Ich wusste, dass er in Leukerbad ist, und ich wollte ihn hier besuchen.»

Die Frau stoppte und starrte mich betreten an.

«Das tut mir leid. Mein Beileid. Das ist schlimm, dass dein Freund so gestorben ist», meinte sie. Warum es den Leuten leid tut, wenn jemand gestorben ist, habe ich noch nie verstanden, sie können ja nichts dafür. Jedenfalls in den meisten Fällen. Aber so wird kondoliert. Ich fand es vor allem komisch, dass mir überhaupt zu Juris Tod kondoliert wurde.

Sie setzte sich noch einmal hin und erzählte, was unter den Angestellten über die Todesnacht bekannt war. Alexandre Pereira hatte den letzten Dienst gehabt. Zu seinen Aufgaben zählte es, alle Räume zu kontrollieren und abzusperren. Am Morgen nach der betreffenden Nacht war ein Kollege zum Frühdienst erschienen und hatte Alexandre Pereira in der Eingangshalle angetroffen. Pereira sagte, er habe seine Schlüssel verloren und deshalb nicht absperren können. Aus dem Grund habe er die ganze Nacht im Bad verbracht. So ein Vorfall musste zwar der Geschäftsleitung gemeldet werden, war aber nicht wirklich schlimm, vorausgesetzt, dass nichts gestohlen worden war. Etwas eigenartig war höchstens, dass Pereira es vorgezogen hatte, im Bad zu wachen statt jemanden mit Schlüssel zu organisieren.

Der Kollege und Alexandre Pereira machten sich gemeinsam auf einen Kontrollgang. Alexandre hatte gemäss seinen Angaben den grössten Teil der Nacht bei der Haupttüre, im Eingangsbereich, verbracht. Aber es gab weitere Eingänge ins Bad, durch die jemand eingedrungen sein konnte, und auch der Haupteingang war zeitweise unbewacht gewesen. Deshalb kontrollierten die beiden alle Bereiche des Bades, einschliesslich der Nebenräume. Soweit sie es beurteilen konnten, war nichts gestohlen worden. Dann fanden sie den Toten. Und die Dampfgrotte, in der der Tote schwamm, war eigenartigerweise abgeschlossen.

Am Tag nach der Todesnacht blieb die Anlage zu, das Personal wurde nach Hause geschickt. Kollegen erzählten, Alexandre Pereira sei noch vor Ort befragt worden, nicht nur von der Geschäftsleitung, sondern auch von der Polizei. Nun gab er zu, was er bisher unerwähnt gelassen hatte. Er hatte seine Abschlussrunde später als üblich begonnen, und zwar erst einige Zeit, nachdem die letzten Gäste und Angestellten das Bad verlassen hatten. Weil er, wie er erzählte, nach Badeschluss ungefähr eine Stunde lang von einem Besucher aufgehalten worden war. Von einem jungen Mann, den er selbst nicht kannte, und bei dem es sich nicht um den Toten handelte. Die beiden Männer hatten sich während einer Stunde in einem der Massageräume unterhalten, und sie hatten einen Tee getrunken. Als Pereira schliesslich abschliessen wollte, stellte er fest, dass er seinen Schlüsselbund nicht hatte. Er suchte ihn an allen möglichen Orten, im Bad, in den Massageräumen und in seinem persönlichen Schrank. Schliesslich hatte er resigniert und die restliche Nacht beim Eingang auf den Morgendienst gewartet. Er sagte, er habe den Verstorbenen weder tot noch lebendig gesehen noch überhaupt bemerkt, dass jemand im Bad war.

Die Portugiesin hatte die erlaubte Mittagszeit längst überschritten und wollte nun gehen. Sie stand bereits, als ihr etwas einzufallen schien und sie sich wieder hinsetzte. Sie sah mich an.

«Der Verstorbene, dein Freund, hat vor ein paar Tagen einen Garderobekasten gemietet. Ganz hinten gibt es ein paar Kästen für Kurgäste, die mehrere Tage bleiben. Ich kann mich daran erinnern, weil er Probleme hatte, den Schrank zu finden. Ich musste ihm helfen. Als ich heute in der Zeitung das Foto sah, habe ich gedacht, das ist dieser Mann, den kenne ich. Ich kann dir den Kasten zeigen, vielleicht willst du seine persönlichen Sachen mitnehmen. Ich weiss nicht, wer sie sonst will. Bisher hat sich niemand gemeldet.»

Offensichtlich kam sie nicht auf die Idee, dass sich die Polizei für den Schrank interessieren könnte. Sie ging, um einen Ersatzschlüssel zu holen. Ich versprach, ihn ihr anschliessend zu bringen, denn sie musste dringend zur Arbeit.

Die Garderoben im Kurbad sind gemischt. Ich wartete, während ich an meinen Haaren herumrubbelte, bis sich die Garderobe geleert hatte. Die Portugiesin hatte mir den Schlüssel in bester Absicht gegeben, ich aber war mir sicher, dass es sich um eine Angelegenheit der Polizei handelte. Nicht nötig also, dass andere beobachteten, wie ich mich an dem Kasten zu schaffen machte. Obschon die Familie, die sich umständlich darum bemühte, alle ihre Kleinkinder wieder in Kleider und Schuhe zu stecken, ganz offensichtlich mit anderem beschäftigt war.

Sobald ich allein war, öffnete ich Juris Schrank. Duschmittel, Badeschlappen, ein russischer Roman. Zwei Toilettentaschen im oberen Fach, in der ersten befanden sich wie erwartet Badeartikel. Im zweiten Beutel fand ich nichts ausser einem robusten braunen Briefumschlag. Ich warf einen Blick hinein und hielt die Luft an. Das Couvert war mit Geld gefüllt. Prall gefüllt. Mit Tausendfrankenscheinen.

Die Garderobe war immer noch leer. Reflexartig schob ich das Couvert in mein feuchtes Handtuch. Kaum hatte ich den Schrank wieder geschlossen, wurde plötzlich die Tür aufgestossen, und zwei jüngere Männer kamen herein. Ich sah sie nur aus den Augenwinkeln, als ich den Raum verliess, das feuchte Handtuch mit dem Couvert gegen die Brust gedrückt.

Ich suchte die Portugiesin und fand sie in der Damensauna, wo sie mit einem Gummischrubber Wasserpfützen Richtung Ausguss beförderte. Ich gab ihr den Schlüssel zurück und sagte, dass sich nur Toilettenartikel im Schrank befänden, nichts wirklich Persönliches. Dann erklärte ich ihr, dass wir besser abwarten sollten, ob die Polizei den Schrank sehen wollte. Sie nickte mir zu, und ich ging. Um das Bad zu verlassen, schloss ich mich einer grösseren Gruppe an. Die Dame an der Kasse war zu beschäftigt, um zu sehen, wie ich mich durch die Absperrung drückte. Zwei Männer, vielleicht die beiden aus der Garderobe, beobachteten mich bei meinem Manöver, sagten aber nichts.

Es war etwas wärmer geworden, und die Sonne schien blass durch die Wolken, als ich ins Freie trat. Ich brachte das alles nicht auf die Reihe. Das Geld befand sich jetzt in meiner Plastiktasche, neben dem feuchten Handtuch und dem nassen Badeanzug. Ich hatte instinktiv gehandelt und einen Blödsinn gemacht, das wusste ich. Es war beunruhigend, aber es fühlte sich auch gut an, das Geld. Trotzdem musste ich mir überlegen, was ich nun unternehmen wollte.

Manchmal hilft es, wenn ich mich bewege. Ausserdem wollte ich alleine sein und das Couvert untersuchen. Ich studierte die gelben Wanderschilder in der Dorfmitte und lief dann los in Richtung Thermalquellenweg. Auf wackeligen Metallbrücken und über Holzstege führte er in eine Schlucht. Ich begann zu rennen, plötzlich süchtig nach Bewegung, es tat so gut. So stürmte ich in die Schlucht, unter mir toste ein Bach. Bis ich ausser Atem stehen bleiben musste. Ich stützte mich auf das Geländer und starrte auf die Wassermassen unter mir. Der Lärm des stürzenden Wassers schluckte alle Geräusche, das Rauschen tat mir wohl. Was blieb, war eine diffuse Angst. Ich hatte Angst. Etwas mir völlig Unverständliches spielte sich ab.

Hinter dem Wasserfall am Ende der Schlucht weitete sich das Bergtal. Die Bewegung hatte meine Anspannung ein wenig gelöst, die Wildheit der Umgebung hatte mich beruhigt. Ich suchte mir abseits des Weges einen einsamen Platz. Ein paar Meter oberhalb des ausgeschilderten Wanderpfads fand ich, umgeben von Tannen und Gestrüpp, eine flache Mulde. Dort wickelte ich den etwas feucht gewordenen braunen Umschlag aus dem Badetuch.

Es war viel Geld. Ich hatte ungefähr die Hälfte gezählt und war schon bei fünfzigtausend Schweizer Franken angelangt. Woher hatte Juri bloss das Geld? Da sind hunderttausend drin, dachte ich gerade, als ich unter mir auf dem Weg eine leise Stimme hörte. Auf dem Wanderweg unter mir standen die beiden Männer, die mich beim Badausgang beobachtet hatten. Ich hatte sie nicht kommen hören, und auch jetzt bewegten sie sich leise und vorsichtig wie Tiere und beobachteten die Gegend. Sie gingen ein paar Schritte weiter, dann trennten sie sich, einer blieb circa zehn Meter von mir entfernt stehen, der andere ging den Weg entlang weiter. Ich blieb erstarrt sitzen.

«Die sind hinter mir her.»

Mein Hirn war über diesem Satz eingerastet, ich atmete flach, kämpfte gegen eine unerträgliche Nervosität in meinen Handflächen und Beinen, fast schon ein ziehender Schmerz. Falls sie mich hier fanden, brauchte ich gar nicht erst davonzulaufen. Weil ich nicht in die Schlucht zurückwollte. Und am Berghang würden sie mich früher oder später einholen. Ich bewegte mich nicht, atmete kaum. Eine Ameise hatte sich an meinem Hals verirrt, sie krabbelte verzweifelt an meinem Schlüsselbein entlang und suchte einen Ausgang. Ich empfand eine tiefe Sympathie für sie, ich hoffte für sie, dass sie ihn fand.

Irgendwann kam der zweite Typ zurück, breitete ratlos die Arme aus und deutete gestikulierend in ein paar Richtungen. Die Männer blieben noch einen Moment lang stehen und kontrollierten wachsam die Gegend. Ich duckte mich noch tiefer, das Gesicht nach unten gesenkt, wie wenn mein Blick den ihren anziehen könnte, dann entfernten sie sich. Ich dankte nachträglich der Verkäuferin im Sportgeschäft, die mir die erdfarbene, hässliche Wanderkleidung verkauft hatte.

Viel später sah ich die beiden Männer auf der gegenüberliegenden Talseite, sie beobachteten immer noch die Gegend, waren nun aber zügiger unterwegs. Der Rundweg führte von dort aus wieder hinunter ins Dorf. Ich wartete, bis sie verschwunden waren. Dann versteckte ich meine Tasche unter ein paar Tannenzweigen, entnahm ihr nur das Geldcouvert und mein persönliches Portemonnaie mit Ausweisen. Ich beschloss, die Dämmerung abzuwarten. Erst als das Licht schwächer wurde, ging ich auf dem gleichen Weg, den die Männer gewählt hatten und der nicht durch die Schlucht führte, zurück ins Dorf. Am Anfang schlich ich noch stückchenweise vor und hielt mich möglichst abseits vom Spazierweg. Aber je näher ich dem Dorf kam, desto sicherer fühlte ich mich. Ich bezweifelte inzwischen, dass die Männer hinter mir her gewesen waren. Als ich mich der Pension Cordula näherte, war ich sicher, dass mir niemand folgte. Ich war meiner eigenen Panik erlegen. Vielleicht eine Form von schlechtem Gewissen. Wegen des Geldes.

Ich wollte die Pension am Abend trotzdem nicht mehr verlassen. Ich blieb in meinem Zimmer. Auf dem Boden und auf allen verfügbaren Flächen breitete ich Geldscheine zum Trocknen aus. Sie gemeinsam mit dem Badeanzug in ein feuchtes Tuch zu wickeln, war nicht schlau gewesen. Es handelte sich um hunderttausend Franken, das wusste ich jetzt. Die Summe war so abstrakt, dass sie mich kalt liess, und überraschenderweise schlief ich tief und traumlos. Als ich am Morgen aufstand, um den Vorhang aufzuziehen, musste ich über das Geld laufen, die Scheine blieben an meinen Fusssohlen kleben.

7

Beim Frühstück in der düsteren Gaststube, wiederum als einziger Gast, traf ich den Entschluss, zur Polizei zu gehen. Ich hatte mich noch einmal mit der Serviceangestellten von vorgestern unterhalten. Juri hatte weder Besuche gehabt, noch war er angerufen worden. Er hatte ein paar Nächte in der Pension geschlafen und war tagsüber unterwegs gewesen. Mehr wusste man nicht über ihn. Ich würde mich bei der Polizei als Juris Freundin vorstellen. Vielleicht konnte ich mit Alexandre Pereira sprechen. Und ich würde das Geld abgeben. Ich hatte die getrockneten Scheine in einen festen, dunklen Plastiksack gefüllt, den mir die Wirtin, diesmal fast freundlich, gegeben hatte. Ich trug ihn in meine Hose gestopft vorne am Bauch.

Beim Polizeiposten in Leukerbad handelte es sich genaugenommen um zwei Räume im Gemeindehaus. Durch eine Glastür betrat ich den Posten, die beiden Schreibtische hinter der Schranke waren verwaist, und der Raum war leer. Auf der Besucherseite stand ein kleiner runder Tisch mit zwei Korbstühlen, ich setze mich, bereit zu warten. Zwei Männer sprachen im Nebenraum.

«Vorläufig haben wir ja nicht viel gegen Pereira in der Hand. Er behauptet steif und fest, Salnikow nicht gekannt zu haben. Das heisst, gekannt schon, ein einziges Mal seien sie sich in einer Bar begegnet. Aber er habe nie etwas mit ihm zu tun gehabt. Vielleicht können wir ihm das Gegenteil nachweisen. Vielleicht melden sich ja noch Zeugen, die die beiden zusammen gesehen haben.»

«Er lügt natürlich. Aber was hat er denn genau ausgesagt? Immerhin hat er doch zugegeben, dass er sich nach Badeschluss mit einem Besucher herumgetrieben hat?»

Beide Männer sprachen in breitem Walliser Dialekt, ein älterer und ein jüngerer Mann, der jüngere sprach viel schneller und selbstbewusster.

«Ich kann dir schon sagen, was in seiner Aussage steht.»

Ich hörte wie eine Schublade aufgezogen und wieder zugestossen wurde, dann das Rascheln von Papier.

«Bei Badeschluss, das Putzpersonal war schon weg, wollte er die vorgeschriebene Kontrollrunde machen, sagt er.»

Es war wieder die ältere Stimme, die sprach, und ich stellte mir einen behäbigen, lokalen Polizeibeamten vor, der sonst mit Diebstählen beschäftigt war.

«Ein junger Bursche sei vor dem Eingang gestanden und habe dort gegen die Scheibe geklopft. Weil er ganz durchnässt und verfroren ausgesehen habe, habe er ihn hereingelassen, sagt Pereira. Ein knapp zwanzigjähriger junger Bursche, etwas ungepflegt, nur in einem T-Shirt, ohne Jacke, so beschreibt ihn Pereira. Er habe ihm ein Handtuch gebracht und ihm angeboten, sich drinnen aufzuwärmen. Später hat er ihm einen heissen Tee gemacht, den sie zusammen im Massageraum getrunken haben. Das alles soll eine Stunde gedauert haben, höchstens.»

«Und was wollte dieser unbekannte Bursche in Leukerbad?»

«Er habe zu Pereira gesagt, er sei im Regen zu Fuss von Leuk heraufgelaufen, weil seine Tante hier eine Ferienwohnung habe. Er sei ein Schweizer, der aber in Frankreich lebe. Er habe kein Geld und sei per Autostopp unterwegs. Die Wohnung der Tante sei verschlossen gewesen, niemand da. Als er gesehen habe, dass im Bad noch Licht sei, habe er sich gedacht, mindestens ein Handtuch würde man ihm dort vielleicht geben. Das soll er so dem Pereira erzählt haben.»

«Und dann?»

«Pereira ging raus, um – verspätet – seine Kontrollrunde zu machen und um das Bad abzuschliessen. Da habe er dann gemerkt, dass seine Schlüssel weg waren. Er ging zurück ins Massagezimmer, und der junge Bursche war verschwunden.»

«So ein Quatsch. Gibt es irgendwelche Zeugen, dass es den Jungen überhaupt gibt? Ist er gesehen worden?»

«Nein, gesehen hat ihn niemand. Wer die Tante mit Ferienwohnung sein könnte, haben wir auch nicht herausgefunden. Aber Pereira behauptet steif und fest, er sei mit diesem Tramper zusammen gewesen. Und er sagt, es sei gut möglich, dass ihm der Kerl die Schlüssel gestohlen habe, zum Beispiel, als er zum Automaten ging, um Tee zu holen.»

«Du glaubst dem Pereira doch nicht, oder? Das klingt alles sehr an den Haaren herbeigezogen», die jüngere Stimme war befehlsgewohnt, «ich bin überzeugt, Pereira hat Salnikow ins Bad geholt. Ein schwules Paar, das sich nachts ein Rendezvous gab. So war das doch. Was dann passiert ist, ob es ein Unfall war oder mit Absicht geschah, das werdet ihr schon noch herausfinden. Eifersucht, ein Liebesspiel, was weiss ich, vielleicht ja auch ein Missverständnis.»

Es klang fast nach einer Anweisung, wie der Fall zu lösen sei.

«Wir können nicht einmal beweisen, dass Pereira von Salnikows Anwesenheit im Bad wusste. Er wird heute Nachmittag freigelassen, vorläufig jedenfalls.»

«Was habt ihr denn übrigens bei Juri Salnikow gefunden, in seinem Zimmer? In der Pension Cordula war das, nicht wahr? War da nichts Auffälliges? Ihr habt doch das Zimmer durchsucht. Habt ihr etwas gefunden, Geld zum Beispiel?»

Welches Geld? Was weisst du vom Geld? Bei den letzten Sätzen sass ich kerzengerade. Der Mann hatte die Frage nicht zufällig gestellt. Sein Tonfall, irgendetwas verriet es mir. Ich war alarmiert.

«Bist ja gut informiert, Lothar, es stimmt, er hat in der Pension Cordula gewohnt», antwortete der ältere Polizist. «Aber in seinem Hotelzimmer war nichts, was uns weiterbringen würde, kein Geld, nur eine Kreditkarte. Ein paar Kleider, dann noch Prospekte, die er sich hier im Reisebüro besorgt hat. Nichts

Auffälliges. Im Bad haben wir übrigens seine Kleidung im Gang gefunden, an einer Garderobe. Normalerweise hängen die Leute dort nur ihre Badetücher auf. Er muss sich also direkt im Gang umgezogen haben, aber das Bad war ja vermutlich auch schon lange leer zu dem Zeitpunkt», der ältere Mann stockte, «trotzdem, vielleicht hatte er ja auch noch einen Garderobekasten. Das werden wir prüfen.» Seine Stimme verriet, dass er sich bewusst war, etwas versäumt zu haben.

«Das mache ich», die Reaktion des jüngeren Mannes kam schnell, zu schnell. «Das kann ich für dich erledigen. Wenn ich im Bad bin, frage ich Frau Walser wegen dem Garderobekasten. Ich informiere dich dann», schob er, wie wenn er sich mässigen wollte, betont ruhig nach. «Und passt auf, dass der Pereira nicht verschwindet, wenn ihr ihn jetzt freilasst. Ich muss zurück ins Büro. Du hältst mich aber auf dem Laufenden, Karl? Rufst mich an, wenn du etwas Neues hast. Wir wollen den Ruf unserer Bäder und unserer Gemeinde nicht aufs Spiel setzen. Der hat in der Vergangenheit schon genug gelitten. Wir müssen sorgfältig überlegen, was an die Öffentlichkeit geht.»

Erst jetzt wurde mir klar, dass der jüngere Mann gar kein Polizist war. Im gleichen Moment trat er aus dem Nebenzimmer. Ein einflussreicher, lokaler Geschäftsmann, vermutete ich, vielleicht der Bürgermeister, vielleicht der Geschäftsleiter des Bades. Sehr gepflegt, wellig geföhnte graumelierte Haare. Nervös. Mit einem misstrauisch abschätzenden Blick musterte er mich: «Warten Sie schon lange?»

«Nein, nein, kein Problem. Noch keine Minute, ich bin grad hereingekommen und sowieso, ich bin nicht pressiert. Mindestens in den Ferien sollte man doch Zeit haben», ich lächelte ihm vertrauensvoll in die Augen. Inzwischen war auch der ältere Polizist aufgetaucht und sah mich an.

«Ich wollte bloss schauen, aber vielleicht bin ich gar nicht richtig hier», ich stockte, immer noch auf der Suche nach einer

Ausrede, «verkauft die Polizei nicht manchmal auch Fahrräder, solche, die gefunden wurden und nie abgeholt worden sind? Wir wollten mal schauen, ob wir nicht ein paar alte, gebrauchte Fahrräder finden könnten für unser Ferienhaus.»

Ich hatte kein Vertrauen in den Polizisten, nein, besser gesagt, ich traute seinem Besucher nicht. Da ging ich lieber zu Ricklin. Nachdem der Polizist meine Frage bedauernd verneint hatte, verliess ich den Posten. Das Geld knisterte in meiner Hose.

Immerhin hatte ich erfahren, dass Alexandre Pereira am Nachmittag freikommen würde. Ich ging auf die Suche nach der Portugiesin, und sie verriet mir seine Adresse. Direkt neben Pereiras Wohnblock fand ich ein Restaurant mit Terrasse. Jetzt, am späten Vormittag, erlaubte es die Sonne sogar, draussen zu sitzen. Das einzige, was den unerwarteten Sonnentag trübte, war ein Anruf von Petar, Juris russischem Freund aus Bern. Ich brachte es nicht über mich, ihm von Juris Tod zu berichten, nicht hier, nicht jetzt. Ich sagte ihm nur, dass ich gerade keine Zeit hätte zum Sprechen.

Insgesamt wartete ich beinahe vier Stunden auf Pereira. Deshalb bestellte ich mir, nach mehr als zwei Stunden Warten, ein Mittagessen. Wohl wissend, dass ich nur mit Juris Geld bezahlen konnte. Aber auf das musste ich sowieso zurückgreifen, auch für die Nächte in der Pension. Später nahm ich ein üppiges Dessert, zwei Cafés und wieder Wein. Womit ich auch den Kellner besänftigte, bevor ich ihm zum Zahlen einen Tausendfrankenschein entgegenhielt. Es war ja nicht viel, was ich mir vorübergehend ausborgte, höchstens dreihundert Franken, beruhigte ich mich, als mir der Kellner das Wechselgeld in die Hand drückte.

Gegen vier brachte ein Polizeiauto Alexandre Pereira. Fünf Minuten später läutete ich bei ihm, ich stellte mich als eine

Freundin von Juri vor, und er bat mich herein. Noch bevor ich eine Frage stellen konnte, begann sich Pereira zu rechtfertigen. Er sass im Trainingsanzug am Küchentisch und triefte vor Selbstmitleid und Groll. Ich konnte die Sympathie der netten Portugiesin für Alexandre Pereira nicht verstehen, was aber vielleicht an der im Gefängnis verbrachten Nacht lag. Pereira war zu dick, ein Kranz von dunkeln Haaren umrundete seine Glatze. Den Schnauz trug er sicher, um männlicher zu wirken. Jedenfalls konnte ich mir eine Liebesgeschichte zwischen ihm und Juri nicht vorstellen. Schon deshalb nicht, weil Juri mit Balthasar Zeiler in Bern eine viel bessere Alternative hatte.

Aber seine Geschichte hatte glaubwürdig gewirkt, dachte ich, als ich zurück zur Pension Cordula ging. Pereira schien wirklich nichts über Juri zu wissen. Er hatte bestätigt, dass sie sich ein paar Tage vor dem Unglück abends in einer Bar begegnet waren. Die beiden hatten sich gut verstanden, vermutlich gab es nicht allzu viele Schwule in Leukerbad, also hatten sie zusammen ein Bier getrunken. Pereiras Erzählung stimmte mit dem überein, was ich auf dem Polizeiposten gehört hatte. Er hatte keinen Grund, Juri umzubringen. Was blieb, war die Möglichkeit, dass er Juri irrtümlich eingeschlossen hatte. Vielleicht hatte er ihm sehr wohl den Zugang ins Bad ermöglicht, zum Beispiel weil er Juri ganz gerne näher kennenlernen wollte. Und dann ein Missverständnis, vielleicht ein Unfall, und Pereira schloss ihn ein, ohne es zu wollen. Was aber noch keine Erklärung lieferte für die Einbrüche und das Geld.

8

Mein Zimmer in der Pension Cordula, ungeheizt, mit billigen Möbeln ausgestattet, zu nahe am Abhang gelegen, wirkte genau so wenig einladend wie am ersten Tag. Zwar war das Bett frisch bezogen und ein Bonbon lag auf dem Nachtkissen, die Verpackung interessanter als der Inhalt. Aber es war noch viel zu früh, um mich ins Bett zu legen. Ich sass im Lehnstuhl, die Beine auf dem Beistelltisch, und starrte auf den Bildschirm des Fernsehers, der nicht lief. Ich sass eine Ewigkeit. Mit Warten und Nichtstun habe ich Erfahrung, dachte ich. Nein, nicht schon wieder, dachte ich dann. Ich hatte am Mittag so viel gegessen, dass ich keinen Anlass mehr hatte, in die Gaststube zu gehen.

Ich war nach Leukerbad gefahren, weil Juri mich gerufen hatte, ich wusste nun, dass Juri tot war. Ich verstand seinen Tod nicht. Ein rätselhafter Tod. Aber was konnte ich schon machen? Ich würde morgen zurück nach Bern fahren und mich bei Ricklin erkundigen, ob sie etwas wussten. Ob es einen Zusammenhang zwischen Juris Tod und den Einbrüchen gab. Mehr fiel mir nicht ein.

Dann würde ich das Geld abgeben. Nur konnte ich schlecht behaupten, ich hätte 99 700 Franken gefunden. Also musste ich morgen dreihundert Franken auftreiben. Ich wusste nur, ehrlich gesagt, nicht wie. Ich spielte einen Moment lang mit dem Gedanken, das Geld überhaupt zu behalten. Ein verlockender Gedanke. Aber irgendwann würde es einen Prozess gegen Pereira geben, den ich dann voller Angst in den Zeitungen verfolgen würde. Voller Angst, dass das Geld zu Sprache kam. Ich überwand mich, ich tat's nicht gern, und ich hatte es bisher nur in äussersten Notfällen getan, aber ich schickte meinem Vater eine SMS mit der Frage, ob er mir etwas pumpen könnte.

Inzwischen sass ich im Finstern, es war Abend geworden. Ich trat ans Fenster, obschon es nur Aussicht auf den Abhang und ein Stück Hinterhof bot.

Ich erschrak, als ich den Mann sah, der im Hof stand. Trotz der Dämmerung wusste ich sofort, wer er war. Einer der beiden Männer von gestern. Den ganzen Tag über war es mir gelungen, nicht an sie zu denken. Nun aber stand einer da und sah die Fassade hoch. Er schien mich nicht bemerkt zu haben, vermutlich weil ich mich im Finsteren befand. Ganz vorsichtig und langsam zog ich die Vorhänge zu. Dann verliess ich das Zimmer, trat in den Gang und schlich nach vorne. Ich wollte ihn beobachten, aber nicht von meinem Zimmer aus. Da ich noch nie andere Gäste getroffen hatte, versuchte ich es mit dem vordersten Zimmer. Es war offen. Von hier aus hatte ich den besseren Blick auf ihn, und es gab übers Eck ein zweites Fenster, durch das ich auf einen schmalen Abschnitt der Strasse vor dem Haus hinuntersah.

Ich setzte mich in der Nähe des Fensters so auf die Bettkante, dass er in meinem Blickfeld blieb. Der Mann unten wartete seit Minuten, er hatte sich nur etwas zur Strasse hin bewegt. Er wirkte ruhig. Auch ich wartete, mit klopfendem Herzen, aber erstaunlich gelassen. Mir schien, der Mann beobachte die Fensterfront und die Haustür. Er stand im Nieselregen, und ich sass im Trockenen, wenn auch in einem fremden Zimmer. Es war nicht unbewohnt, wie ich jetzt bemerkte. Über einer Stuhllehne hingen Kleider, viel mehr konnte ich im Finstern nicht erkennen. Der Mann vor dem Haus war jung, keine dreissig Jahre alt, schätzte ich. Er trug Jeans und eine schwarze Sportjacke. Seine blonden Haare waren sehr kurz geschnitten, wie ein Soldat stand er in der Dämmerung, unter der Laterne. Ein deutscher Soldat oder auch ein russischer oder, am wahrscheinlichsten, ein Walliser Skilehrer. Seine Züge konnte ich nicht genau erkennen.

Nach einiger Zeit fuhr ein grau metallisierter BMW vor. Auf der Beifahrerseite stieg ein Mann aus und ging auf den Eingang der Pension zu, den ich von hier aus nicht sehen konnte. Ich konnte nicht anders als mir mit aufsteigender Panik auszumalen, wie er das Hotel betrat. Wie er an der unbesetzten Rezeption vorbei ging und wie er ungehindert zu meinem Zimmer hochstieg. Wie er dort die Tür öffnete, mich nicht fand. Dann Zimmer um Zimmer. Instinktiv zog ich mich an die Wand zurück. Ich horchte auf die Geräusche im Haus, fühlte die gleiche Angst hochsteigen wie gestern in den Bergen.

Aber es blieb still im Gang, und auch aus der Gaststube hörte ich nur gleichbleibende murmelnde Stimmen. Da tauchte der Mann wieder auf der Strasse auf, ging zum BMW und sprach mit dem Fahrer. Leise rief er dem anderen Mann, der immer noch unter der Laterne stand, etwas zu, der schlenderte zum Auto hinüber und alle beide machten sich daran, in den BMW einzusteigen. Ich stand nun wieder am Fenster. Als das Licht im Wageninnern anging, erkannte ich den Fahrer. Es war der graumelierte Geschäftsmann, den ich heute Morgen auf der Ortspolizei angetroffen hatte. Derjenige, der sich nach dem Geld erkundigt hatte. Der Wagen wendete und fuhr davon. Die Männer hatten sich etwas zugerufen, auf Deutsch, in Walliser Dialekt.

Selbst wenn es sich um lokale Zivilpolizisten handeln sollte oder tatsächlich um Walliser Skilehrer, die nur hierhergekommen waren, um der Serviertochter etwas auszurichten, und auch wenn ich mir nur einbildete, dass sie hinter mir her waren: Ich wollte weg. Hier würde ich nicht länger bleiben, auch nicht für eine Nacht.

Ich lief in die Gaststube hinunter, sagte, dass ich morgen frühzeitig abreisen musste, und bezahlte mein Zimmer. Die Besitzerin nahm mein Geld entgegen, zwar weniger nervös, aber kaum entgegenkommender als am ersten Tag. Eine Quittung erhielt ich nicht, und vom Meldezettel, den ich auch beim Kommen nicht ausgefüllt hatte, war nicht die Rede. Mir war es recht, keinen Namen zu hinterlassen. Beiläufig erkundigte ich mich, ob jemand nach mir gefragt hatte. Sie verneinte.

In meinem Zimmer steckte ich meine wenigen Sachen, genaugenommen nur das Sommerkleid, in einen Plastiksack. Alles übrige trug ich am Leib. Die Tasche mit dem Badeanzug befand sich unter den Tannenzweigen, und von mir aus konnte sie ruhig dort bleiben, inklusive Badetuch aus der Pension Cordula. Ich liess das Licht im Zimmer brennen, schlich ins Untergeschoss, fand eine Hintertür. Die Männer waren nicht zurückgekommen. Der Hinterhof lag verlassen, und ausser in meinem Zimmer brannte nirgendwo ein Licht. Ich kroch über die feuchte Wiese den Abhang hinauf und stiess weiter oben auf eine Querstrasse. Weil ich nicht durch das Dorf laufen wollte, ging ich zuerst hangwärts und schliesslich in einem grossen Bogen um das Dorf herum. Unterhalb der Ortschaft fand ich den Wanderweg, der von Leukerbad nach Leuk hinunter führt. Eigentlich handelte es sich um das Bahntrassee einer stillgelegten Eisenbahn. Der Weg war natürlich unbeleuchtet, und immer wieder stiess ich mir die Zehen an. Verschiedene Male verlor ich die Richtung und geriet sofort in Panik wegen der nahe gelegenen Dala-Schlucht, aber das Licht meines Mobiltelefons half mir auf den Weg zurück.

Es war zwei Uhr in der Früh, als ich in Inden ankam, für den Abstieg bis hierher hatte ich in der Dunkelheit mehrere Stunden gebraucht. Ich suchte mir einen Platz, um den Morgen abzuwarten. Für den Weg nach Leuk musste ich hinunter in die Schlucht, und dazu fehlte mir der Mut. Etwas oberhalb des Weilers fand ich einen kleinen Schafstall, eine kurze Leiter führte auf den Heuboden. Ich setzte mich auf die staubigen Bretter, zog Heu heran und ordnete es wie eine Decke um mich herum an. Morgen früh würde ich fluchen und mir stundenlang Gräser aus den Haaren und Kleidern zupfen. Vor allem aus der Faserpelzjacke.

Durch die offene Tür des Heubodens hatte ich einen wunderbaren Blick auf den Nachthimmel und auf das Dorf zu meinen Füssen. Die Geräusche der Schafe im Stall unter mir, die kalte, klare Luft, die unzähligen Sterne, die finsteren Berghänge mit schneebedeckten, weissen Spitzen – die Welt um mich herum war unbeschreiblich schön. Die Nacht wie durchsichtig und vollkommen still, bis auf das leise Schnaufen der Schafe unter mir, die sich ab und zu bewegten. Ich kam zur Ruhe, ich fand Distanz. Alles hatte seine Richtigkeit, alles würde sich klären. Ich dachte daran, wie ich vor ein paar Tagen in Bern von den Einbrüchen überrumpelt worden war. Eine unüberlegte Reise nach Leukerbad, ohne zu wissen, was mich erwartete. Wie ich geschockt im Thermalbad Juris Tod zu verstehen versuchte. Wie ich mich schliesslich in eine Angst hineingesteigert hatte, in eine Panik. An das viele Geld, das ich, vorne in meine Hose gestopft, mit mir herumtrug.

Juri war tot, und sein Tod stand in Zusammenhang mit irgendwelchen Machenschaften, die ich nicht verstand. Ich muss herausfinden, um was es geht, dachte ich aus dem Nichts heraus. Die ruhige Nacht liess mich klar und kompromisslos denken. Nach Monaten, in denen ich mich ziellos hatte treiben lassen. Es mag mir manchmal an Entschlusskraft mangeln, aber feige war ich nicht. Es war wie eine Herausforderung, die ich annehmen musste. Etwas, dem ich nicht ausweichen durfte. Nicht Juri zuliebe, so gut hatte ich ihn gar nicht gekannt. Nicht der Gerechtigkeit zuliebe, das war mir zu abstrakt. Vielleicht aus Rache. Weil es nicht ging, dass ganz normale Menschen ersäuft wurden. Weil ich selbst verfolgt wurde, weil jemand in meine Wohnung eingedrungen war, um Juris Koffer zu stehlen. Weil ich nicht die Gejagte sein wollte, weil ich vor niemandem davonrennen würde. Vielleicht für mein Selbstwertgefühl, vielleicht auch aus Sturheit, ich war ungewollt in etwas hineingeraten, nun liess ich mich nicht abwimmeln. Ich wusste, was ich wollte. Und ich war sicher, dass ich es konnte.

Von nun an würde ich systematisch und professionell vorgehen. Ich begann zu überlegen, was das bedeutete. Ich musste herausfinden, wer der Geschäftsmann war, der über Juris Geld Bescheid wusste und der mit seinem BMW vor der Pension Cordula aufgetaucht war, wer die beiden Typen waren. Ich wollte, wenn ich an heute dachte, ein Auto, um nicht zu Fuss durch die Nacht zu straucheln. Und ich wollte eine Waffe, zu meinem Schutz. Dieser Gedanke beruhigte mich und ich sank benommen und müde langsam ins Heu und schlief ein.

9

Der kleine, weiss gestrichene, mit einem Spannteppich ausgekleidete Raum war gerade mal ein paar Quadratmeter gross. Pünktlich um acht Uhr morgens stand ich in meinem Büro. Stand, denn was unter anderem fehlte, waren Büromöbel.

Vor drei Tagen war ich aus Leukerbad zurückgekommen und hatte mich als erstes gründlich in Juris Wohnung umgeschaut. Warum der Einbruch, was hatten sie bei Juri gesucht? Vielleicht, ziemlich sicher sogar, das Geld. Die noch knapp hunderttausend Franken, die ich, gut eingeschweisst in Zipbeutel, in einem leeren Ölkanister in meiner Wohnung versteckt hatte. Von wegen Geld stinkt nicht. Wenn ich später die Beutel herausholte, rochen sie jedes Mal penetrant nach Öl.

Ich schlief schlecht, nicht nur wegen des Geldes. Mich beunruhigte die Vorstellung, dass jemand noch einmal meine Wohnung durchsuchen könnte. Ich wagte kaum, an meinem Computer Recherchen zu Leukerbad zu machen, geschweige denn schriftliche Notizen zu hinterlassen. Beim ersten Einbruch hatten sie sich meinen Computer angesehen. Deshalb war ich auf die Idee gekommen, das Büro zu mieten, in einem anonymen Hochhaus im Stadtzentrum.

Mit dem Lift konnte ich diskret in den fünften Stock fahren und mit ein paar Schritten im Büro verschwinden, ohne jemandem über den Weg zu laufen. Dem Vermieter hatte ich erzählt, dass ich eine Rückzugsmöglichkeit brauchte, um meine Dissertation zu beenden. Laut Angaben im Lift befand sich auf diesem Stockwerk neben meinem Büro noch eine Kosmetikfirma, die restlichen Mieter kannte ich nicht. Ich war gestern nur zwei Personen begegnet, und ich hatte festgestellt, dass man sich in diesem Haus nicht grüsste. Das war mir nur recht.

Der Raum war winzig, verfügte aber immerhin über eine eigene kleine Toilette. Ich holte mir am Lavabo heisses Wasser und löste etwas Nescafé darin auf. Sehr bescheiden, ziemlich widerlich, aber trotzdem, eine Tasse Kaffee in meinem eigenen Büro. Der Laptop stand vorläufig auf einer Kartonschachtel. An einer vom Fenster zur Toilettentür gespannten Schnur hingen verschiedene Kleidungsstücke. Aus dem Bedürfnis heraus, mich zu tarnen, hatte ich mir gestern Kleider gekauft, Dinge, die ich sonst nie trug: Ein elegantes Deux-Pièces, einen dunklen, geschäftsmässig wirkenden Hosenanzug, einen schwarzen Jogginganzug mit robusten Turnschuhen, eine Mütze, die einen grossen Teil des Gesichts verdeckte. Und ich hatte versucht, mir eine Waffe zu kaufen, und erfahren, dass das einige Tage dauern würde, bis ich den Waffenerwerbschein hatte. Aber ich kümmerte mich darum, um den Strafregisterauszug und alles Übrige.

Mir war wirklich ernst mit meinem Vorhaben.

Das war gestern gewesen und vorgestern. Nun stand ich, in die Enge getrieben vom Ernst meines Vorhabens, in dem kleinen Büro und überlegte, womit ich beginnen sollte.

Ich setzte mich auf den Boden und studierte, den Rücken an die Wand gelehnt und den Laptop auf den Knien, Webseiten zu Leukerbad. Es war überhaupt nicht schwierig herauszufinden, wer der Geschäftsmann war, den ich auf dem Polizeiposten getroffen und später im Auto vor der Pension gesehen hatte. Der Mann hiess Lothar Perren, war Mitglied des Gemeinderats und früherer Tourismusdirektor. Ausserdem sass er in der Verwaltung des Thermalbades, in dem Juri gestorben war, und in der Geschäftsleitung einer Gesellschaft, die Bergbahnen betrieb. Von Beruf war er Rechtsanwalt und Notar, mit einer Kanzlei in Bern, Advokatur, Notariat und Treuhand. Ein vielbeschäftigter Mann. Eine Luise Perren, vielleicht seine Ehefrau, war Besitzerin einer Baufirma, und Perren hiess auch ein Mitarbeiter der Ortspolizei. Ob es sich um den behäbigen Polizisten handelte, den ich auf dem Posten getroffen hatte, wusste ich nicht. Verwandt oder nicht, man kannte sich auf jeden Fall. So war das doch im Wallis.

Ich las ein bisschen etwas über das Finanzdebakel von Leukerbad, auch wenn das inzwischen um Jahre zurücklag. Einen Schuldenberg von über dreihundert Millionen Franken hatte es hinterlassen, und Leukerbad wurde in der Folge als erste Schweizer Gemeinde unter Zwangsverwaltung gestellt. Mit diesen alten Geschichten hatte Lothar Perren allerdings kaum etwas zu tun, dafür war er zu jung. Ausserdem, Schulden in der Höhe von dreihundert Millionen, aus der heutigen Perspektive klang das lächerlich.

Schliesslich klickte ich mich durch die Webseite des Kurbads, wo ich verschiedene Mitarbeiter abgebildet fand. Die beiden Männer, die mich verfolgt hatten, waren nicht darunter.

Zwei Stunden später hatte ich wenig erfolgreich nach Infos über Alexandre Pereira, den Bademeister, und dann über Petar Lischkow, Balthasar Zeiler und Tobias Bucher, die Kontakte aus Juris Telefon, gesucht. Die Firma Impexpo, für die Juri ab und zu Administratives erledigt hatte, betrieb in Russland einen Handel mit Schweizer Markenartikeln. Nichts von dem, was ich auf ihrer Webseite über sie las, half mir weiter, und sowieso hatte Juri in den letzten Monaten nicht mehr für sie gearbeitet. So langsam verschwammen die Buchstaben vor meinen Augen, und mein Rücken tat weh. Ein Büro war schön und gut, aber ohne Schreibtisch doch ziemlich unvollkommen.

Doch es gab noch etwas. Ich holte Juris USB-Stick hervor. Als ich ihn mir letztes Mal angesehen hatte, war es noch um die Frage gegangen, wo Juri stecken könnte. Jetzt suchte ich nach einem Mordmotiv. Da waren zuerst einmal die Fotos. Während mindestens einer Stunde schaute ich mir Aufnahmen an, ohne zu wissen, nach was ich suchte. Ich sah keinen Zusammenhang zwischen den Fotos, alle in mondäner Umgebung aufgenommen, und Juris Leben. Juri selbst konnte ich auf keinem der Bilder entdecken, was vielleicht einfach deshalb der Fall war, weil er jeweils fotografiert hatte. Musste ich mich an den Gedanken gewöhnen, dass es noch einen anderen Juri gab als denjenigen, der in einem Altbau lebte und bei Aldi einkaufte? Einen, der in sehr wohlhabenden Kreisen verkehrte und manchmal Tausende von Franken mit sich herumtrug? Möglich war das schon, aber ich fühlte mich verraten dabei.

Inzwischen war es Nachmittag geworden, ich hatte viel zu viel Nescafé getrunken, ich war müde, ich hatte Rückenschmerzen und wollte nicht mehr zusammengekauert auf dem Boden sitzen. An den Kopfschmerzen waren bestimmt die frisch gestrichenen Wände Schuld. Ausserdem war der Raum viel zu heiss und viel zu trocken. Ich riss das Fenster auf und streckte mich auf dem Boden aus. Nach ein paar Minuten raffte ich mich wieder auf, obschon es mir beim besten Willen nicht mehr gelang, eine erträgliche Position zu finden vor dem Laptop auf der Kartonschachtel. Innert Kürze waren meine Beine wieder taub und kalt.

Trotzdem sah ich mir die Textdateien auf Juris Stick sorgfältig an. Die englische Powerpoint-Präsentation kannte ich schon, beim genaueren Hinsehen fand ich heraus, dass sie für eine Wirtschaftstagung zu Handelsbeziehungen mit Russland geschrieben worden war. Eine Tagung, die das SECO, das Staatssekretariat für Wirtschaft, organisiert hatte. Kurz bevor ich aufgab, fand ich die Zahlendateien wieder, auf die ich schon beim ersten Durchsehen gestossen war. Das meiste an Text war auf Russisch, dazu kam, dass mit Kürzeln gearbeitet wurde. Deshalb hatte ich, egal wie lange ich darauf starrte, keine Ahnung, ob es sich um Bankauszüge, um Teile einer Buchhaltung oder um etwas ganz anderes handelte. Bis ich wach wurde. Die Dateien stammten von einer Firma namens AdFin. AdFin, das war es, womit sich der unfreundliche Mann gemeldet hatte, bei einem meiner Anrufe an Juris Telefonkontakte. Ich hatte ihn damals schlecht verstanden, aber jetzt war ich mir sicher.

Nun googelte ich AdFin und stiess auf eine Firma, die sich im Branchenverzeichnis mit Dienstleistungen im Finanzbereich, Finanztransaktionen und Investitionsberatung anpries. Sie war auf Geschäfte mit Russland spezialisiert, und tatsächlich stimmte auch die Nummer aus Juris Mobiltelefon mit der Firmennummer überein.

Die Kopfschmerzen spielten keine Rolle mehr. Ich hatte bei Juri viel Geld gefunden. Juri hatte mit dieser Firma telefoniert und hatte ihre Finanzunterlagen auf seinem Stick. Wenn das keine Spur war! Ich konnte mir zwar unter den von AdFin angebotenen Advisory, Transaction und Financial Services überhaupt nichts vorstellen. Aber natürlich dachte ich bei einer russischen Finanzfirma sofort an Geldwäsche und an mafiöse Geschäfte. Und Juris Rolle im Ganzen? Juri, der, seit ich ihn kannte, genauso knapp bei Kasse war wie ich? War er wegen Geld ermordet worden?

Ich streckte mich auf dem Filzspannteppich aus, mein Rücken ertrug die gebückte Haltung nicht mehr. Es war bereits später Nachmittag, und ich hatte während Stunden ohne Unterlass in den Computer gestarrt. Wer konnte mir erklären, um was es in den Finanzdateien von AdFin ging, die sich auf Juris Stick befanden? Was ich brauchte, war eine Vertrauensperson mit Russischkenntnissen. Ich kannte niemanden. Mein Mund schmeckte nach lauwarmem, bitterem Kaffee. Ich hatte nichts gegessen. Ich konnte noch stundenlang so liegen und nachdenken, ich kannte niemanden.

Im Internet zu recherchieren war einfach gewesen, aber jetzt? Sollte ich bei AdFin vorbeigehen und mich erkundigen, ob die Dateien etwas mit Juris Tod zu tun hatten? Sollte ich Lothar Perren anrufen und fragen, ob er Bescheid wusste über das Geld? Über mir baumelte meine neue Agentinnengarderobe, ich durfte vor dem ersten Tragen nicht vergessen, die Etiketten abzunehmen. Ich war nervös, müde und demoralisiert. Und ich begann, mich lächerlich zu fühlen. Was hatte ich nur dabei gedacht, so viel fremdes Geld auszugeben? Für die Büromiete, für die Kleider? Die Möglichkeit, mit meinen Infos zur Polizei zu gehen, hatte ich mir verbaut.

10

Lothar Perrens Büro befand sich in der unteren Altstadt. Ein Messingschild in den Lauben neben der Eingangstür wies auf die Advokatur- und Notariatskanzlei hin. Ich stiess die schwere Eichentür auf und betrat ein frisch renoviertes Treppenhaus. Während ich in den zweiten Stock hochstieg, rief ich mir die Entschlossenheit der Nacht im Schafstall bei Leuk in Erinnerung. Den schlimmsten Teil meiner Krise hatte ich schon gestern Abend überwunden. Im Laufe des Abends, mit vollem Bauch und bei einem Glas Wein, war mir bewusst geworden, dass ich sehr wohl eine wichtige neue Erkenntnis hatte. Juri, im Besitz von erstaunlich viel Geld, war mit AdFin, einer auf Finanzgeschäfte mit Russland spezialisierten Firma in Kontakt gestanden. Eines seiner letzten Telefonate war an AdFin gegangen. Ausserdem war ich mir sicher, dass Perren in Leukerbad nicht zufällig vor der Pension aufgetaucht war.

Ich betrat die Kanzlei und gelangte in einen Raum mit tiefblauen Polstersesseln auf gepflegt schimmerndem Parkettboden. Der Raum war leer, und es dauerte einen Moment, bis ich die junge Sekretärin im Nebenzimmer bemerkte, die mich anlächelte, während sie gleichzeitig leise ins Telefon sprach. Die Altstadtwohnung mit ihren kleinen, niedrigen Räumen war sehr geschickt umgebaut worden. Zwischen Empfangsbereich, wo ich mich befand, und Sekretariat war ein Teil der Wand herausgebrochen worden. Überhaupt war die Kanzlei weit geräumiger, als es von aussen den Anschein machte. Ich wartete im Eingangsbereich und fragte mich, wie die gesund glänzenden Topfpflanzen in diesem Raum überlebten. Das einzige Fenster, dessen milchige Scheibe für Diskretion sorgte, führte aufs Treppenhaus hinaus.

Als die Sekretärin das Telefonat beendet hatte, ging ich zu ihr.

«Ja, bitte?», sie war ihrer Umgebung entsprechend stilvoll gekleidet, und erst jetzt kam mir in den Sinn, dass es sich vielleicht gelohnt hätte, eines meiner neuen Kleidungsstücke anzuziehen.

«Ich möchte gerne einen Termin mit Herrn Perren vereinbaren.»

«Gerne. Dürfte ich Sie fragen, um was es geht? Herr Perren ist sehr beschäftigt, und vielleicht kann Ihnen ja auch einer seiner Partner behilflich sein?»

Laut Webseite war Perren bernischer Rechtsanwalt und Notar und arbeitete mit drei Juniorpartnern zusammen.

«Herr Perren ist mir empfohlen worden, in Zusammenhang mit Fragen zu einer Liegenschaft in Leukerbad. Weil er selbst ja von dort kommt, wäre es vielleicht günstig, mit ihm selbst zu sprechen.»

«Wie Sie wünschen. Es kann nur ein bisschen dauern bei ihm, aber ich schaue mal, ob ich in seinem Terminkalender eine Lücke finde. Um was geht es bei der Liegenschaft?»

Sie zog ein dickes Buch zu sich heran, vermutlich Perrens Agenda, wurde aber wiederum durch das Läuten ihres Telefons unterbrochen. Sie nahm ab.

Perren direkt auf Juri anzusprechen, war zu gewagt. Aber ich wollte wissen, mit wem ich es zu tun hatte. Ein Schafstall, leider nicht in der Bauzone, den ich gerne in ein Ferienhaus umbauen möchte. Liess sich da überhaupt noch etwas machen, zumal nach der Annahme der Zweitwohnungsinitiative? Vorläufig kam ich nicht dazu, meine Geschichte anzubringen. Das Telefon nahm die Sekretärin ganz in Anspruch, und, eine Entschuldigung lächelnd, wandte sie sich von mir ab.

Plötzlich stand Perren neben mir. Er war aus einem der hinteren Räume aufgetaucht und begleitete einen Mann und eine Frau zum Empfangspult. Er schien seine Sekretärin zu benötigen, mir nickte er nur beiläufig zu. Einen sehr nachhaltigen

Eindruck hatte ich also nicht hinterlassen auf dem Polizeiposten von Leukerbad. Hier in der Stadt wirkte seine Sonnenbräune, obschon sie vermutlich echt war, unpassend. Perren war korrekt und teuer gekleidet, seine leicht gewellten Haare waren ordentlich nach hinten gekämmt, trotzdem hatte er etwas von einem Bauern an sich. Die für die Stadt etwas zu groben schwarzen Schuhe, die sonnengegerbte Haut, die gross angelegte Bewegung, mit der er jetzt über den Tresen reichte, um sich die Agenda zu greifen.

«Ja, wenn wir sonst keinen Termin finden, müssen wir fast zusammen essen gehen. Was meint ihr? So können wir's auch lösen.»

Der Vorschlag wurde begleitet von dienstfertigem, jovialem Lachen.

«Ja, wieso nicht. Was haben wir denn nächste Woche alles los?», fragte der Mann seine Frau.

«Mittwoch würde uns gehen. Ausser du willst dann ins Fitness», antwortete sie.

Perren erkundigte sich interessiert nach dem Fitnessclub, in dem der Mann trainierte, dann wechselten sie zum Thema Tennis. Ohne das Gespräch mit den beiden Klienten zu unterbrechen, warf Perren einen Blick in einen Aktenordner, der offen auf dem Empfangspult lag. Die Sekretärin bemühte sich inzwischen hörbar, das Telefonat zu beenden, um sich um ihren Chef kümmern zu können. Ich, in Jeans und Windjacke, wartete. Von hinten trat ein blasser junger Mann heran.

«Adrian, da liegt ein Dossier von dir», diesen befehlsgewohnten, ziemlich schneidenden Ton kannte ich vom Polizeiposten von Leukerbad. Mit einer ruckartigen Kinnbewegung wies Perren den blassen Jüngling auf den Ordner hin, in dem er eben gerade geblättert hatte und der jetzt wieder offen dalag.

Inzwischen hatte die Sekretärin das Telefon beendet und versprach dem Chef, für Mittwochabend im gewünschten Restaurant einen Tisch zu reservieren. Sie war mit ihm per Du. Das Ehepaar wurde zuvorkommend verabschiedet, und Perren verschwand in seinem Büro. Für mich fand die Sekretärin einen Termin in sechs Wochen. Ohne mit den Wimpern zu zucken, nannte ich mich Monika Herzig.

Perren war eine einnehmende Person, erfolgsgewohnt, gut aussehend, kommunikativ. Ausserdem war er vermutlich ziemlich rücksichtlos. Aber neben all dem hatte er etwas Lächerliches an sich. Beim Hinausgehen fiel mir ein, an wen er mich erinnerte. Die übertriebene Eifrigkeit, die manchmal durchdrückte, die gewellten und nach hinten gekämmten Haare. Perren erinnerte mich an Gustav Gans. In Bergschuhen.

Bereits zum dritten Mal lief ich den Gang ab, alle Türen sorgfältig studierend, AdFin fand ich nicht. Obschon AdFin unten angegeben war, auf der Tafel mit den Firmenschildern in der Eingangshalle. AdFin, 2. Stock. Am ehesten kam eine milchige Glastür in Frage, neben der ein Metallschild mit einem kyrillisch geschriebenen Namen angebracht war, zu lang, um AdFin zu heissen, aber immerhin russisch. Ein Karton «Change» baumelte an der Tür, ein auf der Scheibe angebrachter Plastikkleber gab die «Opening Hours» bekannt.

Ich klopfte, eine Stimme forderte mich auf, hereinzukommen. Der Raum, den ich betrat, war unerwartet klein und schäbig. Er wirkte wie ein vergessenes Postbüro in einer entlegenen Gegend. Hinter zwei Schaltern sassen zwei Männer und starrten mich überrascht an. Ich schwankte zwischen den beiden Männern hin und her, unentschlossen, an wen ich mich wenden wollte, denn beide sahen mich erwartungsvoll an. Ich entschied mich für rechts, den jüngeren, und überlegte hastig, was ich nun sagen sollte.

«Ich hätte ein paar Fragen – äh, falls ich hier richtig bin, bei AdFin.»

Keiner der beiden reagierte. Während der Pause, die folgte, waren ihre Augen auf mich gerichtet. Ich fuhr weiter.

«Es ist so, ich habe hier mit meiner Tochter abgemacht. Ich möchte, dass sie dabei ist, sie sollte auch hören, um was es geht. Ich darf sicher hier einen Moment auf sie warten, sie müsste jeden Moment kommen?»

«Ja, natürlich», erhielt ich als Antwort, die Männer sahen sich an und wandten sich dann wieder ihrer Arbeit am Computer zu.

Ich stand vor den Schaltern im Raum, der bis auf einen Schirmständer nicht möbliert war. Schliesslich entdeckte ich einen abgenutzten Metallsessel, links neben einer Tür. Vermutlich wurde der Stuhl vom Wachpersonal benutzt, ich setzte mich. Während fünf Minuten passierte gar nichts, nur ab und zu wurde ich von den beiden Männern taxiert, mit, wie mir schien, misstrauischen Blicken. Ich bemühte mich, gelangweilt und abwesend zu wirken, und sah mich derweilen um. Ich war mir immer noch nicht sicher, ob ich wirklich bei AdFin war, auch wenn die beiden das nicht verneint hatten. Auf der rückwärtigen Wand, hinter den mit einer Glaswand abgetrennten Schaltern, befanden sich weisse Büroschränke und ein Kopiergerät, aber keine weiteren Räume. Vermutlich führte die Tür neben mir zu den restlichen Büros von AdFin. Falls es eine Kamera gab, von der aus der Raum überwacht wurde, konnte ich sie nicht sehen. Aber ich hatte ja auch nicht wirklich die Absicht, hier einzusteigen.

Ich versuchte mir die Gesichter der beiden einzuprägen. Schliesslich war ich hier, um meine Gegner kennenzulernen. Schwer zu sagen, ob es sich um Schweizer oder um Ausländer handelte. Obschon beide sassen, wirkten sie sehr kompakt in ihren Körpern, was Schweizer in der Weise nur selten tun. Der ältere neigte zu Rundlichkeit und Glatze. Ich nahm mein Handy heraus und tippte ein bisschen darauf herum, um den Anschein zu erwecken, dass ich meine Tochter zu erreichen versuchte.

Ich wollte gerade aufstehen, als sich die Eingangstür öffnete und ein DHL-Kurier erschien. Mitten im Raum blieb er stehen, er streckte den beiden Männern ein Päckchen entgegen. Der ältere Angestellte kam hinter dem Schalter hervor. Er wirkte bullig und durchtrainiert. Der DHL-Kurier erhielt seine Unterschrift, mit dem beigen Paket in der Hand kam der Angestellte in meine Richtung und verschwand in der Tür neben mir. Ich sah einen Gang, der zu weiteren Räumen führte. Was immer hier an Wichtigem zu finden war, es würde sich dort hinten befinden. Ich ergriff die Gelegenheit und ging auf den jüngeren Schalterangestellten zu. Es ist einfacher zu lügen, wenn nur einer zuhört.

«Es scheint nicht so, als ob das noch klappen würde mit meiner Tochter. Wir müssen wohl ein anderes Mal vorbeikommen.»

«Um was wäre es denn gegangen? Vielleicht kann ich ja trotzdem helfen?», erkundigte er sich höflich, aber auch neugierig.

«Meine Tochter wird in Moskau studieren, und wir möchten ein Konto einrichten, für Überweisungen an sie. Ich dachte, es ist einfacher, wenn sie dabei ist, dann weiss sie auch gerade, an wen sie sich in Moskau wenden muss.»

Der Mann sah mich immer noch genau an: «Ich frage mich, ob Sie sich nicht besser an eine der Grossbanken wenden. Alle grösseren Banken haben inzwischen Filialen in Moskau oder können Ihnen eine Bank nennen, mit der sie zusammenarbeiten. Vermutlich haben sie bei einer Grossbank den besseren Service.»

«Ich dachte, AdFin ist auf so etwas spezialisiert, auf Transactions und Financial Services mit Russland, aber da bin ich vielleicht falsch informiert.»

«Sie sind hier nicht bei AdFin. Aber wir arbeiten mit Money Transmittern zusammen, wenn Sie das möchten. Dürfte ich Ihren Ausweis sehen, wenn Sie Geld überweisen wollen, sind wir von Gesetzes wegen dazu verpflichtet.»

«Ich bin gar nicht bei AdFin? Aber ich habe die Adresse aus dem Branchenverzeichnis!»

«Die Adresse stimmt schon. AdFin ist tätig in der Anlageverwaltung und Investitionsberatung. Ich denke, das ist nicht, was Sie suchen.»

«Und das hier gehört gar nicht zu AdFin?», eine ungeschickte, viel zu direkte Frage.

«Ich kann Sie gerne weitervermitteln. Was kann ich denn nun für Sie tun?»

Es war Zeit, den Rückzug anzutreten. Ich sagte, dass ich zuerst einmal bei meiner Hausbank nachfragen wollte, wenn das so einfach war mit Geldüberweisungen nach Russland.

Wozu diente denn der Schalterraum mit den beiden Angestellten, wo es doch so offensichtlich war, dass sich kaum Kunden hierher verirrten? Das Namensschild auf dem Schaltertisch verriet mir, dass der jüngere Mann Dragic hiess. Beim Hinausgehen las ich den Namen seines Kollegen, Zivkovic. Ob die beiden überhaupt über die Geschäfte von AdFin informiert waren? Nicht unbedingt. Vielleicht setzte AdFin seine Bodyguards an die Schalter, wenn es sonst nichts zu tun gab?

Ich drehte mich beim Hinausgehen noch einmal um: «Entschuldigung, machen Sie Kung Fu?»

«Kung Fu nicht, aber Karate», der Mann war so überrascht, dass er automatisch geantwortet hatte. Erst nach einer Pause fuhr er fort, ziemlich pikiert: «Wie kommen Sie auf die Frage?»

«Ach, entschuldigen Sie. Ich habe meine Tochter jahrelang ins Kung Fu begleitet, einer ihrer Trainer hiess Dragic, ich hatte das Gefühl, wir kennen uns von dort. Aber ich habe Sie offensichtlich verwechselt.»

Der Mann lächelte nur als Antwort, ich nickte ihm noch einmal zu und ging.

Ich nahm den Lift. Als ich unten ankam und sich die Tür des Aufzugs langsam zur Seite schob, wartete dort ein Mann. In seiner Grösse verdeckte er fast die ganze Tür, kahlköpfig, ein breiter Schädel, dicke Lippen, grosse Ohren. Grosse Hände, stellte ich fest, als ich mich an ihm vorbei aus dem Lift schob. Ohne zurückzuschauen, verliess ich das Gebäude. Ein Mann, den man so schnell nicht wieder vergass.

Es war Abend, wie üblich hatte ich nichts Essbares zu Hause, und die Geschäfte waren längst zu. Diagonal gegenüber meiner Wohnung liegt auf der anderen Strassenseite eine Tankstelle, dort erstand ich mir, mangels besserer Auswahl, Sardinen, Knäckebrot und Kekse. Als die Ware auf dem Küchentisch lag, fand ich sie dann doch zu deprimierend. Schliesslich hatte ich Geld. Also liess ich einen libanesischen Partyservice kommen und schöpfte aus dem Vollen, bestellte viel zu viel für eine einzelne Person. Ich sass mit einem Glas Wein vor zahlreichen Kartonschachteln, als mein Vater auftauchte. Wie immer kündigte er sich nicht mit Läuten an, sondern tappte einfach in meine Wohnung. Nachdem Vater mich abgeküsst hatte, musterte er etwas überrascht die vielen halbleeren Schachteln vor mir.

So viel Luxus war er von mir nicht gewohnt. Auch früher, bei uns zu Hause, hatten wir nie allzu viel Geld. Mein Vater war in den Fünfzigerjahren aus Ungarn in die Schweiz geflohen. Weil sein Diplom von der Schweiz nicht anerkannt wurde, holte er während langen Jahren das Medizinstudium nach, das meine Mutter finanzierte. Ausserdem brachte sie natürlich unsere Familie durch, also neben meinem Vater meine Schwester und mich. Für viel reichte es nie. Einige Jahre nach dem Medizinstudium eröffnete mein Vater eine Schönheitsklinik, an der er inzwischen sehr gut verdiente, aber da hatte er sich längst von meiner Mutter getrennt.

Jetzt streckte er mir, mit grosszügigem Lächeln, einen Fünfzigfrankenschein entgegen. Ich blickte ihn perplex an, ich hatte die SMS an ihn längst vergessen.

«Ach so, das reicht wohl nicht», meinte er kulant, und nicht ohne Seitenblick auf die Essensreste liess er den Schein in seinem Portemonnaie verschwinden und brachte eine Hunderternote zum Vorschein.

«Willst du ein Glas Wein, Papa?»

Er nervte, er nervte doppelt. Erstens einmal war ich kein Kind mehr, dem das Taschengeld ausgegangen war, und wenn ich ihn um Geld anging, dann wohl, weil ich mehr benötigte als fünfzig Franken. Und zweitens hatte sein Vorgehen System. Er wollte, dass ich ihn um mehr bitten musste, um sich noch einmal grosszügig geben zu können. Dabei hatte unsere Mutter ihn während Jahren ausgehalten, ohne jemals ein Wort darüber zu verlieren.

«Nimm doch ein Glas Wein, Papa», wiederholte ich und ignorierte seine Hand.

«Brauchst Du's nicht?», fragte er und wedelte mit dem Geld vor meiner Nase herum.

«Ach so, nein, das hat sich erübrigt.»

Schliesslich setzte er sich zu mir an den Tisch. Ein richtiges Gespräch wollte aber nicht in Gang kommen, und nach einer knappen halben Stunde verabschiedete er sich und ging. Ich bedankte mich für sein Kommen. Immerhin, ich hatte ihn um Hilfe gebeten, und er war gekommen. Normalerweise meldet er sich nie.

11

Frisch geduscht, setzte ich mich mit der Waffe in der Hand an den Küchentisch und verpflegte mich mit den übriggebliebenen eingelegten Weinblättern vom Vorabend. Ans Frühstück hatte ich bei meiner Bestellung beim Libanesen nicht gedacht.

Die Gebrauchsanweisung der Waffe las sich nicht viel anders als die Bedienungsanleitungen, die ich von Haushaltsgeräten kannte, kompliziert, aber irgendwie harmlos. Seit gestern Abend kannte ich die Fachbezeichnungen all ihrer Bestandteile, die besonderen Hinweise und Warnungen konnte ich auswendig. Ob das reichte, bezweifelte ich, ich musste irgendwann eine Möglichkeit finden, um zu üben.

Ich stellte mich ans Fenster und resümierte die Fakten. Was ich wusste, war, dass Geld im Spiel war und eine russische Investitionsberatungsfirma, die an Kunden nicht sonderlich interessiert schien. Juri hatte von dieser Firma Finanzdateien auf seinem Stick. Möglicherweise hatte Juri dank seiner Russischkenntnisse für AdFin gearbeitet und war auf etwas gestossen. Auf Geldwäscherei. AdFin wollte ihn kaufen, Juri nahm das Geld, aber etwas ging schief, und sie brachten ihn um. So ungefähr stellte ich mir das vor.

Auf der Tankstelle vis-à-vis herrschte Hochbetrieb, vielleicht hatten sie den Benzinpreis gesenkt. Wie immer kam es zu Problemen, wenn Autos sowohl von links wie von rechts zu den Zapfstellen fuhren und sich gegenseitig blockierten. Mittendrin stand ein dunkler Volvo, so ungeschickt parkiert, dass alle anderen ihn umrunden mussten. Seine Schnauze war auf mein Haus gerichtet, hinter dem Steuer sass seelenruhig ein Mann und schien die Manöver der anderen nicht zu bemerken. Er wurde angehupt und streckte schliesslich den Kopf aus dem Fenster, um etwas zu erwidern. Danach fuhr er weg. Für einen Moment hatte ich das Gefühl, den Mann am Lenkrad zu kennen. Er glich dem Walliser, der in Leukerbad vor der Pension gestanden hatte.

Ich hoffte, dass es sich um Verfolgungswahn handelte. Ich trat vom Fenster weg und ging in der Wohnung auf und ab, halb mit Aufräumen beschäftigt, halb mit der Frage, wie weiter. Plötzlich war die Antwort da. Ich musste die Dokumente von AdFin auf Juris Stick verstehen, und hierfür brauchte ich Hilfe. Nun gab es in der Schweiz schliesslich offizielle Stellen, die gegen Geldwäsche ermittelten. Nichts sprach dagegen, sie in Anspruch zu nehmen.

MROS, die Meldestelle gegen Geldwäscherei, befindet sich bei der Bundespolizei an der Nussbaumstrasse. Ich nahm den Bus. An der Rezeption, an der ich mich ausweisen und meinen Besuchsgrund nennen musste, schrieb ich mich unter meinem Namen ein. Als Organisation gab ich BÜRO SALVIS an, ein besserer Name kam mir spontan nicht in den Sinn. Es war offensichtlich nicht vorgesehen, dass eine Privatperson ohne Funktion hier auftauchte. Ich hoffte, dass ich nicht eine wirklich existierende Firma in Verruf brachte. Als Besuchsgrund schrieb ich «Informationen zu Finanztransaktionen», die Dame an der Rezeption warf nicht einmal einen Blick auf meinen Zettel.

Ich wurde an eine Lisa Bächler verwiesen, die mich an der Rezeption abholte und in ihr Büro führte. Eine sehr junge Frau, und auf den ersten Blick hatte ich das Gefühl, dass sie den Hosenanzug trug, den ich vor wenigen Tagen gekauft hatte. Meiner baumelte noch immer an der Leine im Büro. Jedenfalls fühlte ich mich schon wieder unwohl in meinen ausgebeulten Jeans. Lisa Bächler ging voran, sie war blond und schlank und hatte vermutlich vor noch nicht allzu langer Zeit die Universität abgeschlossen. Sie wirkte trotzdem sehr selbstsicher.

«Sie suchen Informationen zu Finanztransaktionen?»

Mein Besuch war wohl ziemlich unüblich, aber sie liess es sich nicht anmerken. Ich zögerte und reichte ihr schliesslich die CD, auf der ich die Dateien von Juris Stick gespeichert hatte.

«Es ist Folgendes. Ein Freund von mir hat mir diese Dateien übergeben, die er etwas verdächtig fand. Nun ist es so, dass ich das überhaupt nicht beurteilen kann. Es ist möglich, dass wir uns täuschen, aber ich wäre froh, wenn Sie einen Blick darauf werfen könnten».

Ohne mit der Wimper zu zucken nahm sie die CD entgegen und ging zu ihrem Computer.

«So einfach ist das aber nicht zu erkennen. Es gibt vielerlei Tricks, um unlautere Geschäfte zu tarnen. Von welcher Datei sprechen Sie?»

Sie hatte die CD geöffnet und ich trat neben sie.

«Alles. Alles, was auf dieser CD gespeichert ist.»

Sie klickte ein paar Dateien an und studierte sie kurz.

«Und von wo haben Sie die Daten?»

«Wie gesagt, ein Freund von mir hat sie mir gegeben. Wie er zu ihnen kam, weiss ich nicht.»

Sie sah mich einen Moment über den Rand ihrer schwarzen Brille an, aufmerksam und etwas überrascht, aber ohne dass ich einen Vorwurf erkennen konnte.

«Normalerweise erhalten wir die Hinweise auf verdächtige Transaktionen von Banken. Wie Sie sicher wissen, müssen uns die Finanzdienstleister verdächtige Fälle melden. Büro Salvis», sie hatte einen Zettel vor sich und runzelte die Stirn, «Sie arbeiten nicht bei einer Bank?»

«Nein.»

«Handelt es sich um Geschäfte, die von AdFin getätigt wurden?»

Schneller als ich hatte sie die Verbindung zu der Firma entdeckt.

«Auch dazu weiss ich nichts Genaueres», gab ich zu.

«Schaut so aus. Arbeitet Ihr Freund für AdFin? Warum ist er nicht selber gekommen?»

Ich schwieg.

«Ist er legal an die Daten gekommen?»

«Das nehme ich an. Aber ich habe nicht mit ihm darüber gesprochen. Er hat mir auch nicht gesagt, um was es geht. Ich wollte nur, dass eine Fachperson sie sich ansieht. Um zu wissen, ob man etwas unternehmen müsste.»

Sie klickte noch eine weitere Datei an.

«Und was denken Sie denn, um was es sich handelt?»

«Ich weiss nicht, ob es ein Auszug aus ihrer Buchhaltung ist, Überweisungen, so etwas, das ist so meine Vermutung.»

Ich wollte nicht kleinlaut wirken, aber so langsam ging mir meine Naivität selber auf die Nerven. Gut, dass Lisa Bächler nicht wusste, wie unprofessionell und ahnungslos ich Recherchen betrieb, und das im eigens dafür gemieteten Büro, in dem ich heute Vormittag eine Waffe deponiert hatte.

«Geldüberweisungen sind das jedenfalls keine. Möglicherweise Versicherungspolicen oder Abrechnungen über irgendwelche Einlagen.»

Sie machte eine Pause, um etwas zu überlegen. Die Pause dauerte ziemlich lang. Ich stand näher bei ihr, als es mir lieb war, und rückte etwas zur Seite. Schliesslich hob sie ihren Kopf und sah mir gerade in die Augen.

«Ich muss schon wissen, weshalb Sie sich für diese Dokumente interessieren und woher Sie sie haben. Könnte es sein, dass sich Ihr Kollege in das System von AdFin eingehackt hat? Arbeitet er dort, und wenn, in welcher Funktion? Sonst kann ich Ihnen nicht behilflich sein.»

Sie hatte mir nicht angeboten, mich zu setzen. Nun zog ich unaufgefordert einen Stuhl heran und setzte mich. Sie blickte mir immer noch in die Augen, ohne Vorwurf, aber sehr direkt.

«Der Freund, von dem ich die Daten habe, ist tot. Ich habe

Zweifel daran, dass er auf natürliche Weise gestorben ist. Er hat mir vor seinem Tod diese Daten überlassen. Ich muss wissen, ob sie etwas mit seinem Tod zu tun haben könnten.»

Lisa Bächler erschrak.

«Warum gehen Sie nicht zur Polizei?»

«Ich hatte keinen so guten Eindruck von den Polizisten, die ermitteln, im Wallis. Deshalb wollte ich selber wissen, ob die Daten wichtig sind, bevor ich sie übergebe.»

Sie schwieg ziemlich lange und musterte mich, dann sagte sie langsam: «Ich wäre Ihnen wirklich gerne behilflich, aber ich denke, Sie müssen sich an die Polizei wenden oder an einen Anwalt.»

«Ich hätte einfach gerne zuerst verstanden, um was es sich handelt.»

Sie nickte, ziemlich verständnisvoll, wie mir schien.

«Meine eigenen Russischkenntnisse reichen nicht aus, um das zu beurteilen. Aber wir haben hier einen russischsprechenden Mitarbeiter, der vielleicht bereit wäre, einmal einen Blick auf die Dateien zu werfen. Das kann ich aber nicht ohne Rücksprache mit meinem Vorgesetzten veranlassen. Und ich müsste wissen, mit wem ich es zu tun habe. Können Sie sich ausweisen?»

Ich reichte ihr meine Identitätskarte. Ganz Juristin, die sie war, notierte sie sich meinen Namen und Geburtsdatum. Ich war nicht überrascht, dass Lisa Bächler etwas Russisch konnte, ich traute ihr inzwischen sehr viel zu.

«Falls die Dateien etwas enthalten, was wir verwenden könnten, müssten wir natürlich wissen, woher sie stammen», fuhr sie fort.

«Selbstverständlich. Ich werde versuchen, das in Erfahrung zu bringen».

Sie entfernte die CD aus dem Computer, legte sie zurück in die Hülle und verstaute sie in einer Schreibtischschublade. Dann wandte sie ihre Aufmerksamkeit wieder dem Bildschirm zu.

«AdFin ist uns nicht unbekannt, ich höre den Namen nicht zum ersten Mal. Sie sind in Genf registriert, mit einer Niederlassung in Bern.»

Offensichtlich war sie auf einer Webseite mit Informationen zu AdFin, ich stellte mich neben sie, was sie nicht zu stören schien. Vielleicht war es ein Auszug aus dem Handelsregister, den sie vor sich hatte, ich beugte mich etwas nach vorne. Bei meinen Recherchen im Internet hatte ich diese Seite nicht gefunden, aber Lisa Bächler wusste natürlich, wo suchen. Ein Kurzbeschrieb der Unternehmung, mit Porträts der verantwortlichen Personen. Als CEO wurde ein Grigori Gussew genannt. Ich erkannte ihn sofort wieder, den mächtigen Mann mit der Vollglatze, der vor dem Lift gestanden hatte. Grigori Gussew also hiess dieser Mann. Ich las die Namen der Verwaltungsräte und Geschäftsleitungsmitglieder durch und versuchte, mir auch diese zu merken. Bis ich auf den Namen Perren stiess. Lothar Perren sass im Verwaltungsrat von AdFin.

Lisa Bächler hatte schon ein paar Sätze gesagt, bevor ich meine Aufmerksamkeit wieder auf sie richtete.

«Im Übrigen würde ich Ihnen wirklich raten, zur Polizei zu gehen. Nicht nur, weil die Polizei die Mittel hat, dem nachzugehen. Sondern, weil Sie sich, falls etwas an Ihrem Verdacht dran ist, in Gefahr begeben. Wenn Sie schon sagen, dass Sie am natürlichen Tod Ihres Freundes zweifeln.»

Ich brachte als Antwort nur ein Nicken zustande, nicht aus Angst, sondern weil ich mich heimlich schämte für meinen Dilettantismus.

Sie begleitete mich hinaus. Lisa Bächler war jung, hübsch und professionell. Ich hatte zuerst nur die Uniabgängerin in ihr gesehen, die die lästigen Anfragen übernehmen musste. Sie war mehr. Als wir uns verabschiedeten, entdeckte ich ein freches, aber warmes Lächeln in ihrem fein geschnittenen Gesicht.

12

Ich war spät dran, schmiss mich aufs Fahrrad und sauste los. Viel zu spät sah ich den Wagen, der aus der Tankstelleneinfahrt herausgeschossen kam. Ich riss das Lenkrad herum, rutschte dabei aus, und eines der Pedale schlug mit Wucht gegen meine Kniescheibe. Fluchend schleppte ich mich auf den Gehsteig. Das Auto war längst weg. Immerhin war ich auf der Hauptstrasse gewesen, während der Wagen aus einer Einfahrt kam. Ich hatte ihn nicht einmal richtig gesehen, gross, schwarz, blau, dunkel auf jeden Fall. Dunkel und gross, wie der blaue Volvo, den ich gestern bei der Tankstelle gesehen hatte.

Gerade noch rechtzeitig schaffte ich es auf den Schosshaldenfriedhof. Petar stand auf den Stufen vor der Abdankungshalle. Ich ging auf ihn zu und wollte mich bei ihm bedanken, denn er hatte mich über die Beerdigung informiert, als sich andere auf ihn stürzten. Sieben oder acht Personen, die sich gut zu kennen schienen und die alle zwei Blumen in der Hand hielten. Russische Freunde von Juri, nahm ich an.

Aus dem Abdankungsraum war Musik zu hören. Die Gruppe diskutierte erregt, und es dauerte eine Weile, bis die Leute zur Ruhe kamen, während sie sich auf die vordersten Reihen verteilten. Ich selbst blieb hinten sitzen. Ausser den Russen und mir war fast niemand da. Ich hatte vergessen, Balthasar Zeiler zu informieren, dachte ich.

Steif lauschte ich der Chormusik, die von der Empore herunter erklang. Vor der ersten Sitzreihe stand ein aufwendiges Blumengebinde, das verstaubt wirkte und nach Standarddekoration aussah. Als das Stück zu Ende war, drehten sich Köpfe nach hinten und sahen sich suchend um. Ich wartete darauf, dass jemand das Wort ergreifen würde, aber nach einer kurzen Pause begann die Musik von neuem. Auf das zweite Stück folgte ein drittes, dann ein viertes, es dauerte viel zu lange. Nach fünf oder sechs Stücken erhob sich ein Herr und verschwand nach hinten, ich sah seinen Kopf auf der Empore auftauchen. Ein lautes Klicken verriet, dass er ein Wiedergabegerät abstellte. Zögernd erhoben sich die Leute und begannen den Raum zu verlassen. Ich war entsetzt. Mindestens ein Gebet oder richtige Musik hätte Juri verdient.

«So etwas Unpersönliches habe ich noch nie erlebt», hörte ich hinter mir eine Dame schimpfen.

«Der junge Mann hatte keine Angehörigen in der Schweiz», flüsterte eine zweite Frau. Ich drehte mich um und fragte mich, ob die beiden alten Damen mit Juri befreundet gewesen waren.

Plötzlich entdeckte ich hinter mir Alexandre Pereira. Ich war erstaunt, den Bademeister hier anzutreffen. Er hatte doch Juri kaum gekannt, nach seinen eigenen Aussagen. Andererseits, ob unschuldig oder nicht, er war in Juris Tod verstrickt, auch das vielleicht ein Grund, an sein Begräbnis zu kommen. Wir nickten uns zu und folgten den anderen in einigem Abstand zum Grab. Von irgendwo her war eine Person in schwarzer Kleidung aufgetaucht, die nun am Grab stand und einen russischen Text las.

«Wissen Sie, ob das ein orthodoxer Priester ist?», flüsterte ich Pereira, der nun neben mir in der hintersten Reihe stand, zu. Er zuckte zur Antwort mit den Schultern. Wir sahen aus der Entfernung zu, wie sich ein Sarg in das Grab senkte. Die Vorstellung, dass sich Juri darin befand, machte mir zu schaffen. Ich wollte mich von Juri verabschieden, aber nicht so.

Da packte mich Pereira so plötzlich am Arm, dass ich zusammenzuckte.

«Da drüben steht der junge Kerl, der nachts im Bad bei mir war. Der nach Feierabend an die Scheibe geklopft hat. Von dem die Polizei nicht glaubt, dass es ihn gibt.»

Ich sah hinüber und glitt instinktiv hinter die Zypresse, neben der ich mich befand. Ein paar Grabreihen weiter, in einiger Entfernung, standen zwei Männer. Ein junger Mann, den ich nicht kannte, fast noch ein Jugendlicher, unpassend gekleidet in einem schmuddeligen Sweatshirt. Aber daneben, und ich hatte darüber keinen Zweifel, stand der Mann, den ich vor der Pension in Leukerbad beobachtete hatte. Für einige Augenblicke verfiel ich in die Starre wie in der Schlucht. Aber ich war hier nicht allein, sondern unter vielen Leuten. Trotzdem trat ich noch etwas weiter nach hinten.

Pereira war auf seinem Platz stehen geblieben. Jetzt löste er sich von der Gruppe beim Grab und ging mit einem entschlossenen Ausdruck auf die beiden Männer zu. Der Jüngling im Sweatshirt bemerkte Pereira, erschrak und begann davonzulaufen. Der andere Mann rief Pereira halblaut etwas zu. Ich verstand nur Wortfetzen, etwas wie Job behalten und ins Gefängnis bringen. Pereira stoppte in seiner Bewegung, fassungslos und wütend, und tat so, als ob er mit den Fäusten auf den Mann losgehen wollte. Es sah lächerlich aus, wie er, ziemlich dick und in einem zu engen Anzug, die geballten Fäuste in die Luft hielt. Ein paar Leute aus der Gruppe um das Grab hatten die Unruhe bemerkt und sich umgedreht. Der Unbekannte aus Leukerbad wandte sich gleichmütig ab und ging mit ruhigen Schritten davon.

Es war ein Leichtes, dem Mann im Abstand von ein paar Grabreihen zu folgen, er blickte kein einziges Mal zurück. Der Jüngling im Sweatshirt erwartete ihn in der Nähe des Ausgangs. Die beiden verliessen den Friedhof, überquerten die Strasse, gingen zur Bushaltestelle. Ich blieb hinter dem Bushäuschen der Gegenrichtung stehen. Als der Bus kam und den beiden die Sicht verdeckte, überquerte auch ich die Fahrbahn. Ein paar schnelle Schritte und es reichte mir gerade noch, um bei der hintersten Tür einzusteigen. Über ein paar Sitzreihen hinweg sah ich vorne im Wagen das graue Sweatshirt des jungen Typen. Ich atmete auf. Ich hätte ihnen beim Einsteigen auch geradewegs in die Arme laufen können.

Ich schwitzte während der ganzen Fahrt, auch aus Angst, dass ein Kontrolleur einsteigen und die Aufmerksamkeit im Bus auf mich lenken könnte. Am Bahnhofsplatz stiegen die beiden Männer aus, ich folgte ihnen im Gedränge. Bei einer der Rolltreppen, die hinunter in den Bahnhof führen, blieben sie stehen und besprachen sich. Dann trat der junge Mann unerwartet schnell auf die Rolltreppe und verschwand im Untergrund. Ich musste mich im Bruchteil einer Sekunde entscheiden, wem ich weiter folgen wollte. Ich zögerte zu lange. Der junge Mann war weg. Als ich mich umdrehte, um dem Mann aus Leukerbad zu folgen, war auch dieser verschwunden.

Lisa Bächler, die ich von meinem Büro aus anrief, reagierte ziemlich kurzangebunden. Ich fragte, ob sie inzwischen etwas sagen konnte zu den Finanzdateien. Das konnte sie, obschon ich sie ihr erst gestern übergeben hatte. Es handelte sich, wie vermutet, um Versicherungspolicen, an denen rein gar nichts Verdächtiges feststellbar war. Sie war etwas ungehalten und bat mich, die CD wieder abzuholen.

Ich sass in meinem Büro und starrte in die Luft. Später legte ich mich lang ausgestreckt auf den kratzigen Filzteppich. Über mir immer noch diese Kleider. Ich schob sie mit der Hand auseinander. Es war nichts darunter, was mir wirklich gefiel, lächerliche Verkleidungen. Das Büro war klein, staubig und überheizt. Nachdem ich die beiden Männer am Bahnhof verloren hatte, war ich direkt hierhergekommen. Dann noch das ernüchternde Telefon mit Lisa Bächler. Den Computer hatte ich heute gar nicht erst angemacht, es gab nichts, dem ich nachgehen konnte.

Diesmal schaffte ich es nicht, mein Scheitern zu beschönigen. Meine vermeintlich heisse Spur, mit der ich Geldwäscher überführen wollte, nichts als harmlose Versicherungspolicen. Mein Versuch, verdächtige Personen zu verfolgen, im ersten Gedränge gescheitert. Perren, den ich für meine Verfolgungsängste verantwortlich machte, kannte mich nicht einmal. Mein Auftauchen bei AdFin, welch ein Blödsinn, ich hatte auf mich aufmerksam gemacht und dabei rein gar nichts erfahren. Wenn ich wenigstens heute so geistesgegenwärtig gewesen wäre und nun wüsste, wer zu Juris Beerdigung gekommen war. Ich aber war noch nicht einmal auf die Idee gekommen, mir die Leute genauer anzuschauen. Stattdessen hatte ich mir Gedanken über die Länge der Musik gemacht. Für wen hatte ich mich eigentlich gehalten? Hatte ich wirklich geglaubt, mit ein paar Internetrecherchen einen Geldwäschereiring aufdecken zu können? Es war, verdammt noch einmal, nicht das erste Mal, dass ich mich in eine dumme, aussichtslose Idee verrannte. Warum lernte ich nie etwas dazu?

Als Aushilfskraft in Bibliotheken hatte ich mich nicht so schlecht gemacht, ich war schnell und mein Gedächtnis gut. Als Pianistin konnte ich einen Abend lang ganz gut unterhalten, genial war ich auch darin nicht. Fühlte ich mich neuerdings zur Agentin berufen? Ich dachte an das Geld, das ich genommen hatte. Was, wenn jemand wusste, dass Juri Geld im Garderobekasten deponiert hatte, was, wenn Rosa aussagte, dass sie mir den Schlüssel gegeben hatte? Die Möglichkeit, dass Juri sich das Geld ganz legal ausgeliehen hatte, war mir noch gar nicht in den Sinn gekommen. Was, wenn nicht nur Perren, sondern auch die Polizei schon längst von dem Geld wusste?

Wie immer rief Petar im ungünstigsten Moment an, und wie immer war er zu aufdringlich. Er fragte, weshalb ich so schnell gegangen sei nach der Beerdigung. Petar hatte in einem Restaurant Plätze reserviert für ein gemeinsames Essen, in Erinnerung an Juri. Offensichtlich waren auch alle anderen sofort gegangen, bis auf eine Frau aus der Botschaft. Jetzt wollte Petar, dass ich zu ihnen ins Restaurant kam. Ich antwortete, ich sei im Büro, ich hätte zu tun. Er wollte unbedingt wissen, wo sich mein Büro befand, er wollte mich hier abholen. Ich sagte ihm, wo ich war und dass das Gebäude in einer Fahrverbotszone lag, was nicht ganz stimmte und ihn sowieso nicht davon abhielt, mich holen zu wollen. Kaum hatte ich ihm die Adresse verraten, bereute ich es. Eigentlich wollte ich das Büro als meinen Rückzugsort geheimhalten. Aber wenigstens gelang es mir, ihn schliesslich abzuwimmeln.

Ich lag immer noch auf dem Boden, voller Selbstmitleid und Zweifel. Zum ersten Mal fielen mir die Geräusche aus den Büros nebenan auf. Das Telefon läutete ununterbrochen, leise drangen geschäftige Stimmen zu mir, Türen gingen, schnelle Schritte im Gang. Bei mir drinnen war alles still bis auf das leise Rauschen von ein wenig Wasser, das aus der undichten Spülung in die Toilette lief. Mir fiel nichts Besseres ein als liegenzubleiben. Ich hätte gerne geheult, aber ich war vor allem wütend. Irgendwann schlief ich ein.

Als ich aufwachte, war es längst finster. Mein Arm war eingeschlafen, und ich fühlte mich steif. Ich machte das Licht an und sah auf die Uhr, elf Uhr in der Nacht. Im Raum war es schon wieder stickig und heiss, ich trat ans Fenster und öffnete es, sah der Fassade entlang nach unten. Das ganze Gebäude lag im Dunkeln, ausser mir war niemand mehr hier. Auf der Strasse herrschte Treiben, Leute auf dem Heimweg, Lachen, Gespräche. Die kühle Luft tat gut, ich hatte Kopfschmerzen. Im Tramhäuschen unter mir sass ein Mann und starrte zu mir herauf. Ich wollte nach Hause und schloss das Fenster.

Ich stand schon mit dem Schlüssel in der Hand neben der Tür, als ich im Treppenhaus Geräusche vernahm. Der Lift fuhr hoch, kurz darauf kam jemand von oben die Treppe herunter bis zu meinem Stockwerk. Vor meiner Tür setzten die Tritte aus, an der Türklinke wurde gerüttelt, dann kurz geklopft. Ich verharrte still neben der Tür. Schliesslich bewegten sich die Schritte weiter, Stock für Stock nach unten. Irgendwann war es wieder still. Ein Securitas-Wächter hat das Haus kontrolliert, sagte ich mir, vor meiner Tür blieb er stehen, weil er das Licht sah. Als niemand auf sein Klopfen reagierte, ging er weiter, in der Annahme, dass das Licht irrtümlich brannte. Krampfhaft klammerte ich mich an dieses Bild, aber der kahle Schädel Grigori Gussews schob sich davor.

Ich hatte keine Lust mehr, das Büro, zu verlassen und durch die Nacht heimzulaufen. Ausserdem war inzwischen das letzte Tram abgefahren. Ich legte alle Kleidungsstücke, die an der Schnur hingen, auf den Boden und richtete mir so etwas wie ein Bett ein. Jackenknöpfe stachen mich in die Schulter, und ein Reissverschluss kratzte mich an der Wange. Ich hatte es ja beim Kauf bereits geahnt, selbst die edelsten Stücke verwandeln sich in meinem Besitz in etwas Zerknittertes, Schmuddeliges. Statt einer Pistole hätte ich mir besser eine Zahnbürste gekauft, die fehlte mir jetzt wirklich.

13

Energielos trank ich, an meinem Küchentisch sitzend, eine dritte Tasse Kaffee. Nach dem gestrigen Tag und der Nacht, die ich im Büro verbracht hatte, war ich müde und ausgelaugt. Ich hatte kaum richtig geschlafen und war in der Nacht mehr als einmal aufgeschreckt mit dem Gefühl, dass sich jemand vor der Bürotür herumtrieb. Ich hatte mir eingebildet, Zigarettenrauch zu riechen, der unter der Tür hereindrang, hinter der ich angespannt lag und auf Geräusche horchte.

Trotz Kopfschmerzen raffte ich mich auf und stieg hoch zu Juris Wohnung. Ich konnte mich auch dort von ihm verabschieden. Die Tür war noch immer nicht repariert, was inzwischen wohl egal war. Die Luft roch abgestanden. Juris Bett war ungemacht wie am Tag seines Verschwindens, und seine gebrauchten Kleider lagen herum. Das berührte mich unangenehm. Der muffige Geruch. Ich dachte an den Sarg, der schwebend im Erdloch verschwunden war. Ich öffnete alle Fenster, lüftete die Zimmer gut durch und begann aufzuräumen. Juris Kleider hob ich hoch und legte sie gefaltet auf einen Stuhl. Ich schüttelte Bettdecke und Kissen aus und machte das Bett. Der Boden war übersät mit dem Inhalt von ausgekippten Schubladen und Schränken. In der Küche stand dreckiges Geschirr in der Spüle. An den Tellern fand ich die verkrusteten Reste von Juris letztem Frühstück zu Hause, unappetitliche Eispuren auf Kaffeelöffel und Teller. Ich wollte nicht daran denken, wie Juri den Löffel in seinen Mund gesteckt hatte. Der Abfall musste raus, er stank. Ich warf einen Blick in den Wäschekorb, der im Bad stand und ebenfalls schlecht roch, liess ihn dann aber stehen. Alles, was mich an Juris Körper erinnerte, hatte jetzt etwas Ekliges an sich. Gleichzeitig berührte mich die Intimität mit Juri, die ich zu seinen Lebzeiten gar nicht gehabt hatte.

Nachdem ich Juris persönliche Spuren beseitigt hatte, besah ich mir die Unordnung, die die Einbrecher hinterlassen hatten. Ich fing damit an, die am Boden liegenden Papiere zu ordnen, obwohl ich nicht wusste, zu was meine Aktion gut war. Wer würde sich jetzt eigentlich um Juris Krankenkasse kümmern, und wen interessierten seine Notizen aus den Vorlesungen? Es war sehr still in der Wohnung. Die Geräusche aus dem Haus drangen ungewohnt gedämpft bis hier herauf. Ich kämpfte mich durch Papiere, stellte die am Boden verstreuten Bücher ins Gestell und verstaute alle übrigen Dinge in irgendwelchen Schubladen. Als ich das Gefühl hatte, fertig zu sein, setzte ich mich ans Klavier, aber ich spielte nicht.

Ich erschrak zutiefst, als plötzlich das Telefon läutete. Unsinnigerweise dachte ich zuerst, dass Juri anrief. Dann nahm ich ab, meldete mich aber nicht. Ich vernahm ein leises Rauschen in der Leitung, bis die Gegenseite auflegte. Ich realisierte, dass ich völlig durchfroren war und vor Kälte leicht zitterte. Juris Wohnung war seit Tagen nicht mehr geheizt worden.

Bei mir unten setzte ich mich neben dem Ölofen auf den Boden, mit dem Rücken an die Wand gelehnt. An wirklich kalten Tagen ist das mein Lieblingsplatz. Ich schloss die Augen, legte meine Stirn auf die Knie und dachte nach. Juri hatte viel Geld bei sich gehabt, und es war ein Einbruch in seine Wohnung verübt worden. Juri war in Leukerbad gestorben, vielleicht ermordet worden. Ein Bademeister und ein Tramper, den es nun ja erwiesenermassen wirklich gab, waren zu der Zeit im Bad anwesend gewesen, hatten aber meines Wissens keinen Grund, Juri umzubringen. Zwei junge sportliche Walliser interessierten sich für mich beziehungsweise für Juris Geld, und Perren trieb sich mit diesen Männern herum. Perren, der etwas zu wissen schien vom Geld. Juri hatte vermutlich für eine russische Firma namens AdFin Arbeiten erledigt, jedenfalls hatte er deren Unterlagen auf seinem Stick. Und Perren sass in ihrem Verwaltungsrat. Aber falls die Firma oder Perren in unlautere Geschäfte verwickelt waren, dann hatte ich keine Ahnung, in welche.

Was konnte ich noch tun? Tagelang bei AdFin herumstehen brachte nichts, was immer dort lief, es wurde nicht an den Schaltern abgewickelt. Lisa Bächlers Bescheid war klar gewesen, nichts Verdächtiges an den Dateien. Das Geld, das ich genommen hatte, war eine Spur gewesen. Wäre eine Spur gewesen, für die Polizei. Nicht für mich. Wie sollte ich Nachforschungen über eine Geldsumme betreiben, von der ich gar nichts wissen durfte. Ich verfluchte mich, ich hatte von dem Geld schon viel zu viel gebraucht.

Ich beschloss, einen Schlussstrich zu ziehen, ich konnte nichts mehr für Juri tun. Was das Geld anging, ich würde alles auf mich zukommen zu lassen, egal was. Sollten sie mir erst einmal nachweisen, dass ich es genommen hatte. So richtig wohl war mir damit natürlich nicht.

Als ich die Post holte, fand ich darin ein retourniertes Bewerbungsdossier, das ich vor vielen Wochen verschickt hatte. Ich ersparte mir die Mühe, den Absagebrief zu lesen und legte die Bewerbungsunterlagen zu den anderen, bereit für einen Neuversand. Es war mir in der Zwischenzeit egal, wenn den Dossiers ihre Mehrfachverwendung anzusehen war. Mir kam die Idee, mit dem Geld eine Ausbildung zu machen. Drei anregende, mit neuen Inhalten gefüllte Studienjahre, eine Ausbildung zur Logopädin beispielsweise, anschliessend eine gut bezahlte Teilzeitstelle und ein ruhiges Leben.

14

Vorläufig unternahm ich gar nichts. Ich putzte meine Wohnung, besuchte meine Mutter und genoss die schönen Herbsttage. Zwei Tage später wurde ich zu einem Bewerbungsgespräch eingeladen, zum ersten Mal, seit ich einen Job suchte. Damit hatte ich nun gar nicht mehr gerechnet. Eine Stiftung Caris rief an, sie fanden meine Bewerbung interessant und wollten mich sehen. Das Telefon erreichte mich am späten Vormittag, mit der Bitte, um zwei Uhr zu ihnen zu kommen. Es war Wochen her, seit ich mich beworben hatte, und nun reichte die Zeit nicht mehr, um etwas über Caris in Erfahrung zu bringen. Immerhin schaffte ich es, vor dem Gespräch im Büro vorbeizugehen, sodass ich zum Bewerbungsgespräch im neuen Deux-Pièces erschien. Etwas zerknittert zwar. Die anwesenden Mitglieder des Stiftungsausschusses schienen trotzdem angetan von mir. Sie suchten, wie sie sagten, jemanden mit einem glaubhaften sozialen Engagement. Mir war nicht ganz klar, weshalb sie das bei mir vermuteten.

Die Aufgabe bestand darin, mit den Stiftungsgeldern finanzierte soziale Projekte zu begutachten, zu begleiten und teilweise zu initiieren. Auch Projekte im Kulturbereich waren denkbar, solange sie gleichzeitig eine soziale Ausrichtung aufwiesen. Das klang richtig interessant. Ich war nur etwas irritiert, weil ich einem reinen Männergremium gegenübersass und weil ziemlich vage blieb, was genau sie unter einem sozialen Engagement verstanden. Und, dass ich eng mit den Kommunikations- und Marketingabteilungen des Stiftungspartners zusammenarbeiten sollte. Ich wollte mir mit der Frage nach dem Stiftungspartner keine Blösse geben, deshalb hatte ich auch am Schluss des Gesprächs noch keine Ahnung, wessen Geld ich eigentlich verteilen sollte.

Trotzdem schwelgte ich auf dem Heimweg in Fantasien von meiner neuen Rolle als Verantwortliche für soziale Projekte bei Caris. Ich wollte mir die Träumereien nicht nehmen lassen und legte mich am frühen Abend mit einem Glas Bier und einer Zeitung in die Badewanne. Falls der Stiftungspartner von Caris sein Geld aus Rüstungsgeschäften bezog, würde ich das noch früh genug erfahren. Noch wusste ich nicht einmal, ob sie mich wirklich wollten.

Ich sass in der Wanne und kämpfte mit nassen, verklebten Seiten. Deshalb blieb mein Blick an einer Danksagung hängen, normalerweise beachtete ich die Todesanzeigen nicht. Ein dreiundzwanzigjähriger Mann aus Konolfingen war vor einigen Tagen überraschend verstorben. Die Trauerfamilie bedankte sich herzlich für die zahlreiche Anteilnahme. Tobias Bucher, mein Blick blieb an der Anzeige hängen. Mit einem Tobias Bucher hatte Juri doch in den Tagen vor seinem Tod telefoniert. Ich selber hatte tagelang versucht, ihn zu erreichen, war aber immer nur auf seiner Combox gelandet. Weil er damals vielleicht schon tot war?

Es half nichts, auch wenn die Temperatur draussen in der Nähe des Gefrierpunktes war. Ich musste ins Büro, weil mein Computer neuerdings dort stand. Mit noch nassen Haaren schwang ich mich aufs Velo und radelte in die Stadt. Das Bürogebäude lag verlassen da, ich lief zu Fuss die Treppen hoch, meine Schritte hallten. Über einen Bewegungsmelder ging jeweils, wenn ich das nächste Stockwerk erreichte, das Licht an. Oben angekommen, schloss ich mich ein.

Innert Kürze fand ich im Internet einen Boulevardbericht über den Unfall: Der junge Mann hatte sich bei Wimmis von der Kanderbrücke gestürzt. Die Zeitung zitierte Polizeiermittlungen, die einen Streit zwischen einem Mann und einer Frau erwähnten. Ein Ehepaar, das in dieser Gegend unterwegs war, hatte streitende Stimmen gehört. Die Boulevardzeitung zimmerte daraus ein Beziehungsdrama und schliesslich sogar Zweifel am Selbstmord. Offensichtlich teilte aber die Polizei diesen Verdacht nicht, und auch die Zeitung nahm das Thema später nicht mehr auf. Andere Sensationsberichte lösten es ab.

Ich googelte Tobias Bucher, wollte herausfinden, wer er war und was er gemacht hatte. Ich fand ihn auf der Webseite einer lokalen Laientheatergruppe, die einen Nachruf auf ihn ins Netz gestellt hatte. Auf einem Foto blickte mir ein unbekanntes Gesicht entgegen, ein unauffälliger junger Mann mit hellbraunen lockigen Haaren. Weil ich heute auf keinen Fall zu lange alleine im Bürogebäude bleiben wollte, liess ich es dabei bewenden. Als ich nach Hause radelte, fielen ein paar Schneeflocken.

15

Für die Fahrt nach Konolfingen besorgte ich mir einen Mietwagen. Ich liess ihn auf dem Bahnhofsparking stehen und ging zuerst zu Fuss ein bisschen herum. Es war ungemütlich kalt. Ich nahm den Geruch von Holzheizungen wahr, vermischt mit Schneeluft. Ein Miststock musste sich auch irgendwo in der Nähe befinden. Ich sehnte mich nach einer warmen Bauernstube mit Trittofen, düsterem Licht und einer grossen Tasse Milchkaffee. Schneegestöber kam auf. Die nassen Flocken blieben auf meiner Jacke liegen, die die Feuchtigkeit wie ein Schwamm aufsog. Ausser mir war praktisch niemand zu Fuss unterwegs, die Autos spritzen mich im Vorbeifahren an. Ich betrachtete die hell erleuchtete Fensterfront eines Coiffeursalons. Salon Colette, endlich wieder einmal ein Coiffeur, der sich nicht um Originalität bemühte mit einem Namen wie Haargenau oder Schnittbereich.

Eine Welle aus warmer Luft und süsslichen Gerüchen schlug mir entgegen, ein junges Mädchen begrüsste mich freundlich und nahm mir ohne mit der Wimper zu zucken den triefend nassen Mantel ab. Ich wurde gebeten, auf einem der Stühle gegenüber dem grossen Wandspiegel Platz zu nehmen. Ich vermied es, mein Spiegelbild anzusehen, die nassen Haare klebten an meinem Kopf und tropften auf meine Schultern. Während ich wartete, durchblätterte ich eine Zeitschrift. Ein Geräuschteppich aus leisen, diskret geführten Gesprächen lullte mich ein, in meinem Rücken bewegten sich die Coiffeusen gewandt durch den Raum. Die Wärme kroch in meinen Körper und machte mich schläfrig. So langsam vermischten sich die Gesprächsfetzen im Raum mit den Geschichten der Zeitschrift auf meinem Schoss. Ich war dabei, einzuschlafen.

Als ich schliesslich bedient wurde, hatte sich der Raum geleert. Ich war nun die einzige Kundin, und die meisten Coiffeusen waren in ihre Mittagspause verschwunden. Ein sehr junges Mädchen, vermutlich eine Lehrtochter, wusch mir die Haare. Der Besitzer des Salons, ein graumelierter, steif lächelnder Herr, kontrollierte die Vorräte an Shampoos auf den Gestellen und räumte auf. Vielleicht wollte er die Lehrtochter nicht mit mir alleine lassen. Nach ein paar Begrüssungsfloskeln kam ich mit dem Mädchen ins Gespräch. Noch etwas schüchtern und ungeübt, bemühte sie sich redlich, der Kundin die gewünschte Konversation zu bieten. Ich erwähnte den schrecklichen Selbstmord. Die junge Frau hatte davon gehört, wusste aber nichts Näheres, weil sie nicht im Dorf wohnte. Im Spiegel sah ich, wie der Besitzer des Salons in seinen Bewegungen innehielt und zu uns herüberblickte. Ich drehte mich zu ihm hin.

«Ich war zwei Wochen in den Ferien, bin gestern zurückgekommen. Und heute Morgen hat mir jemand gesagt, der Sohn von Buchers habe sich umgebracht! Wie ist denn das passiert?»

Wir sahen uns über den Spiegel hinweg in die Augen. Seine Reaktion zeigte keinerlei Befremden über meine direkte Frage, die Neugier von Kundinnen zu befriedigen war Teil seines Jobs. Er kam zu mir herüber.

«Wissen Sie, wir hier kennen Buchers nicht persönlich, sie ist keine Kundin, und die Familie wohnt ja auch noch nicht lange in Konolfingen», er hatte sich neben den Frisierstuhl gestellt und sprach zu meinem Spiegelbild.

«Was man so hört, ist, dass Tobias Bucher eine Nacht lang nicht heimgekommen sei. Die Eltern haben es bemerkt, haben sich aber keine Sorgen gemacht. Tobias Bucher war erwachsen. Dreiundzwanzig ist er geworden.»

Er unterbrach sich. «Sie kennen die Familie Bucher?»

«Eher flüchtig», ich schüttelte den Kopf und die Lehrtochter verfing sich mit dem Kamm an meinem Ohr.

«Tobias hat ja Jus studiert und war gerade in einem Praktikum im Erbschaftsamt in Bern. Als er in der Nacht nicht heimkam, haben die Eltern angenommen, er übernachte bei einem Kollegen. Am nächsten Tag fanden sie den Abschiedsbrief. Er lag wie ein normaler Brief zusammen mit Zeitungen und Reklame im Briefkasten. Unfrankiert. Die Mutter hat ihn gefunden. Sie hat es zuerst für einen Witz gehalten, einen schlechten. Das Ganze kam offenbar völlig unerwartet. Aber natürlich haben sie begonnen, Tobias zu suchen. Auf der Arbeit war er nicht, und keiner der Freunde wusste, wo er steckte. Sein Fahrrad war auch weg.

Jetzt scheint es so gewesen zu sein, dass Tobias Bucher an seinem Todestag gegen Abend nach Hause gekommen ist, sich umgezogen hat und mit dem Velo noch einmal weggefahren ist. Er machte das ab und zu, als Training. Nur kam er offensichtlich nie zurück. Die Eltern wollten gerade eine Vermisstenmeldung machen, ja, und da haben sie ihn gefunden.»

«Die Eltern haben ihn gefunden? Buchers?»

«Nein, Spaziergänger, die den Fund der Polizei meldeten. Die Polizei wollte gerade zu Buchers gehen, um sie zu informieren. Da tauchte Herr Bucher von selber auf dem Posten auf wegen der Vermisstenmeldung. So haben sie davon erfahren.»

«Er lag in der Kander, nicht wahr?» Soviel wusste ich aus der Boulevardzeitung.

«Ja, in der Kander. Er ist offensichtlich von der Brücke gesprungen, sein Fahrrad und auch der Helm lagen in der Nähe, im Wald. Und er trug Velomontur. Der Fluss hat ihn ein Stück weit mitgezogen, bis er zwischen ein paar Felsbrocken eingeklemmt wurde. Da war er aber sicher schon tot, sagen sie, den Sprung überlebt keiner. Sein Kopf war völlig zerschmettert. Ja, Spaziergänger haben ihn dort zwischen den Felsen gefunden, aber erst spät am nächsten Tag.»

«Das ist eine seltsame Art, sich umzubringen.» Die junge Coiffeuse kämmte meine frisch gewaschenen, inzwischen trocken geschrubbten Haare. «Wer radelt denn zuerst von Konolfingen nach Wimmis, bevor er sich tötet? Kommt nach Hause, zieht sich sportlich an, steigt in die Velohosen, schnallt sich den Helm an. Und bringt sich dann um?»

«Es gibt nichts, was es nicht gibt. Das weisst du nie, warum und wie die Leute so etwas tun», belehrte der Salonbesitzer seine Lehrtochter. Ich nickte dem älteren Herrn im Spiegel beipflichtend zu, und er lächelte zurück. Reiner Opportunismus meinerseits, ich wollte, dass er weitersprach. Eigentlich fand ich, dass die Lehrtochter recht hatte. Es war sehr seltsam.

«Und die Behauptung des Ehepaars, dass sie Schreie gehört hätten?», nahm ich das Gespräch wieder auf.

«Wenn Sie mich fragen, nichts als eine Erfindung der Klatschpresse.»

«Was stand denn im Brief?», erkundigte ich mich.

«Das Übliche, dass es ihm leid tue und dass seine Eltern nichts dafür könnten. Viel nützen wird es ihnen nicht.»

«Ein bisschen vielleicht schon, später einmal, hoffentlich», erwiderte ich. Ich hoffte es wirklich. Die mir unbekannten Buchers taten mir leid.

Der Coiffeurbesuch hatte sich gelohnt. Ich hatte mich aufgewärmt, und der Zugang zum Dorfklatsch war im Preis für Schneiden, Legen und Föhnen inbegriffen gewesen. Nach unserem Gespräch wies der Herr das Mädchen an, eine der ausgebildeten Coiffeusen zu holen, die mir die Haare schnitt. Wir waren zu zweit im Raum, inzwischen hatten sich auch der Salonbesitzer und die Lehrtochter nach hinten verzogen. Ich schwieg und vertiefte mich in das Krebsleiden einer mir unbekannten Monarchengattin. Ich war zu müde, um mich noch weiter mit den beiden Toten zu beschäftigen.

16

Ich parkierte den Wagen auf dem Parkplatz einer Spenglerei. Ich hoffte, dass der neue Haarschnitt, einmal gewaschen und etwas zerzaust, weniger bieder aussehen würde. Im Moment kamen mir die ordentlich geföhnten Locken gelegen.

Die Familie Bucher wohnte in einem vor kurzem fertiggestellten Neubau. In einer ruhigen Seitenstrasse, quer zum flachen Hang, befanden sich sechs identische Einfamilienhäuser. Ein frisch aufgeschütteter Sitzplatz lag vor dem Haus, unter der feinen, nassen Schneeschicht zeigte sich die nackte Erde. Die Zufahrt aus wabenförmigen Betonplatten wurde geschmückt von ein paar dunkelblauen Glaskugeln und einer Katze aus Ton. Als ich klingelte, stand ich unter einem kleinen Giebeldach, zwischen klassischen Säulen. An der Haustür vor mir baumelte ein aus Holzzweigen geflochtenes Herz.

Die junge Frau, die die Tür öffnete, war vermutlich Tobias' jüngere Schwester. Ich stellte mich mit meinem richtigen Namen vor und fragte nach ihren Eltern. Sie sagte, sie sei allein zu Hause. Ich kondolierte und fuhr dann fort:

«Ich arbeite für die Universität Bern, als Studentenberaterin. Tobias hat ja an der juristischen Fakultät studiert. Sein Selbstmord stellt uns vor die Frage, ob es vonseiten der Universität irgendeine Mitverantwortung gibt. Von Schuld möchte ich nicht sprechen. Aber, ob das Studium irgendwie zu seinem Entschluss beigetragen hat. Das ist für uns wichtig. Weil, wenn das der Fall wäre, müssten wir – ja, dann müssten wir schauen, was es braucht, um so etwas in Zukunft zu verhindern», log ich. «Ich möchte Ihnen deshalb gerne ein paar Fragen stellen, falls Sie dazu bereit sind, natürlich. Sie sind Tobias' Schwester?»

«Bettina Bucher, eine Schwester von Tobias. Sie sind nicht von der Presse, oder?»

«Nein, natürlich nicht. Alle Auskünfte werden vertraulich behandelt, das Dossier anonymisiert. Es geht wirklich nur darum zu klären, ob das Studium in einem Mass zu einer Belastung werden kann, dass sich jemand zu einem solchen Schritt gezwungen sieht.»

«Meine Mutter könnte Ihnen sicher besser Auskunft geben.»

Sie zögerte immer noch, mich ins Haus zu lassen, überwand sich aber schliesslich. Hinter ihr betrat ich eine in rötlichen Brauntönen gehaltene Diele, die in ein grosses Wohnzimmer führte. Neben einem freistehenden Kamin befand sich eine Polstergruppe. Bettina Bucher bot mir an, Platz zu nehmen, ich setzte mich auf die Sofakante und lehnte ihr Angebot, etwas zu trinken, ab. Trotzdem brachte sie aus der Küche eine Flasche Mineralwasser und zwei Gläser.

Durch eine breite Fensterfront sah ich auf den frisch aufgeschütteten Sitzplatz hinaus. Einzelne Grashalme drängten durch die noch weiche, dunkelbraune Erde und trafen dort auf den ersten Schnee.

«Wir würden einfach gerne wissen, was der Grund war für seinen Freitod. Letztlich, ob sein Tod etwas mit der Universität zu tun hatte», erklärte ich noch einmal.

Bettina Bucher sass sehr aufrecht in ihrem Polstersessel, sie kaute an ihren Lippen und ihre Augen wanderten durch den Raum, ohne mich anzusehen.

Schliesslich presste sie heraus: «Wir wissen es nicht.»

Sie starrte auf den Boden.

«Haben Sie irgendeine Veränderung festgestellt in den letzten Monaten? War er angespannt? Ist etwas vorgefallen? Hat ihn das Studium belastet?»

Ich bemühte mich um einen ruhigen, warmen Ton. Bettina drehte sich ab und ich folgte ihrem Blick. Auf einer Kommode standen Kerzen rund um eine Fotografie von Tobias Bucher, Trauerkarten lagen daneben. Bettina stand auf, zündete eine

Kerze an und blieb an die Kommode gelehnt stehen. Ein junges, schmales Mädchen in Jeans und in einem Kapuzenshirt. Ihre Hände umklammerten den Griff einer Schublade, hinter ihrem Rücken.

«Etwas war anders. Meine Eltern haben nichts bemerkt. Aber ich kannte Tobias besser als sie, ich stand ihm sehr nahe. Meine Eltern denken, dass irgendwelche Drogen schuld sind. Aber das ist Quatsch, Drogen haben Tobias nie interessiert. Und dann, die Aussage des Ehepaars hat uns natürlich auch verunsichert. Ich weiss nicht, ob sie davon gehört haben, aber eine Boulevardzeitung wollte unbedingt ein Verbrechen daraus machen. Irgendwelche Leute haben Schreie gehört, einen Streit, die Zeitung behauptete, dass die Schreie etwas mit Tobias' Tod zu tun hatten und dass er nicht allein war. Für meine Eltern ist der Selbstmord schwer zu akzeptieren, sie fragen sich, ob sie schuld sind. Ich selber verstehe es ja auch überhaupt nicht.»

«Sie sagten, Sie hätten eine Veränderung bemerkt?»

«Er war in der letzten Zeit ziemlich gestresst und auch sehr verschlossen. Aber er war irgendwie, ich weiss nicht wie ich das sagen soll, er war – positiv gestresst. So wie wenn er etwas Grossartiges in Aussicht hätte. Ich habe gedacht, er bildet sich schon was drauf ein, dass er bald Anwalt ist.»

«Seit wann haben sie die Veränderung bemerkt?»

«Eigentlich schon länger, seit drei oder vier Monaten vielleicht. Ich wollte ihn immer darauf ansprechen. Nur, vor ein paar Wochen, da hatten wir Streit. Er hat total empfindlich reagiert, als ich seinen Computer benützt habe. Er hat es noch nie gemocht, wenn ich an seinen Computer ging, hat immer behauptet, dass ich ihm Dinge verschiebe und Viren einschleppe. Aber diesmal war er richtig grob. Er hat mir ins Gesicht gesagt, dass mich seine Angelegenheiten nichts angingen. Ich solle seine Sachen in Ruhe lassen. Ich war beleidigt. Deshalb habe ich ihn dann nicht gefragt, was los war. Sonst wüsste ich jetzt vielleicht, weshalb er es getan hat. Und vielleicht hätte ich etwas dagegen tun können.»

Ich erwartete, dass sie in Tränen ausbrach, aber sie strich sich mit einer fast wütenden Bewegung die Haare aus dem Gesicht.

«Es war seine Entscheidung», sagte ich leise. Im Hintergrund ertönte das Geräusch einer Katzenklappe, Bettina drehte den Kopf zur Seite und sah einer Tigerkatze nach, die das Wohnzimmer durchquerte und in der Küche verschwand.

«Er sass in den letzten Wochen manchmal die halbe Nacht am Computer, im Mail oder im Internet, was weiss ich, er war in seinem Zimmer und wollte nicht gestört werden.»

«Hat er so intensiv für sein Studium gearbeitet? Oder für sein Praktikum im Erbschaftsamt?»

Der Coiffeur hatte von diesem Praktikum gesprochen. Ich musste mich als Mitarbeiterin der Uni ausgeben, erinnerte ich mich.

«Das dachte ich, dass es etwas mit dem Praktikum zu tun hat. Damals hat er mich zum ersten Mal von seinem Computer gescheucht, wollte nicht, dass ich an ihm arbeitete, und tat so geheimnisvoll.»

«Hatte er Kontakt mit Juri Salnikow? Das ist ein Student von der Wirtschaftsfakultät.»

«Kenne ich nicht. Wie sieht er aus?»

Ich beschrieb Juri. Ein grosser, blonder Mann, der mit einem Akzent sprach, war ein paar Mal hier gewesen. Vielleicht Juri. Sie nannte mir noch die Namen von ein paar Mitstudenten, die ich notierte.

«Hatte Tobias etwas mit einer Firma namens AdFin zu tun?»

«Kommt mir bekannt vor. Das kann sein. Ich bin mir nicht sicher, aber den Namen habe ich vielleicht schon mal gehört oder gelesen. Warum fragen Sie? Haben die etwas mit seinem Tod zu tun?»

«Wir glauben, dass sie versuchen, Studenten mit unlauteren Angeboten zu kapern, zum Beispiel mit Krediten, die sie nicht zurückzahlen können.»

Meine Ausrede war mager, mir fiel nichts Besseres ein, und ich hoffte, dass sich Bettina nicht in den nächsten Tagen mit einem neuen Verdacht herumplagte. Dass sie ihren Bruder hätte retten können, wenn sie von seinen Finanzproblemen gewusst hätte. Was völliger Unsinn war.

«Ich glaube nicht, dass Tobias einen Kredit aufnahm oder so etwas. Für was denn auch?»

Ich stand bereits, um mich zu verabschieden, als sich ein Schlüssel in der Haustür drehte. Wenig später stand Bettinas Mutter im Eingang. Ich wiederholte ihr gegenüber die Geschichte von der Universität, aber sie hörte mir ziemlich argwöhnisch und unkonzentriert zu. Sie machte keine Anstalten, Mantel und Handschuhe auszuziehen, als ob sie mich so schneller loswerden könnte. Ich ging zur Tür und entschuldigte mich für die Störung. Sie war froh, dass ich ging.

«Melden Sie sich doch bitte später. Heute auf keinen Fall mehr. Wir werden uns heute Abend in der Kirche versammeln und für Tobias beten. Vor zehn Uhr werden wir nicht zurück sein und nachher möchten wir ungestört bleiben, das verstehen Sie sicher.»

Ich versicherte ihr, dass ich sie nicht mehr belästigen würde. Vermutlich war Tobias der erste der Familie gewesen, der studierte, denn letztlich kaufte sie es mir ab, dass sich die juristische Fakultät in so persönlicher Form um ihre Studenten kümmert.

17

Schon beim Hinausgehen war mir klar, dass ich unbedingt in Tobias Buchers Computer wollte. Auch wenn Bettina Bucher vage geblieben war bei meiner Frage nach AdFin. Aber Tobias Bucher war an etwas dran gewesen, das hatte sie genau so gesagt, und er hatte Juri gekannt. Einer der letzten Anrufe von Juri war an Tobias gegangen, und dann waren beide gestorben, zuerst Tobias, dann Juri. Ich überquerte die Strasse und ging zurück zum Wagen, an den Glasfenstern der Spenglerei vorbei. Eine hauchdünne Schneeschicht lag auf dem Auto, die ich mit dem Ärmel von den Scheiben wischte. Falls es im Auto einen Schneeschaber gab, hatte ich ihn noch nicht entdeckt. Ich hoffte, dass ich nicht mit Sommerreifen herumfuhr.

Mir fielen nur müde, unbrauchbare Ausreden ein, um die Familie zu überreden, mir den Computer auszuhändigen. Zum Beispiel, die Universität weiss, dass Tobias Bucher mit einem für die Forschung interessanten Projekt beschäftigt war, und wir würden gerne sehen, was er herausgefunden hat. Das war Quatsch. Oder, ich habe ihm wichtige Unterlagen gemailt, deren Original ich verloren habe, weil mein Computer gestohlen wurde. Auch das fiel weg. Nach fünf Minuten wusste ich, dass mir nichts einfallen würde. Ich betrachtete das Haus im Rückspiegel. Ein flaches Haus, viele Fensterscheiben, Gartentüren. Nach einer Alarmanlage sah das Ganze nicht aus, und so schwierig konnte es nicht sein.

Wenn schon, dann jetzt. Heute Abend. Die ganze Familie war in der Kirche und würde nicht vor zehn Uhr zurückkommen. Nur ein bisschen ums Haus schleichen. Ich würde nicht einsteigen, aber abklären, ob es möglich war.

Ich fuhr nach Heimberg. Als ich mich im Heim und Hobby mit Werkzeug eindeckte, sagte ich mir, dass ich all diese Dinge sowieso gut brauchen konnte. Zögernd entschied ich mich für Schraubenzieher in allen Grössen, einen Glasschneider, Handschuhe, um gesprungenes Glas angreifen zu können. Schliesslich kaufte ich noch eine hässliche schwarze Jacke aus Kunstleder, mein Mantel, nass vom Schneeregen, eignete sich nicht zum Klettern. Als es Nacht geworden war, kehrte ich nach Konolfingen zurück. Ich parkierte in der Ortsmitte und ging zu Fuss auf das nun dunkle Haus zu. Buchers waren in der Kirche.

Der Himmel war wolkenverhangen, die Nacht finster. Das vor Buchers gelegene Nachbarhaus lag ebenfalls im Dunkeln, möglichweise waren auch sie in der Kirche. Im Haus gegenüber, auf der anderen Strassenseite, brannte Licht, der bläuliche Schimmer verriet einen laufenden Fernseher. Gefährlicher waren die Scheinwerfer von Autos, die vorbeifahren konnten. Da musste ich mich vorsehen, aber viele würden es nicht sein in dieser Sackgasse. Ich ging hinter das Haus, darauf bedacht, nicht ins frisch aufgeschüttete Erdreich zu geraten. Fenster und Türen waren natürlich gut verschlossen. Moderne, dreifachverglaste Scheiben, die ich selbst mit dem Hammer nicht einschlagen konnte. Auf der Rückseite grenzte das Haus an ein offenes Feld, an dessen Ende sich weitere Neubauten befanden. Die Distanz war gross, trotzdem fürchtete ich mich vor Rauchern, die im Finstern auf ihre Terrasse traten und aus Langeweile die Gegend musterten. In diesem Neubauquartier kannte man sich doch erst seit ein paar Monaten und beobachtete umso genauer, was in den Nachbarhäusern geschah.

Die Garage hatte rückseitig ein Fenster. Ein zusammengeklappter Sonnenschirm lehnte an der Wand und war feucht geworden, übereinandergeschichtete Plastikstühle und ein Tisch standen herum. Sicher waren die Dinge wegen Tobias' überraschendem Tod hier im Schnee vergessen gegangen. Theoretisch, überlegte ich, wäre es möglich, dass ein heftiger Windstoss den Sonnenschirm gegen das Garagenfenster stiess und dass es dadurch zerbrach. Unwahrscheinlich, genaugenommen unmöglich, der Sonnenschirm war zu kurz und stand zu weit entfernt. Aber das Garagenfenster war das einzige, was halbwegs zerbrechlich schien. Zwischen Garage und Haus gab es sicherlich eine Tür. Die möglicherweise verschlossen war. Trotzdem.

Nach einem langen Blick hinüber zu den Nachbarhäusern zog ich einen Handschuh an und stiess dann mit dem grössten Schraubenzieher zu. Das Klirren hatte sich in Grenzen gehalten. Ich wartete, nichts rührte sich. Schliesslich schob ich den Plastiktisch unter das Fenster und fasste hinein. Ich streckte mich, erreichte tatsächlich den Griff und öffnete das Fenster. Ich kletterte hinein. Mein Stoss hatte unten rechts in der Scheibe ein eckiges, gezacktes Loch hinterlassen, und sie war bis in die Hälfte gesprungen. In der Garage aber lagen erstaunlich wenige Scherben auf dem Boden. Ich tastete mich im Finstern durch den Raum. Es roch nach Benzin und Putzmittel und auch noch nach frischem Beton. Mit der Zeit konnte ich auf der gegenüberliegenden Seite eine Tür erkennen. Sie war geöffnet. Ich zog die Schuhe aus und steckte sie in die Jackentaschen, in Socken schlich ich ins Haus.

Tobias' Zimmer befand sich wie vermutet im oberen Stock. Überall im Raum standen Kerzen und Blumen, auf dem Boden, neben dem Bett und auf einer Kommode. Ich schloss die Vorhänge und zündete eine Kerze an, etwas Licht brauchte ich. Das Bett sah frisch bezogen aus, eine Fotografie von Tobias lag auf dem Kopfkissen. Die Blumen verbreiteten einen süsslichen, schweren Geruch. Der Schreibtisch sah aufgeräumt aus.

Ich erschrak, als ich den breiten Bildschirm seines Computers erblickte. Das hatte ich mir gar nicht überlegt. Automatisch war ich davon ausgegangen, dass Tobias an einem Laptop arbeitete. Den ich mitnehmen konnte. Schnell ins Haus hinein und wieder weg. Beim Hinausgehen möglichst alle Spuren beseitigen, in der Hoffnung, dass es eine Weile ging, bis sie den Verlust des Laptops und die kaputte Scheibe bemerkten. Aber ich konnte unmöglich den Computer, der unter dem Schreibtisch stand, abtransportieren. Und es war bereits Viertel vor neun. Zu wenig Zeit, um mich durch den Computerinhalt zu ackern. Spätestens um viertel vor zehn musste ich verschwinden. Fluchend schaltete ich den Computer ein, ich hatte nicht einmal CDs dabei, um Kopien zu machen. Mit dem Licht der Kerze tastete ich mich durch Tobias' Schubladen, zwischen Kabeln und Schachteln fand ich eine externe Festplatte. Ich schloss sie an den Computer an und öffnete zunächst wahllos ein paar Dateien. Schliesslich gab ich den Befehl, alles zu kopieren, was Tobias unter Dokumente abgespeichert hatte. Tobias Computer teilte mir mit, dass er 59 Minuten dafür benötigen würde. Das war knapp. Aber ich hatte keine Wahl.

Während die Dateien von Tobias' Computer auf die Festplatte hinüber flatterten, schlich ich durch die Balkontür hinaus und besah mir von aussen das zerbrochene Garagenfenster. Jetzt im Finstern war kaum etwas zu erkennen. Ich legte den Sonnenschirm so auf den Boden, wie er nach meiner Vorstellung liegen müsste, nachdem ihn ein Windstoss gegen die Scheibe gestossen hatte. Ich stellte den Tisch zurück und untersuchte die Mauer auf Spuren. Zurück im Haus, schob ich in der Garage die Scherben an den Rand, direkt unter das Fenster. Ich wollte nicht, dass jemand heute Abend aus dem Auto stieg und als erstes auf die Scherben zu stehen kam. Wenn möglich, sollten sie die kaputte Scheibe erst in ein paar Tagen entdecken.

Schliesslich setzte ich mich in Tobias' Zimmer im Schneidersitz auf den Boden und wartete. Inzwischen war es Viertel nach neun. Der Computer teilte mit, dass er noch 39 Minuten benötigen würde, gemächlich flatterte Datei um Datei hinüber. Ich betete, dass es nicht wirklich so lang ging. Spätestens um zehn vor zehn wollte ich abbrechen.

Während ich wartete, zerbiss ich mir die Nägel, was mir vor Jahren zum letzten Mal passiert war. Plötzlich hiess es, der Vorgang würde noch 53 Minuten dauern. Es war bald halb zehn. Ich zwang mich, ruhig zu atmen, mit wenig Erfolg. Jetzt doch nur noch 24 Minuten, auf die Zeitangabe war kein Verlass.

Ich stellte mich neben den Vorhang, konnte aber von hier aus die Strasse nicht erkennen. Wenn Buchers zurückkamen, würde ich es erst merken, wenn ihr Auto vorfuhr. Dann war es zu spät, um zu verschwinden. Inzwischen war es zehn vor zehn, das Warten wurde immer schlimmer. Ungerührt teilte mir der Computer mit, er benötige weitere siebzehn Minuten. Konnte ich den Vorgang abbrechen, ohne die gespeicherten Dateien zu verlieren? Das wusste ich nicht. Voller Anspannung stand ich in der Tür zu Tobias' Zimmer und horchte nach unten. Als ich ein Auto hörte, geriet ich in Panik. Ich rannte hinunter, aber der Wagen fuhr am Haus vorbei. Um zwölf nach zehn meldete der Computer, der Vorgang sei abgeschlossen. Inzwischen roch das Zimmer mehr nach meinem Schweiss als nach Blumen.

Hastig riss ich die Kabel aus und nahm die Festplatte an mich. Ich zwang mich dazu, den Computer ordnungsgemäss abzustellen, was mir weitere angstvolle Minuten abverlangte. Endlich rannte ich hinunter ins Erdgeschoss und verliess das Haus durch die Gartentür. Ich zog sie so gut wie möglich hinter mir zu, aber es war mir klar, die Tür blieb offen, was irgendwann auffallen würde. Ausserhalb des Hauses wurde ich ruhiger, obschon mein Herz immer noch laut gegen das Brustbein hämmerte. Im Nachbarhaus brannte jetzt Licht. Ich stieg hinter dem Haus über einen Zaun und schlich durch das angrenzende Feld, jede Menge Fussspuren hinterlassend. Aber ich wollte nicht auf der Strasse gehen und dort Buchers Auto begegnen. Angestrahlt von Scheinwerfern würde Bettina Bucher mich vielleicht erkennen.

Ich wartete im Schatten der Schreinerei mindestens dreissig Minuten, bis Buchers wirklich kamen. Gestresst, wie ich gewesen war, hatte ich mir auf der Flucht durch das Feld nicht die Zeit genommen, die Schuhe anzuziehen. Nun stand ich in aufgeweichten, lehmigen Socken in meinen Schuhen und schon bald spürte ich meine Füsse nicht mehr vor Kälte. Trotzdem wartete ich.

Schliesslich fuhren Buchers vorbei, die Eltern vorne, die beiden Töchter hinten. Sie hielten vor ihrem Haus, der Wagen verschwand in der Garage. Ich ging ein paar Schritte zurück. Lichter waren angezündet worden, die breite, hell erleuchtete Fensterfront erlaubte einen Blick in die geräumige Wohndiele. Die Familie entledigte sich gerade mit ruhigen Bewegungen ihrer Mäntel. Bisher hatten sie nichts bemerkt.

18

Der Computer fuhr langsam hoch und prüfte Tobias' Festplatte auf Viren, während ich mich wieder einmal auf dem Boden vor der Kartonschachtel um eine erträgliche Position bemühte.

Die Suche nach AdFin ergab nichts. Gar nichts. Nicht einmal Russland kam vor. «Finanztransaktion» nur in einem völlig unverdächtigen Zusammenhang, in einer Seminararbeit. Ich quälte mich durch einen Haufen von Studienunterlagen, dann durch Dokumente aus dem Erbschaftsamt. Offensichtlich hatte sich Tobias Bucher private Kopien amtlicher Akten gemacht. Ganz korrekt war das von einem angehenden Juristen kaum, aber doch verständlich und banal. Er hatte also ab und zu Arbeit mit nach Hause genommen.

Ich kam nicht umhin, mir einzugestehen, dass ich enttäuscht war. Nicht schon wieder. Diese Selbstzweifel, ich hatte sie satt. Aber, es blieb dabei, da war nichts. Nicht der geringste Hinweis auf AdFin, nichts, was mir in Bezug auf Juris Tod weitergeholfen hätte. Ilka Kovacs, Agentin under cover, spezialisiert auf das Ausspionieren von Seminararbeiten. Langsam hasste ich dieses Büro. Neu war, dass mich ein schlechtes Gewissen umtrieb. Mehr noch als der Einbruch störte mich, dass ich Bettina Bucher angelogen hatte. Ich hatte mir die Möglichkeit verbaut, ganz normal mit den Leuten zu sprechen. Ausserdem war ich mit dem Einbruch ein idiotisches Risiko eingegangen. Das Einbruchsdezernat kannte ich ja schon, falls ich aufflog. Bei der Vorstellung, dass mich Ricklin zu meinem Einbruch in Konolfingen befragen würde, schämte ich mich.

Das einzig Erfreuliche war ein Telefon von Lisa Bächler, zu meiner Überraschung wollte sie mich treffen. Die Versicherungspolicen waren harmlos, aber sie wollte sich nochmal über AdFin unterhalten. Wir verabredeten uns für den gleichen Abend.

Da ich sonst nichts zu tun hatte, beschloss ich, im Erbschaftsamt, das keine fünf Minuten von meinem Büro entfernt in der Schwanengasse lag, vorbeizugehen. Möglich war es ja, dass ein Kollege dort wusste, mit was Tobias sich beschäftigt hatte.

Ich war erstaunt, als ich bemerkte, dass sich die FINMA, die Finanzmarktaufsicht, im gleichen Gebäude wie das Erbschaftsamt befand. Neben der MROS war doch auch die FINMA für Geldwäscherei zuständig. Lag da der Zusammenhang? Hatte Tobias zufällig etwas gefunden? Einen Aktenkoffer, der im Gang vergessen worden war? Ein Herr in meinem Alter betrat gleichzeitig mit mir den Lift. Während wir mit Blick zur Tür hintereinander standen, betrachtete ich seinen Nacken. Der Mann war zu stark parfümiert. Die Haare, aschblond und dicht, wirkten strohig und waren so lang, dass sie sich am Hemdkragen teilten. Ich entdeckte eine klobige Goldkette am faltigen Hals, ein kleines Wagnis, gut versteckt unter dem hellblauen Hemdkragen des soliden Beamten. Ich vermutete Reste von früheren Hard-Rock-Sympathien. Dazu eine dunkelblaue Hose und, über den Arm gehängt, eine solide, dunkle Regenjacke.

Wir stiegen im gleichen Stockwerk aus. Der Herr drehte sich zu mir um, lächelte mich aus wässrig-blauen Augen an, die durch die Goldrandbrille stark vergrössert wurden. Sein heller Schnauz gab ihm etwas von einem Hasen oder sollte vielleicht eher das Hasenhafte verdecken. Meine Laune war schlecht, ich brachte wenig Wohlwollen für meine Umwelt auf, der Mann konnte nichts dafür. Mit einem «Bitte» überliess er mir den Vortritt, ich schritt durch seine Duftwolke und ging die paar Schritte bis zum Erbschaftsamt vor ihm her.

Ich traf auf eine breite Glasfront, hinter der ein Gang lag mit einem Kopiergerät, umringt von Schachteln. Die Tür war verschlossen, ein an der Scheibe befestigter Zettel verwies auf die Öffnungszeiten. Ich begann den Zettel zu lesen, während der Herr aus dem Lift einen Schlüsselbund aus seinem Hosensack holte.

«Es ist offen. Kommen Sie nur herein», meinte er überraschend nett.

Das Sekretariat befand sich in einem Eckzimmer, direkt unter der Dachschräge. Dem parfümierten Herrn, offensichtlich ein leitender Mitarbeiter des Amtes, war jetzt die Eile anzumerken. Ich liess ihn an mir vorbei ins Sekretariat und wartete neben der Tür. Zwei Frauen standen mit uns zugewandten Rücken im Raum und sahen sich etwas an, was vor ihnen lag. Der Mann, mit dem ich gekommen war, stellte sich dazu.

«Haben wir die Kopien für die Testamentseröffnung um zwei Uhr?»

«Ich bin noch nicht dazugekommen, Herr Bernasconi. Ich lege sie Ihnen ins Sitzungszimmer», antwortete die ältere der beiden Frauen.

Das Telefon läutete, und während die ältere Frau nach dem Hörer griff, verliess die andere das Sekretariat. Ich stand und wartete.

Die Dame, die sicher seit Jahren im Amt war, warf mir ab und zu einen Blick zu, während sie telefonierte. Durch die Dachschräge wirkte das Sekretariat klein und überladen, und auch der Gang hinter mir war mit Schachteln überstellt. Der Mitarbeiter namens Bernasconi war inzwischen verschwunden.

Schliesslich war das Telefon beendet.

«Ich habe ein persönliches Anliegen», begann ich. Nach den kritischen Gedanken von heute Morgen wollte ich es mit der Wahrheit versuchen. «Ich bin gekommen, weil Tobias Bucher, der ja Selbstmord begangen hat, hier ein Praktikum gemacht hat. Sie haben ihn sicher gekannt.»

«Ja, natürlich», die Frau war sehr ernst geworden, «natürlich. Er hat ein halbes Jahr hier gearbeitet. Wir sind immer noch ganz geschockt, wie konnte das passieren. Es kam so völlig unerwartet für uns alle.»

«Ich versuche herauszufinden, was der Grund für diesen

Selbstmord war. Ob es irgendwelche ganz konkreten Gründe gegeben hat, ob etwas passiert ist, was ihn dazu gebracht hat.»

«Sein Selbstmord kam sehr überraschend, aber was meinen Sie mit konkreten Gründen? So gut habe ich ihn nicht gekannt, vermutlich niemand hier.»

«Ich meine, ich versuche herauszufinden, ob etwas vorgefallen ist, ob ihn etwas unter Druck gesetzt hat. Ob er sich vielleicht bedroht gefühlt hat.»

«Bedroht? Und Sie meinen hier im Amt? Meinen Sie denn, dass hier etwas vorgefallen sei?», sie sah mich ziemlich fassungslos an.

«Nein, wahrscheinlich nicht hier. Haben Sie schon einmal etwas von AdFin gehört?»

«Nein, habe ich nicht. Müsste ich das? Was wollen Sie denn von mir wissen?»

Sie drehte sich in ihrem Bürostuhl seitwärts ab, bereit, ihr Amt zu verteidigen.

«Nein, verstehen Sie mich bitte nicht falsch. Ich habe nur das Gefühl, dass etwas Besonderes vorgefallen sein muss, und suche jetzt an allen Orten nach einem Grund.»

«Ich glaube nicht, dass hier etwas vorgefallen ist, wie Sie sagen. Hier geht es sehr ruhig zu, und alle waren zufrieden mit Tobias Bucher.»

«Gab es jemanden im Team, mit dem er sich besonders gut verstanden hat? Den er vielleicht über seine Beweggründe ins Vertrauen gezogen hat?»

«Nein, das glaube ich nicht. Tobias kam mit allen gut aus, aber besonders engen Kontakt hatte er mit niemandem. Für das war er nicht lange genug hier. Privates, wissen Sie, wir reden selten über Privates. Nur von seinen Fahrradtouren hat er ab und zu gesprochen. Er hat es ja auf einer Fahrradtour – getan. Und davon hat er an jenem Morgen gesprochen, von der Tour, die er im Sinn hatte, meine ich. Er wollte nach Wimmis radeln. Es war ja so schönes Wetter. An seinem letzten Vormittag sassen wir in der Kaffeepause zusammen, und er hat davon gesprochen, dass er nach Wimmis wollte. Kein Mensch hätte gedacht, was er wirklich im Sinn hatte. Wir haben zwei junge Mitarbeiterinnen hier, die auch Rennräder haben. Sie haben sich über verschiedene Touren unterhalten. Tobias hat ihnen die Route aufgezeichnet, die er nehmen wollte, daran kann ich mich noch erinnern. Tobias hat an diesem Tag darum gebeten, etwas früher gehen zu dürfen. Wegen der Fahrradtour, sagte er. So gegen drei Uhr ging er. Es war ein strahlend schöner Tag.»

Sie unterbrach sich, sprach dann aber weiter.

«In bester Stimmung ist er gegangen. Es ist nichts vorgefallen. Ich verstehe schon, was Sie meinen, es ist eigenartig. Ein so plötzlicher, ein so radikaler Stimmungswechsel. Als er hier wegging, dachte er nicht an Selbstmord, da bin ich mir sicher.»

Nach einer weiteren Pause fuhr sie fort.

«Vielleicht litt er an Depressionen, von denen niemand etwas bemerkt hat. Wenn er Medikamente genommen und die plötzlich abgesetzt hat, dann wären solche Stimmungsschwankungen doch denkbar. Es hat hier alle sehr erschüttert, müssen Sie wissen. Aber ich fürchte, niemand hat ihn gut genug gekannt, um seine Beweggründe zu verstehen. Sie sind aber nicht seine Mutter, oder?»

Als sie das fragte, sah sie mich erschrocken an.

«Nein, ich bin seine Tante», log ich nun doch noch, «aber es wäre wichtig, dass seine Mutter seinen Tod besser verstehen kann.»

«Ihre Schwester?»

«Meine Schwägerin.»

Ich stand immer noch in der Tür zum Sekretariat, Geräusche in meinem Rücken liessen mich über die Schulter nach hinten sehen. Der Lift war wieder in diesem Stockwerk stehen geblieben. Ein paar Schritte hinter mir stand im halbdüsteren

Gang Bernasconi und beobachtete mich. Ich nahm an, dass er unserem Gespräch zugehört hatte.

«Mein Beileid», murmelte er leise und ging an mir vorbei den Gang hinunter. Die Sekretärin erschrak, als sie ihn sah. Sie rannte zum Kopiergerät, in Eile, die Unterlagen für die Testamentseröffnung bereitzustellen.

Ich nahm die Rolltreppe hinunter zur Migros Bubenberg. Das Gespräch auf dem Erbschaftsamt hatte mich nicht weitergebracht, aber ich hatte mich wieder gefangen. Nicht schon wieder aufgeben, nahm ich mir vor. Ich versuchte, an den Schafstall zu denken und an die Klarheit, mit der ich damals einen Entschluss gefasst hatte. Ich wollte mir Tobias' Unterlagen noch einmal anschauen, ohne mich auf AdFin zu fixieren, vielleicht hatte ich mich da in etwas verrannt. Wenn sich Tobias nächtelang mit etwas befasst hatte, mussten davon Spuren zu finden sein.

Die Schlange vor der Migros-Kasse war lang und bewegte sich kaum. Ich bereute es, gekommen zu sein. Alle schoben prall gefüllte Einkaufswagen vor sich her. Alle, bis auf den Herrn direkt vor mir, der eine tiefgefrorene Lasagne, zuckerfreien Orangensaft, Weight-Watchers-Käse und fünf Tafeln Schokolade in seinem Körbchen trug. Die Kassiererin stand, einen Sack mit Zwiebeln in der Hand, auf, um das Gemüse zu wägen.

«Also, ehrlich», entschlüpfte mir leise. Meine Laune war immer noch nicht besonders, egal, wie ich mich bemühte.

Der Mann drehte sich um und registrierte meinen bis auf eine kleine UP-Milch leeren Einkaufskorb.

«Wollen Sie vorgehen?»

Es war Stefan Ricklin, der Polizist, der mich verhört hatte. Wir begrüssten uns, ich streckte ihm meine Hand entgegen. Er schüttelte sie, nach kurzem Zögern.

«Gibt es etwas Neues in dem Fall?», die Frage rutschte mir

heraus. Ich nahm nicht an, dass er mich über Ermittlungsergebnissen informieren durfte.

Ricklin liess mich vor, ich zwängte mich zwischen ihm und aufgeschichteten Panettone-Schachteln vorbei.

«Die Aufklärungsquote bei Eigentumsdelikten ist nicht so hoch, wie wir es gerne hätten», meinte er zögernd. «Wir müssen die Einbrecher praktisch auf frischer Tat erwischen. Dafür klären sich dann ab und zu verschiedene Delikte gleichzeitig, wenn uns einmal eine Einbrecherbande ins Netz gegangen ist.»

«Ist denn die Wohnung oberhalb von Ihrer schon wieder vermietet?», fragte er nach einer Weile.

«Sie wissen also, dass Juri Salnikow gestorben ist?»

Er nickte zur Antwort, mehr mit den Augen als mit dem Kopf.

«Nein, die Wohnung ist noch nicht einmal geräumt. Ich nehme nicht an, dass sie schon ausgeschrieben wurde.»

Ich stellte die UP-Milch, die ich fürs Büro gekauft hatte, auf das Förderband, Ricklin legte seine Waren daneben, den Weight-Watchers-Käse deckte er mit den Schokoladen zu. Als sich das Förderband bewegte, kippte der Orangensaft seitwärts weg, und wir griffen gleichzeitig nach der Flasche. Ich war schneller und für einen Moment berührte seine Hand die meine. Warm, trocken, bestimmt.

«Ups. Glück gehabt», meinte ich. Ricklin sagte nichts. Ich zahlte und verabschiedete mich.

Ein Polizist. Der Weight-Watchers-Käse und der Orangensaft waren für seine Frau, die Schokolade für die Kinder. Und die Lasagne? Frau und Kinder verreisen über das Wochenende, er aber hat Dienst und sorgt mit Lasagne vor. Diesen Fall hatte ich gelöst. Immerhin. Was hätte ich denn vorhin noch sagen können? Worüber hätten wir noch sprechen können? Kommen Sie bei Gelegenheit ruhig wieder einmal bei mir vorbei, auch ohne Einbruch? Ich wusste nicht einmal, was mit ihm reden. Wie gesagt, ein Polizist. Ich ging zurück in mein Büro.

Mit sehr viel Geduld hatte ich Testamente und Nachlassentscheide studiert, mich durch juristische Formulierungen und Hinweise auf mir unbekannte Verordnungen und Gesetzesartikel gekämpft. Ich hatte Siegelungsprotokolle, Familienregisterauszüge, Erbschaftsinventare und Korrespondenzen mit Notaren durchgesehen, die Unterlagen von mehreren Erbschaftsfällen. Für ein Dossier konnte ich ein gewisses Interesse aufbringen, weil die Liegenschaft, eine dreistöckige Jugendstilvilla im Kirchenfeldquartier, seit kurzem dem Historischen Museum als Aussenstelle diente. Der Kauf der Villa durch die Stadt war im Frühsommer in den Zeitungen breitgeschlagen worden, und es hatte deswegen Diskussionen im Stadtrat gegeben.

Besitzerin der Villa war eine Anna Herzig gewesen, geboren 1918. Jahrelang war das Gebäude von einer Schule als Geschäfts- und Unterrichtslokal genutzt worden, später stand es leer. Als Anna Herzig ohne Nachkommen starb, ging die Villa an eine Katrin Näf. Die Formulierung des etwas unleserlichen, in einer ältlichen Schrift verfassten Testaments liess durchblicken, dass Katrin Näf sich um die alte Frau gekümmert hatte. Offensichtlich hatte Näf kein Interesse an der Liegenschaft, sie musste sie anschliessend verkauft haben, denn jetzt jedenfalls war das Gebäude Teil des Historischen Museums.

Als ich nicht mehr weiter wusste, ging ich ins Internet und googelte verschiedene Personen aus den Testamenten. Nichts, was von geringstem Interesse war. Kurz und gut, alles, was ich in Tobias' Computer fand, war langweilig. Das war so und das blieb so. Frustriert verliess ich das Büro. Wenn wenigstens Caris sich melden würde.

19

Ich stieg beim Bahnhof die Treppen hoch zu dem Tearoom, in dem ich mich auf sieben mit Lisa Bächler verabredetet hatte, als mein Handy klingelte. Petar rief wieder einmal an und wollte mich sehen. Ich versprach, in den nächsten Tagen bei ihm vorbeizuschauen. Es war sein dritter, wenn nicht schon sein vierter Anruf in dieser Woche.

Der Tearoom oberhalb des Bahnhofs war mein Vorschlag gewesen, nur war es Jahre her seit meinem letzten Besuch. Als ich ankam, sah ich, dass er inzwischen völlig umgebaut worden war. Statt einer grossen Gaststube teilten sich nun eine Snackbar und ein Coiffeursalon den Raum. Die beiden Bereiche waren durch eine Glasscheibe voneinander getrennt. Ich schlenderte hinüber zu den momentan verwaisten Coiffeurstühlen und stellte mich an die Fensterfront, direkt über den Gleisen des Hauptbahnhofs. Unter mir in der Tiefe fuhren zwei Züge ein, in unterschiedlichem Tempo. Ich betrachtete das Gewirr aus elektrischen Leitungen und Masten zu meinen Füssen. Im Hintergrund lief leise ein lokaler Radiosender. Der Raum zitterte, als ein Zug in schnellem Tempo den Bahnhof verliess. Der Ort vermittelte immer noch das Gefühl von Grossstadt und von Fremde, das ich mochte.

Als ich an einem der kleinen Tische auf Lisa wartete, überfiel mich Hunger. Hinter der Theke befand sich eine Tür, durch die schliesslich eine Frau hereinkam. Als Antwort auf meine Frage nach etwas Essbarem stellte sie eine Plexiglasschale mit Sandwiches auf meinen Tisch, wortlos. Die Brote lagen bestimmt schon seit dem Morgen in der Schale, sie sahen aufgeweicht aus und schmierig, und so schmeckten sie auch. Auf der Theke stand ein Körbchen mit abgepackten Süssigkeiten und Chips, ich riss eine Packung Chips auf, um den Geschmack des Sandwichs zu vertreiben. Die Bedienung war wieder verschwunden, ich hörte sie nebenan telefonieren.

Ich klaubte gerade die letzten Chips und Salzreste aus der Packung, als ich Lisa Bächler bemerkte, die vor mir stand. Sie trug einen lachsfarbenen kurzen Mantel, der stark tailliert war, dazu eine enge schwarze Hose, die in glänzenden Stiefeln verschwand. Lisa trat zum Fenster, sah auf die Gleise hinunter und drehte sich dann zu mir um:

«Wollten Sie immer schon Lokomotivführerin werden?», fragte sie mit einem Lächeln, das sich nach links oben mehr ausdehnte als nach rechts. Sie setzte sich mir gegenüber an den Tisch, ich riss eine weitere Chipstüte auf und schob sie in die Tischmitte.

Lisa bediente sich: «Hat es denn keine Paprikachips?»

Ich überging ihre Kritik an den Chips.

«Nicht wegen der Lokomotiven. Ich bin nicht wegen den Lokomotiven hier. Mir gefällt die ungewohnte Perspektive. Und die Anonymität», beantwortete ich ihre erste Frage. Wir waren allein im Raum.

«Stimmt», meinte sie. Ihre Zustimmung bezog sich vermutlich auf die Anonymität. Ich bezweifelte, dass sie für dieses Treffen Rücksprache mit ihrem Chef genommen hatte. Sie schob mir die CD über den Tisch entgegen und sah mich dabei an, ihren prüfenden Blick kannte ich bereits.

«Unsere Gegner nehmen es mit den Gesetzen nicht sehr genau, um das Wenigste zu sagen. Deshalb finde ich, dass auch wir alle Möglichkeiten nützen müssen.»

Die Serviceangestellte brachte meine Cola und nahm Lisas Bestellung auf. Nachdem sie sich vom Tisch entfernt hatte, konnte ich mir die Frage nicht länger verklemmen: «Sie fanden also nichts Verdächtiges in den Dateien?»

Lisa Bächler lehnte sich auf ihrem Stuhl nach hinten. Inzwischen hatte sie sich an den Chips tüchtig bedient, auch die zweite Packung war leer.

«Darf ich Sie zuerst fragen, woher die Dateien stammen? Oder besser, ich finde, wir könnten uns du sagen. Woher hast du die Dateien?»

Ich nickte mein Einverständnis zum Du und überlegte einen Moment. Deshalb also war sie gekommen. Aber ich vertraute ihr, und sie wusste viel besser Bescheid als ich. Und allein kam ich sowieso nicht weiter. Es hatte keinen Sinn, ihr Halbbatziges zu erzählen oder etwas zu erfinden.

Also erzählte ich ihr vom Einbruch bei Juri, vom Koffer und vom Stick, auf dem sich die russischen Finanzdateien befunden hatten. Dass in meine Wohnung eingebrochen und der Koffer gestohlen worden war und wie Juri umkam. Lisa hörte aufmerksam zu, nur einmal stand sie auf, um eine weitere Tüte Chips vom Nebentisch zu holen. Ich erzählte, dass ich mich verfolgt gefühlt hatte, erklärte, wie ich auf Lothar Perren gestossen war und auf seine Verbindung zu AdFin. Ich sagte, dass das einzige, was ich mir zusammenreimen konnte, darauf hinauslief, dass Juri in irgendwelche Mafiamachenschaften geraten war. Wo es vielleicht um Geldwäscherei ging. Dass ich viel Geld gefunden hatte, erwähnte ich natürlich nicht. Auch von Tobias Bucher sagte ich nichts.

Als ich fertig war, schwieg sie. Unter uns bewegte sich ein Zug zögernd aus dem Bahnhof hinaus, ein anderer fuhr ein und blieb dann ruckartig stehen.

«Unglaublich, was da los ist», kommentierte sie. Ich nahm an, sie sprach von den Zügen. Sie schwieg wieder.

«Um was könnte es gehen? Hast du eine Vorstellung? Was macht AdFin?», fragte ich.

«AdFin hat den Hauptsitz in England, hier in der Schweiz ist nur eine Niederlassung registriert. In Genf ist AdFins Sitz in der Schweiz, und dann gibt es noch diese Adresse in Bern. Die genauen Verbindungen durchschaue ich noch nicht. Jedenfalls beschäftigt sich AdFin vor allem mit Anlagemöglichkeiten. Gut möglich, dass AdFin mit Geldwäscherei zu tun hat, da liegst du schon richtig. Aber die Dateien von deinem Stick beweisen das nicht, es sind einfach irgendwelche Versicherungspolicen. So ist es meistens. In der Buchhaltung ist sowieso immer alles in Ordnung. Wir müssten beweisen können, dass das investierte Geld dreckig war. Und das gelingt uns selten. Deshalb, noch einmal, hast du eine Idee, wie dein Freund an die Daten kam? War er bei AdFin angestellt? Hast du etwas herausbekommen?»

«Ich weiss es nicht. Inzwischen muss ich sagen, dass ich ihn nicht allzu gut gekannt habe. Vielleicht hat er für AdFin kleinere Dienste übernommen. Aber, falls er an illegalen Geschäften beteiligt war, dann tat er das sehr diskret. Ich kann es nicht glauben. Er war dauernd knapp bei Kasse, er interessierte sich viel mehr für Musik als für Geld. Es passt irgendwie nicht zu Juri.»

«Musik und Geld schliessen sich nicht aus. Ein Hacker könnte auch an solche Daten herankommen. War dein Freund gut im Umgang mit Computern?»

«Ich glaube, er hat sich nicht allzu schlecht ausgekannt, aber er ist nicht stundenlang an seinem Laptop gesessen oder so. Computer haben ihn nicht besonders interessiert, würde ich meinen.»

«Lothar Perren, könnte er etwas damit zu tun haben?», fragte ich Lisa.

«Ich kann nach Verbindungen suchen. Ich kann dir aber nicht versprechen, dass ich dich darüber informiere. Weil, das wäre dann schon höchst vertraulich.»

Lisa überlegte einen Moment, schliesslich fuhr sie weiter.

«Ich will dir einmal erklären, um was es bei MROS überhaupt geht. Die Schweiz hat ein Gesetz gegen Geldwäscherei, das weisst du wahrscheinlich.»

Ich reagierte nicht, aber es war auch keine Frage gewesen.

«Heute sind alle Finanzinstitutionen zu Sorgfalt, und, bei Verdacht auf Geldwäscherei, zur Meldung an uns verpflichtet. Dazu sind wir da, die Meldestelle für Geldwäscherei. Die Finanzintermediäre müssen uns über Verdachtsfälle informieren, mit einem Formular, mit Angaben zur Art der Geschäftsbeziehung, zum Vertragspartner und so fort.»

Und kommen nicht persönlich mit einer CD unbekannter Herkunft und uninteressanten Inhalts vorbei, ergänzte ich im Stillen.

«Wir gehen den Meldungen nach. Die FINMA hat zur Identifikation von verdächtigen Transaktionen ein Raster erstellt. Wenn beispielsweise grosse Vermögenswerte kurzfristig deponiert und gleich wieder abgezogen werden. Oder Geldwechsel in grossem Stil gewünscht wird. Oder ein Kunde will Geld überweisen ohne Namensangabe von Empfänger oder Sender. Da müssen die Banken reagieren und uns informieren. Das gilt für alle, für Banken, Versicherungen, Spielbanken, Money Transmitter, für alle. Wer fremdes Vermögen annimmt, ist zur Sorgfalt verpflichtet. Wer schmutziges Geld verwaltet, macht sich strafbar.»

Mir wurde bewusst, wie viel persönliches Engagement Lisa in die Sache legte. Sie wollte den Gaunern in Krawatte das Geschäft vermiesen. Nachdem sie sich kurz unterbrochen hatte, fuhr sie distanzierter fort.

«Konkret heisst das, eine Bank muss, wenn sie Gelder annimmt, gewisse Abklärungen vornehmen und diese auch dokumentieren. Das Problem ist, dass immer ein Ermessensspielraum bleibt. Bei Privatpersonen ist es vergleichsweise einfach, man überprüft die Identität, verlangt einen Pass, als ersten Schritt.»

«Aber ob einer die Steuern bezahlt hat, steht nicht im Pass.»

«Nein, nur ist das ein anderes Thema. Jedenfalls, bei juristischen Personen, bei irgendwelchen ausländischen Rechtskonstruktionen, wird es schnell schwierig. Es bleibt schlussendlich immer ein Ermessensspielraum des Finanzintermediärs. Welchen Aufwand muss man betreiben, um ein Risiko zu erkennen? Hier liegt ein Schwachpunkt. Es ist aufwendig und schwierig, und letztlich liegt vieles beim Kundenberater.»

«Beim Kundenberater? Und die Bank schaut weg. Wenn die Kontrollen so gut funktionieren wie im Investmentbanking, werden ja leicht einmal ein paar Milliarden übersehen.»

«Du meinst die zwei Milliarden, die die UBS verloren hat.»

«Natürlich. Die Banken fordern ihre Leute doch zu riskanten Geschäften auf. Solange es profitabel ist, wollen sie nicht wissen, was die machen, und wenn's schief geht, präsentieren sie einen Sündenbock. Das wird doch mit irgendwelchen Schwarzgeldern nicht anders funktionieren.»

Lisa gab sich distanziert gegenüber meinem Stammtischton, aber eigentlich stimmte sie mir zu.

«Ja, es gibt da immer noch viel Doppelmoral.»

«Was heisst denn da Doppelmoral. Die kennen nur eine Moral, den Profit. Der Rest ist scheinheiliges Getue, Bigotterie», schimpfte ich trotzdem weiter.

Lisa grinste mich an, halb belustigt, halb zustimmend. Ich fand zum Thema zurück und wollte von ihr wissen, wie Geldwäscherei eigentlich funktioniert, technisch gesehen. Sie erklärte mir, dass es einen richtigen Markt gebe mit professionellen Geldwäschern, die sich spezialisierten und laufend neue Wege fanden. Die organisierte Kriminalität unterhielt Geschäftsbeziehungen zu diesen Spezialisten. Und die Rechtskonstruktionen und Organisationsformen, mit deren Hilfe Geld gewaschen wurde, wurden immer komplexer. Deshalb hinkten ihnen Stellen wie MROS ständig hinterdrein, auch wenn es jetzt viel bessere Kontrollinstrumente gab. Lisa verlor sich in Ausschweifungen über internationale Richtlinien, eine FATF und

Wolfensberg-Prinzipien. Es gab eine Wiener und eine Palermo-Konvention, das konnte ich mir merken. Und dass die organisierte Kriminalität von der Globalisierung und von der Deregulierung der Finanzmärkte profitiert hatte, auch das begriff ich.

Etwas wollte ich noch wissen: «Warum ist es denn für die Mafia so wichtig, das Geld in die Schweiz zu bringen? Der Schweizer Franken ist eine sichere Währung, aber weshalb kaufen sie denn nicht einfach Gold, beispielsweise?»

Lisa sah mich überrascht an. Ich wusste wirklich nicht viel über Geldwäscherei. Sie erklärte mir, dass die organisierte Kriminalität Interesse daran hatte, in legale Geschäftsbereiche einzusteigen. Es ging nicht nur um Schweizer Franken, sie wollte ihr Kapital investieren und legitime Profite erzielen.

«Die organisierte Kriminalität übernimmt ganze Wirtschaftszweige. Es gibt immer wieder Befürchtungen, dass sie sogar für die Marktwirtschaft in der Schweiz zur Gefahr wird. Vor allem aber, und das ist auch die Antwort auf deine Frage, ist Geld wenig wert, solange seine kriminelle Herkunft nachweisbar ist. Stelle dir das so vor: Ein Drogenhändler, er besitzt Unmengen von Geld, kann aber nicht sagen, woher es stammt. Er kann das Geld nicht gefahrlos ausgeben. Also schmuggelt er es ausser Landes. Im Ausland eröffnet er Bankkonten und gründet Scheinfirmen. Mit fiktiven Rechnungen für erfundene Geschäftsbeziehungen kann er das Geld nach und nach ins Bankensystem einschleusen. Bis der Nachweis seiner kriminellen Herkunft praktisch nicht mehr zu erbringen ist.»

Lisa sagte, dass zwei bis fünf Prozent der Weltwirtschaft der Schattenwirtschaft zugerechnet werden müssten. Und dass seit dem Zusammenbruch der Sowjetunion mindestens zweihundertfünfzig Milliarden US-Dollar in westliche Finanzzentren geflossen waren. Die russische Oligarchie brachte grosse Geldbeträge auf vordergründig legalem Weg in die Schweiz, zum Beispiel durch Liegenschaftskäufe oder durch Bargeldkäufe von Luxusgütern. Sowieso war man bei den Staaten der GUS mit besonderen Schwierigkeiten konfrontiert. Die Korruption dort und die Verstrickung hochrangiger Politiker führten dazu, dass Rechtshilfegesuche an GUS-Länder meist negativ beantwortet wurden.

Ausserdem kam das Geld schon vorgewaschen in die Schweiz, zum Beispiel aus Ungarn, Polen, Tschechien, aus Zypern oder von einer Offshore-Bank. Die Mitglieder von russischen Mafia-Organisationen traten in der Schweiz als Geschäftsleute auf, sie gründeten Firmen und investierten hier ihr Geld. Lisa sagte, dass die organisierte Kriminalität aus der GUS über ein grosses Beziehungsnetz in der Schweiz verfügte, zu Anwälten, zu einflussreichen Wirtschaftsvertretern und zu Politikern.

Je länger Lisa gesprochen hatte, umso mehr hatte ich das Gefühl, bei AdFin und auch bei Perren auf der richtigen Spur zu sein. Ich brachte die Sprache wieder auf die Möglichkeit, AdFin mit Juris Dateien etwas nachzuweisen.

Lisa schüttelte den Kopf: «Unser Hauptproblem ist, dass Geldwäscherei nur gegeben ist, wenn eine strafbare Vortat vorliegt. Selbst bei Bankenmeldungen über verdächtige Geldtransaktionen müssen wir wissen, aus welchen kriminellen Vortaten das Geld stammt. Wenn die Vortat nicht ermittelt werden kann, was leider meistens der Fall ist, kann der Fall nicht vor Gericht gebracht werden.»

Lisa rutschte, langsam ungeduldig, auf ihrem Stuhl herum.

«Und noch etwas. Wenn an der Sache wirklich etwas dran ist, dann wäre es durchaus möglich, dass dein Freund umgebracht wurde. Du kannst dir vorstellen, was das für dich bedeutet. Das wären dann Profis. Ich glaube nicht, dass du etwas unternehmen kannst. Besser gesagt, du solltest nichts unternehmen. Die Augen offen halten vielleicht, und da bin ich froh, wenn du uns informierst. Ich meine, wenn du bei Juri Salnikow noch irgendetwas findest oder so.»

Sie gab mir ihre Telefonnummer, auch die private. Der Schluss des Gespräches deprimierte mich. Lisa hatte recht, und mehr noch. Ich wusste gar nicht, was ich hätte unternehmen können. Ich sagte es ihr.

«So bringst du dich wenigstens nicht in Gefahr», meinte sie. Sie lächelte mich noch einmal mit ihrem heimlich frechen Grinsen an und war verschwunden. Ich blieb alleine in der Gaststube zurück und rief zur Tür hinüber, dass ich bezahlen wollte. Achtlos steckte die Serviceangestellte das Geld, das ich ihr gab, ins Portemonnaie. Ich persönlich hatte gar kein Problem damit, schmutziges Geld in Umlauf zu bringen. Ohne jemals nach seiner Herkunft gefragt zu werden.

20

Die Begegnung mit Lisa hatte mich gefreut, trotzdem war ich froh, dass dieser Tag vorbeiging. Tobias' Computerinhalt war ein Reinfall gewesen. Die Stiftung Caris liess nichts mehr von sich hören. Als ich an der Tankstelle vorbeilief, dachte ich wieder einmal an meinen leeren Kühlschrank. Im Tankstellenshop war ich Stammgast. Wie schon oft stand ich vor dem Gestell mit Fertigsuppen, Ravioli in Dosen, Rösti im Beutel, die Auswahl war mir sattsam bekannt. Dann halt heute kein Abendessen, aber ein Bier; ich holte ein Sixpack vom Regal herunter. So langsam war sogar ich der Meinung, dass ich meine Ernährungsweise verbessern sollte. Ich nahm mir vor, morgen richtig zu kochen. Und für ein halbwegs gesundes Frühstück konnte ich sorgen, ich kaufte Milch, Orangensaft, in Plastik verschweisstes Schwarzbrot und ungarische Eier.

Ich war an der Kasse angelangt, als mir der blaue Volvo auffiel, der etwas abseits der Zapfsäulen stand. Mit einer Walliser Autonummer. Ein Mann hinter dem Steuer, den Eingang zu meinem Wohnblock im Blick. Ich zahlte. Draussen vor dem Shop blieb ich hinter den Zeitschriftenständern stehen. Ich konnte die Person im Wageninnern nicht erkennen. Eine Frau ging quer über die Tankstelle zu ihrem Wagen und startete ihn. Als ihre Scheinwerfer aufleuchteten, erkannte ich den Mann. Es war der junge Tramper, von dem der Bademeister gesprochen hatte und den ich auf dem Friedhof gesehen und anschliessend verfolgt hatte. Ich suchte die Gegend ab nach einem zweiten Mann.

Nichts. Nur der Jüngling im blauen Volvo. Ich trat in den Laden zurück. Sie beobachteten also mein Haus. In meine Wohnung konnte ich nicht. Ins Büro auch nicht, denn falls sie mich schon bemerkt hatten, würden sie mir dorthin folgen. Ich stand neben dem Gestell mit Autozubehör. Ich starrte auf Kabelbinder und spürte die Pistole, die ich seit dem Kauf manchmal mit mir herumschleppte, in meiner Manteltasche.

Ich kaufte die Kabelbinder. Ich entsicherte die Waffe oder tat mindestens das, wovon ich annahm, dass es sie entsicherte. Wieder versteckte ich mich hinter den Zeitungsständern, bis ein neu angekommenes Auto Betrieb auf die Tankstelle brachte. Dann trat ich von hinten auf den Volvo zu und stieg ein. Ich weiss nicht, was ich getan hätte, wenn die Autotür abgeschlossen gewesen wäre. So aber setzte ich mich einfach auf den Beifahrersitz, neben den jungen Kerl. Ich zeigte ihm die Pistole, die ich in meinem Schoss in der Hand hielt. Er sah mich ziemlich überrascht an. Ich sagte ihm, er solle losfahren. Erstaunlicherweise folgte er mir.

Er tat, was ich sagte, fuhr aus Bümpliz hinaus. Mit tonloser Stimme gab ich knappe Befehle und sass, ohne mich zu rühren. Jede Bewegung hätte meine Angst verraten. Der Typ sagte nichts und starrte vor sich hin auf die Fahrbahn. Hinter Frauenkappelen befahl ich ihm, links in einen grossen Wald zu fahren. Bisher hatte der Kerl unbeteiligt gewirkt, jetzt wurde er unruhig und sah mich ein paar Mal von der Seite an, während das Auto über einen Kiesweg holperte. Ich nahm die Waffe in beide Hände, zur Sicherheit. Auf einem Parkplatz befahl ich ihm, stehenzubleiben und mir den Autoschlüssel zu geben. Er tat es.

Dann fand er seine Sprache wieder: «Was …?»

«Die linke Hand», unterbrach ich ihn. Ich öffnete die Autotür, um auf meiner Seite mehr Raum zu haben, die Innenbeleuchtung ging an. Er blickte mir verständnislos entgegen. Beinahe vertrauensvoll. Ich reichte ihm einen Kabelbinder. Er nahm ihn mit spitzen Fingern.

«Die linke Hand ans Lenkrad binden», meine Stimme überschlug sich. Das überzeugte ihn. Er zurrte das Band fest. Die zweite Hand übernahm ich selber, die Pistole griffbereit rechts von mir auf dem Sitz. Dann durchsuchte ich ihn, mied dabei seinen halb benebelten, halb verwunderten Blick. Ich fand ein Handy und eine Brieftasche, und natürlich auch Zigarettenpapier, ein Feuerzeug, verschiedene Tabletten. Der Typ nahm Drogen, so etwas hatte ich schon vermutet. Im Handschuhfach lagen die Autopapiere, der Wagen gehörte einem Alfons Padun. Der junge Mann hiess, laut Ausweis in seiner Brieftasche, Thomas Dubach, das Auto war also nicht seines. Ich fragte mich, wo Alfons Padun, der Besitzer des Wagens und vermutlich einer meiner Verfolger aus Leukerbad, jetzt war.

In der Seitentür steckte eine Stablampe, ich schaltete die Deckenbeleuchtung wieder aus und richtete die Taschenlampe auf meinen Gefangenen. Seine Pupillen waren tellergross, trotz Lichtstrahl, den ich auf ihn richtete.

«Ich möchte, dass du jetzt genau erzählst, was in Leukerbad geschehen ist, in der Nacht, als Juri Salnikow starb.»

Er drehte seinen Kopf zu mir hin, obschon ihn das Licht blendete. Ich sah kleine Schweissperlen auf seiner Oberlippe, also hatte er doch Angst. Er sagte nichts, blinzelte nur mit den Augen gegen das Licht an und schien zu überlegen. Ich nahm den erstbesten Gegenstand, den ich zur Hand hatte und schmiss ihn gegen seinen Kopf. Es war sein eigenes Portemonnaie gewesen, es landete auf seinem Schoss und er blickte perplex darauf hinunter. Ich nahm es wieder an mich.

«Also?»

«Was wollen Sie? Was soll ich erzählen?»

Seine Stimme klang dünn und ich bemerkte, dass die Adern auf seinen Händen bereits angeschwollen waren. Die gefesselten Hände zwangen ihn in eine unbequeme Position, obschon er gross und breit gebaut war, sass er gekrümmt mit nach vorne gezogenen Schultern.

«Wo warst du? Was hast du im Bad gemacht?»

«Ich war nur kurz dort, im Zimmer des Masseurs. Ich war mit ihm, mit dem Portugiesen. Er hat mir Handtücher gegeben, damit ich mich trocknen konnte. Ich bin im Regen nach Leukerbad hoch gelaufen.»

«Und dann?»

«Er musste das Bad abschliessen. Deshalb ging er, und ich bin dann auch gegangen.»

«Hast du seine Schlüssel gestohlen?»

«Nein, wieso sollte ich?»

«Warum bist du abgehauen?»

Der Typ schwieg.

«Jemand hat dir den Auftrag gegeben. Von wem hattest du den Auftrag?»

Er antwortete nicht.

«Wer hat dich beauftragt?»

Er blieb stumm. Ich nahm mein Natel aus der Tasche und begann, darauf herumzudrücken. Ich tat so, als ob ich irgendwo anrief, hielt mir das Natel ans Ohr.

«Ich nehme an, du bist dir im klaren darüber, dass es um einen Mordfall geht und dass du und der Bademeister als einzige zum Tatzeitpunkt im Bad waren. Pereira konnte sich entlasten, eigentlich kommst nur noch du als Täter in Frage. Ich rufe jetzt die Streife an, wir vernehmen dich auf dem Polizeiposten. Dir blüht eine Anklage wegen Mord.»

Lächerlich, flüsterte es in meinem Kopf. Ridicule.

«Ich habe den Toten gar nicht gesehen. Nie. Weder lebendig, noch tot.»

Ich wartete. Er sollte reden. Vermutlich hielt er mich jetzt für eine Polizistin. Allerdings nur, wenn ihm entgangen war, dass der Polizeiposten, den ich anrief, anscheinend nicht einmal das Telefon bediente. Ich hielt das Natel immer noch an mein Ohr gepresst, schnell nahm ich es herunter.

«Man hat mir gesagt, ich soll den Bademeister, Pereira, ablenken und schauen, dass er eine Stunde später abschliesst als gewöhnlich. Sonst nichts.»

«Wer hat gesagt, du sollst Pereira ablenken?»

«Perren», sagte er nach kurzem Überlegen. «Perren hat mich darum gebeten. Und ich hatte keinen Grund, es nicht zu tun. Es ist nicht verboten, jemanden auf der Arbeit zu besuchen. Ich habe mich mit dem Portugiesen unterhalten. Ich habe ihn abgelenkt, das wollte Perren von mir. Sonst nichts. Dann bin ich weg, nach einer Stunde. Draussen habe ich Perren angerufen, um zu sagen, dass Pereira jetzt wieder alleine sei.»

«Hast du irgendetwas gesehen? Andere Personen, ausser Pereira? Hast du etwas gehört?»

Jetzt zögerte er.

«Vom Massagezimmer aus», er unterbrach sich, musste schlucken, so langsam war seine Gleichgültigkeit verschwunden. Der Kerl war nicht nur zugedröhnt, er war auch sehr jung, das war mir inzwischen klar. «Als ich aus dem Massagezimmer rauslief, habe ich zwei Typen gesehen. Nur von weitem, aber es war jemand im Bad, ausser mir und dem Portugiesen, meine ich. Mehr weiss ich nicht.»

«Hast du die zwei gekannt? Wie sahen sie aus? War Padun dabei, so heisst doch der Mann, dem das Auto gehört?»

«Ich kannte die beiden nicht, und Padun war nicht dabei, nein, niemand von Leuk. Sie waren weit weg, ganz am Ende des Gangs. Nur einer der beiden hat sich umgedreht, ein hagerer Typ mit dunkeln Haaren. Den anderen habe ich nur von hinten gesehen. Auch schwarze Haare, zusammengebunden in einem Rossschwanz. Fremde.»

Zwei Männer, keiner von beiden Juri, der ja lang und blond war. Ich quetschte den Jungen weiter aus. Perren hatte ihn an diesem Tag auf der Strasse aufgelesen, als er im Regen von Leuk nach Leukerbad hochlief. Es stimmte, dass er zu seiner Tante wollte, dass er kein Geld hatte und dass er nicht wusste, wo übernachten. Perren hatte ihn im Auto mitgenommen. Die beiden kannten sich, denn beide stammten aus Leuk. Dubach hatte schon ab und zu Hilfsdienste für Perren verrichtet. Perren bat ihn um einen Gefallen, vermutlich im Wissen, dass Dubach keine Fragen stellen würde, weil es ihm egal war, um was es ging. Solange Perren zahlte.

Wir sassen nun seit einer halben Stunde im Auto, die Scheiben hatten sich beschlagen. Ich merkte, dass der Typ keine Angst mehr vor mir hatte, falls er die jemals gehabt hatte. Und ich hatte keine Angst mehr vor ihm. Er fragte mich, wer ich sei und was ich wollte, aber ich gab keine Antwort.

«Eine Polizistin bist du nicht. Das habe ich keine Sekunde lang geglaubt. Weil die Schmier, die kenne ich», versuchte er, mich zu provozieren, aber ich reagierte nicht. Ich überlegte. Ich brauchte seine Zeugenaussage, sie war das einzige, was ich hatte. Er hatte zwei Männer im Bad gesehen. Zwei Männer, die nicht identisch waren mit meinen Verfolgern in der Schlucht, die beide helle kurze Haare gehabt hatten.

Sobald Perren Druck machte, würde Dubach die Aussage zurücknehmen, das war das Problem. Ein zuverlässiger Zeuge war er nicht.

«Was wolltest du an der Tankstelle?», fragte ich ihn.

«Ich war mit Padun unterwegs. Ich sollte bei der Tankstelle im Auto auf ihn warten, er musste in der Gegend etwas erledigen.»

«Wer ist eigentlich Padun?»

«Einer, der für Perren arbeitet.»

«Aus Leukerbad?»

«Er kommt aus Visp, glaube ich.»

«Warst du mit ihm an Juri Salnikows Begräbnis?»

«Ja.»

Padun also hiess einer der Verfolger aus der Schlucht, gut, das endlich zu wissen, und laut Fahrzeugpapieren sassen wir jetzt in seinem Auto.

«Was wollte Padun in der Gegend erledigen? Und warum solltest du das Haus gegenüber der Tankstelle beobachten?»

Einiges wusste er, da war ich mir sicher.

«Welchen Zusammenhang gibt es zwischen dem Mord am Russen und dem, was sie im Haus bei der Tankstelle suchen? Was suchen sie jetzt noch im Haus des toten Russen?»

Dubach sah mich überrascht an.

«Keine Ahnung. Hat der Russe dort gewohnt? Das wusste ich nicht. Was läuft jetzt? Lassen Sie mich noch lange so sitzen? Ich kann nicht mehr sagen, als ich weiss.»

Er bewegte sich unruhig auf dem Autositz hin und her, seine Hände waren inzwischen ziemlich rot. Ich fasste sie an, sie waren eiskalt.

«Hör mal, der Russe, Juri Salnikow, war mein Freund. Ich möchte wissen, um was es geht, verstehst du? Was wollten Perren und Padun von Juri? Warum interessieren sie sich für seine Wohnung? Weshalb beobachten sie mein Haus?»

«Ich weiss es wirklich nicht, und ich will es auch gar nicht wissen. Ich habe damit nichts zu tun. Wenn Padun jetzt merkt, dass ich und das Auto weg sind … Er wird denken, ich habe es geklaut. Du musst sofort das Auto zurückbringen. Und Perren darf nicht wissen, was ich erzählt habe.»

Jetzt duzte er mich also.

«Was haben Perren und Padun mit dem Tod von Juri Salnikow zu tun?»

«Das weiss ich doch nicht. Diese Geschichte ist mir zu heiss. Ich war nur mit Padun unterwegs, weil Padun heute nach Leuk zurückfahren wollte und mir angeboten hatte, mich mitzunehmen. Aber dann kam ein Anruf von Perren, und Padun musste zuerst nach Bümpliz, um dort etwas zu erledigen.»

Vor mir hatte Dubach keine Angst, aber Padun und Perren schienen ihn zu beunruhigen, selbst in seinem drogengedämpften Zustand.

«Um was geht es? Was wollen die?»

«Das sagen sie mir doch nicht. Sie haben ein Problem, das habe ich begriffen. Sie sind selber unter Druck.»

«Aber du weisst nicht, um was für ein Problem es sich handelt?»

«Keine Ahnung. Sie suchen etwas.»

«Warum hast du denn bei der Tankstelle gewartet und das Haus beobachtet?»

Dubach stöhnte.

«Padun hat das Auto abgestellt und mir gesagt, ich solle warten. Ich könne in der Zwischenzeit ja ein bisschen schauen, was sich in dem Haus so alles tut.»

«Und wo ist Padun hingegangen?»

«Weiss ich nicht, habe ich nicht aufgepasst, aber ich glaube, er ging in das Haus rein.»

«Und was hat sich in dem Haus getan?»

«Nichts, gar nichts.»

Es hatte keinen Sinn, wir drehten uns im Kreis. Perren zahlte den Jungen ab und zu für Handlangerdienste, das war alles.

«Was machst du jetzt, wenn ich dich laufen lasse?», fragte ich ihn. Denn früher oder später würde er Padun oder Perren in die Arme laufen, und sie würden wissen wollen, weshalb er von der Tankstelle abgehauen war. Dann würde Dubach von mir erzählen, dass ich ihn gezwungen hatte, wegzufahren und dass ich ihn ausgefragt hatte. Das was ungünstig. Aber Dubach hatte selbst keine Lust, ihnen zu begegnen. Deshalb war er ziemlich schnell dazu bereit, für ein paar Wochen zu verschwinden. Er hatte Freunde in Dijon, die er besuchen konnte, vorausgesetzt, ich bezahlte die Reise. Und ich musste ihm versprechen, das Auto so schnell wie möglich zur Tankstelle zurückzubringen.

«Dann mach mich jetzt los», schnauzte er, «ich muss dringend pissen.»

Das wollte ich auch tun, ihn losbinden. Die Schwierigkeit war nur, dass ich weder eine Zange noch eine Schere hatte, um die Kabelbinder zu lösen. Ich durchsuchte zuerst meine Taschen und dann die verschiedenen Fächer des Autos in der Hoffnung auf ein geeignetes Werkzeug. Dubach sah mir ziemlich entsetzt zu, sagte aber nichts. Er hatte genau begriffen, wonach ich suchte. Falls ich ihn nicht losbekam, konnten wir auch nicht zurückfahren, er war ans Lenkrad gekettet. Vielleicht gab es im Kofferraum Werkzeug. Ich stieg aus und ging nach hinten, es nieselte, der Regen tropfte mir in den Nacken.

Ich öffnete den Kofferraum.

«Was ist das für eine Reisetasche?», rief ich nach vorne.

«Von Padun vermutlich. Es ist sein Auto», antwortete Dubach.

Ich kramte in der Reisetasche herum und fand, neben Hemden und Kleidung, ein Necessaire, in dem sich eine kleine Nagelschere befand. Weil ich schon grad dran war, durchsuchte ich die Reisetasche bis zum Boden. Ganz unten, eingewickelt in ein Frotteehandtuch, war eine Pistole. Ich steckte sie ein, schloss Tasche und Kofferraum und ging nach vorne.

Dubach schlug vor, nach Neuchâtel zu fahren, wo er den Zug nach Frankreich nehmen konnte. Wir vertraten uns die Füsse und fuhren dann los, er am Steuer und ich daneben. Ich wollte ihn im Auge behalten. Er war sehr still während der Fahrt, wir sprachen kaum. Schlimm fand ich den Duft nach Fichtennadeln, irgendwann riss ich das Tannenbäumchen vom Rückspiegel, öffnete das Fenster und schmiss es hinaus. In Neuchâtel kaufte ich ein Bahnticket nach Dijon, dann liess ich Dubach auf dem leeren Bahnsteig zurück, es würde noch dauern bis zum ersten Zug morgen in der Früh.

Ich selbst fuhr mit dem Auto zurück nach Bern und brachte es zur Tankstelle, die inzwischen natürlich geschlossen hatte. Die Zeitungsständer waren weggeräumt worden, im schwachen

Licht der Reklame erkannte ich den Plastiksack mit meinem Einkauf wieder. Er lag immer noch dort, wo ich ihn stehengelassen hatte, neben einem Müllkübel an die Fensterscheibe gelehnt. Mein Haus lag im Finstern, und ich überlegte, ob ich von einem Versteck aus beobachten wollte, was sich tat. Es gab aber kein geeignetes Versteck, und es war zu kalt, um stundenlang im Freien herumzustehen. In Paduns Auto sitzenzubleiben, erschien mir erst recht riskant. Entschlossen ging ich auf mein Haus zu und stieg zu meiner Wohnung hinauf.

21

Seit viertel vor fünf wartete ich in der Nähe von Perrens Kanzlei. Ich stand, meine Hände unter die Achselhöhlen gesteckt, im Laubengang auf der gegenüberliegenden Strassenseite, vor den Auslagen einer Bäckerei. Meine Füsse waren eiskalt, und meine Nase triefte. Stossweise wurde ich von vorbeiziehenden Passanten angerempelt, dann wieder stand ich alleine. Schon zweimal war aus der Bäckerei jemand herausgetreten und hatte die Reklametafel neben mir zurechtgerückt. Durch die Scheibe hindurch betrachteten mich die Verkäuferinnen mit Misstrauen.

Endlich, ich stand schon länger als eine Stunde in der Kälte, trat Perren aus dem Haus. Er presste ein Telefon gegen sein Ohr und sah sich suchend um. Weiter oben überquerte ein Mann, ebenfalls am Telefon, die gepflasterte Strasse und lief auf Perren zu. Die beiden begrüssten sich und begannen in Richtung untere Altstadt wegzugehen. Ich setzte zur Verfolgung an. Schon nach hundert Metern verschwanden sie in einem Restaurant. Ich sah von aussen zu, wie sie von einem Kellner in Empfang genommen und an einem der hinteren Tische platziert wurden. Ich ging und wärmte mich in einem nahe gelegenen Tearoom auf. Als ich eine knappe halbe Stunde später beim Restaurant vorbeischlenderte, lag der Tisch verlassen da. Wenn ich auf diese Weise näher an Perren herankommen wollte, würde ich viel Geduld brauchen.

Sie wollte sich den Rest des Sticks anschauen, die Fotos, alles. Was sich Lisa genau davon versprach, hatte sie mir nicht verraten. Ich wollte ihr den Stick nicht überlassen, deshalb hatten wir uns für ein Treffen in meinem Büro verabredet.

Lisa sah sich in dem kleinen Raum um, wie auf der Suche

nach einer Tür, die zum richtigen Büro führte. Immerhin hatte ich vor ihrer Ankunft die Kleider vom Boden genommen, sie in einer ordentlichen Beige aufgeschichtet und in eine Ecke gelegt. Die Wäscheleine spannte sich unbenutzt durch den Raum, war aber nicht sehr auffällig. Nach ein paar erstaunten Blicken schnappte sich Lisa kommentarlos den Laptop von der Kartonschachtel und setzte sich damit aufs Fensterbrett.

«Wo hast du den Stick?»

Ich gab ihn ihr.

«Darf ich das schliessen?», fragte mich Lisa. Ich warf einen Blick auf den Desktop. Die Webseite der Stiftung Caris, die ich mir vor Lisas Ankunft angesehen hatte, war noch offen. Sie hatten sich immer noch nicht gemeldet. Caris, das wusste ich seit eben, war eine Stiftung, die von einem Medikamentenhersteller finanziert wurde.

«Üble Sache, dieses Caris», murmelte Lisa.

«Ich habe mich bei ihnen um eine Stelle beworben», sagte ich, ziemlich leise.

«Jetzt aber nicht im Ernst. Die wollen doch nur ihr Image aufpolieren mit dieser Stiftung. Da finanzieren sie ab und zu ein kleines Sozialprojekt, und schon taucht ihr Logo überall auf, und immer in Verbindung mit einer guten Sache. Da kannst du sicher sein, die setzen ihren Schriftzug überall ins Zentrum. Stell dir vor, finanziell gesehen ist das für die doch ein Klacks. Sie sollen ihre Medikamente zu erschwinglichen Preisen verkaufen, und da rede ich nicht von hier. Vor allem in Entwicklungsländern machen sie Profite, um das geht es doch.»

Inzwischen wusste ich, dass Lisa, bevor sie zu MROS kam, bei Transparency International gearbeitet hatte. Natürlich war sie einer solchen Sache gegenüber kritisch eingestellt. Ich selbst hatte ja auch keine Lust auf einen Alibijob, aber die Aufgabe hatte so verlockend geklungen. Und die Frage, die sich wirklich stellte, war, ob ich eine Wahl hatte. Was das Arbeitsamt dazu meinte. Falls sie mich wollten.

Lisa beschäftigte sich mit Juris Stick. Ohne Laptop gab es für mich im Büro nichts zu tun, und sowieso, ich hätte mich auf den Boden setzen müssen. Ich ging in den Gang hinaus und wartete draussen. Auf den Treppenstufen sitzend, horchte ich auf die Geräusche im Haus. Das Verhältnis von Liftbenutzern zu Treppensteigern lag bei ungefähr drei zu eins zugunsten des Lifts. Am meisten Betrieb herrschte im zweiten Stock, wo sich die Praxen eines Zahnarztes und einer Frauenärztin befanden. Die Eingangstür, fünf Stockwerke unter mir, fiel jedes Mal, wenn jemand das Gebäude verliess oder betrat, laut knallend zu. Der Luftzug war bis zu mir herauf spürbar. Nach einer Dreiviertelstunde Warten steckte ich den Kopf ins Büro: «Magst du einen Kaffee?»

«Nescafé?»

Ich nickte.

«Nein. Danke.» Lisa hatte den Kopf kaum gehoben, versunken in ihre Arbeit. Sie hatte ein paar Blätter ausgedruckt, die ich mir ansah. Unter anderem die Adresse von Perrens Kanzlei in Bern, die Frau ging systematisch vor.

Ich setzte mich noch einmal in den Gang.

Einige Zeit später kam Lisa heraus: «Was machst du da?»

Ich zuckte mit den Schultern.

«Weisst du, was ich glaube?» Lisa lehnte sich mit gespreizten Beinen an den Türpfosten, «ich habe das Gefühl, dass der Stick gar nicht von Juri ist.»

Lisa erklärte mir, die Powerpoint-Präsentation für die SECO-Tagung habe sie auf diese Idee gebracht. Sie zeigte mir die Folien mit vielen privaten Notizen des Redners, die so sicher nicht nach aussen abgegeben wurden. Dass Juri, Student im dritten Semester, zu einem Referat eingeladen worden war, hielt sie für unwahrscheinlich. Das und die Versicherungsdateien, von denen wir ja auch nicht wussten, wie Juri zu ihnen gekommen war. Ich sagte zu Lisa, er sei eigenartigerweise auch auf keinem der Fotos abgebildet. Was den Verdacht, dass der Stick gar nicht Juri selbst gehörte, erhärtete.

«Falls es so ist, dann wollte vielleicht jemand einfach seinen eigenen Stick zurück», überlegte Lisa, «dann müsste irgendetwas drauf sein, was für diese Person wertvoll ist. Deshalb die Einbrüche.»

«Möglicherweise die Fotos, vielleicht hängt der Besitzer an den Fotos, die er sonst nirgends gespeichert hat.»

«Oder die Fotos sind kompromittierend. Wir müssen wissen, wem der Stick gehört hat. Und wer auf den Fotos abgebildet ist», ergänzte Lisa. Ich dachte sofort an die Südamerikabilder mit den jungen Mädchen.

Lisa wollte sich erkundigen, wer an dieser SECO-Tagung referiert hatte. Ich merkte, dass sie den Stick gerne behalten hätte, aber ich rückte ihn nicht heraus. Immerhin fertigten wir eine Kopie für sie an.

Diesmal wartete ich nicht vor der Bäckerei, sondern stellte mich in einen Eingang zu einem Spielwarengeschäft, direkt neben Perrens Tür. Und diesmal war ich ausgerüstet mit Wollsocken, mit einer Kappe und mit Lederhandschuhen. Kurz nach fünf verliess Perren die Kanzlei und lief mit schnellen Schritten hinter meinem Rücken vorbei. Ich liess ein paar Sekunden verstreichen und folgte ihm dann im dichten Gedränge der Lauben. Perren war in Richtung untere Altstadt unterwegs. Auf der Höhe des Rathauses bog er in eine Seitengasse ein, die weniger belebt war. Ich vergrösserte den Abstand, blieb aber an ihm dran, bis er in einem Hauseingang oder Geschäft verschwand.

Ich wechselte die Strassenseite. Perren war in eine Galerie getreten, in der eine Vernissage stattfand. Im Raum hinter der breiten Glasfront drängten sich die Menschen. Es war nicht besonders schwierig, eine Person auf der Strasse zu verfolgen, stellte ich fest. Sie dann aber zu belauschen und zu erfahren, mit wem sie sich traf, war etwas anderes. Ich musste näher ran. Ich betrat die Galerie.

Die Menschen, ein elegant gekleidetes, ältliches Publikum, standen dicht an dicht. Ich, in schäbiger Daunenjacke und Kappe und Handschuhe in den Händen, fiel auf. Ich blieb in der Nähe des Eingangs an der Glasfront stehen. Eine betagte Dame neben mir schien in ihrem eng anliegenden Wollkleid ebenfalls unter der Hitze und Enge zu leiden. Wir lächelten uns an. Perren sah ich nirgends.

Ich überlegte noch, ob ich mich unter die Leute quetschen wollte, als mich ein Geräusch von aussen ablenkte. Eine gepflegte beige Limousine fuhr vor und blieb, allen Fahr- und Halteverboten zu Trotz, direkt vor der Galerie stehen. Eine Genfer Nummer, dreistellig. Die hintere Scheibe des Autos wurde heruntergelassen, und der ältere Mann, der dort sass, blickte durch die Glasfront in die Galerie herein. Kurze graue Haare im Bürstenschnitt, starke Augenbrauen über leicht asiatisch wirkenden Augen. Als er zum Chauffeur etwas sagte, sah ich seinen faltigen Hals. Ein alter Mann. Der Chauffeur stieg aus.

Offensichtlich war das Auto von anderen Galeriebesuchern ebenfalls bemerkt worden, eine Dame mit Champagnerglas, vielleicht die Besitzerin der Galerie, stürzte hinaus, um den Herrn im Auto zu begrüssen. Andere folgten, ein junger Mann und eine junge Frau drängten an mir vorbei. Ich musste ihnen ausweichen und rempelte eine Person hinter mir an. Mich entschuldigend, drehte ich mich um.

Es war Gussew. Der kahle Kopf, die blassen Augen. Grigori Gussew, CEO bei AdFin. Gussew sah mich an. «Entschuldigen Sie bitte», hatte ich bereits im Umdrehen gesagt. Aber Gussew sah reaktionslos durch mich hindurch, schien mich gar nicht wirklich zu bemerken. Er schob sich an mir vorbei, ebenfalls zum Ausgang hin. Fassungslos sah ich ihm nach. Seine riesigen Hände baumelten überproportioniert an seiner langen Gestalt, und nun sah ich auch Perren wieder, der sich in Gussews Schlepptau zur Tür bewegte. Ob Perren mich gesehen hatte, wusste ich nicht.

Um die Limousine aus Genf hatte sich eine kleine Menschentraube gebildet. Der umworbene ältere Herr war nicht ausgestiegen, hatte nun aber auf seiner Seite die Tür geöffnet. Sitzend sprach er mit der Galeristin, die ihm etwas reichte, möglicherweise eine Visitenkarte. Die beiden jungen Leute waren auf der Gegenseite hinten in das Auto eingestiegen, und auch Gussew setzte sich in den Wagen, vorne neben den Fahrer.

Das Ganze dauerte nicht lange. Der ältere Herr verabschiedete sich von der Dame, zog die Wagentür zu und die Limousine fuhr davon. Die Traube löste sich auf, einige Leute, darunter die Galeristin, kamen zurück. Perren hatte ich aus den Augen verloren, und er betrat die Galerie nicht mehr. Ich nahm an, dass er davongegangen war.

Ich sah mich um nach der betagten Dame, die immer noch in meiner Nähe stand. Sie sah aus wie eine langjährige, gute Kundin der Galerie, und vielleicht kannte sie den Herrn, der da vorgefahren war. Ich begann ein Gespräch mit ihr, und wie erwartet klagte sie über die Enge und die schlechte Luft. Wohlerzogen bot ich an, einen Stuhl zu suchen. Das war nicht nötig, weil sie dann sowieso lieber bald einmal gehen wollte, meinte sie. Sie erkundigte sich, wahrscheinlich wegen meiner schlechten Kleidung, ob ich Künstlerin sei. Ich verneinte und fragte sie im Gegenzug, ob sie den Herrn aus Genf kannte.

«Ist er ein berühmter Künstler?», begründete ich meine Neugier. Sie wollte wissen, wie ich auf die Idee kam. Ich sagte ihr, dass er sehr umworben schien von den anderen Gästen der Galerie.

Sie musste lachen, leise meckernd, wie alte Frauen lachen, aber gleichzeitig sehr respektlos: «Fürs Geld, wissen Sie, fürs Geld. Umworben fürs Geld, für seine Kultur – wohl weniger.»

Sie hob abschätzig ihre fein gezupften, nachgezogenen Augenbrauen.

Sie kannte den Mann tatsächlich, er war ein guter Kunde der Galerie, erfuhr ich, ein sehr vermögender Kunde, ein Russe namens Jaschin, der ihres Wissens normalerweise in Israel lebte. Und die Dame, die mit ihm gesprochen hatte, war tatsächlich die Besitzerin der Galerie.

Auf ihre Bitte hin holte ich der Dame den Mantel, sie wollte nun wirklich gehen, und gemeinsam verliessen wir den überfüllten, heissen Raum. Ich war nicht einmal dazu gekommen, einen Blick auf die Bilder zu werfen. Moderne Kunst? Landschaften? Porträts? Kunst, die ihren Preis hatte, nahm ich an.

22

Es war kurz nach siebzehn Uhr, als ich bei Petar klingelte. Seit Tagen rief er an und wollte mich treffen. Petar lebte in einem modernen Hochhaus im siebten Stock. Er öffnete die Tür und brachte mich, begleitet von einem Redeschwall, geradewegs zu einem kleinen Raum, der sich als Toilette entpuppte. Ich war ziemlich überrumpelt und wusch mir ratlos die Hände. Als ich wieder rauskam, führte mich Petar, der vor der Tür gewartet hatte, ins Wohnzimmer, und liess dabei meinen Arm nicht los. Aufgeregt sprach er auf mich ein, wie wichtig er es fand, dass wir uns trafen, wie gut, dass ich endlich hier war. Bisher war ich noch nicht dazu gekommen, etwas zu sagen.

Schliesslich sassen wir nebeneinander auf einer Couch, und sein Redeschwall war versiegt. Ich fand, dass er ziemlich viel Platz brauchte auf der schmalen Couch, aber vielleicht war es einfach ich, die mehr Abstand wollte. Einen Moment lang schwiegen wir beide.

Ich sah mich um. Ein beiger Teppich mit bläulichen und roten Blumen, die wuchtige Sitzgruppe aus hellbraunem Lederimitat, eine Lampe mit einem goldig-staubigen, gewellten Stoffbezug. Die Wohnung war geräumig. Petar war allein zu Hause, aber ich wusste, dass er Familie hatte und Vater dreier Kinder war. Es war sehr still in der Wohnung. Petar bot mir Tee an und verschwand in der Küche, nach einiger Zeit kam er mit heissem Wasser und einem Beutelchen Lipton zurück. Die Globalisierung hatte also auch Russland erreicht.

«Wer hat denn die Beerdigung organisiert, und wer kümmert sich jetzt um Juris Sachen?», fragte ich Petar, als er wieder neben mir auf der Couch sass.

«Eine Frau von der Botschaft. Sie kannte Juri kaum, aber sie hat sich trotzdem bemüht. Sie konnten keine Verwandten ausfindig machen. Schliesslich hat sie selbst die Beerdigung organisiert und Juris Sachen sortiert. Ein paar kleine Dinge hat sie aufgehoben, falls sich irgendwann doch noch jemand meldet, ein Freund oder jemand aus der Familie. Diese Dinge sind im Moment bei ihr.»

Als er das sagte, fiel mir der iPod auf, der neben mir auf einem Stuhl lag. Ich wusste, dass er von Juri war, den Snoopy auf seiner Rückseite hatten wir gemeinsam aufgeklebt, als wir einmal herumalberten. Ich überlegte, ob ich etwas sagen sollte, aber Petar kam mir zuvor.

«Hast du denn noch etwas herausgefunden über seinen Tod?», fragte er mich. Ich schüttelte den Kopf. Eigentlich wollte ich von ihm erfahren, was er wusste. Aber Petar war wieder schneller: «Weisst du inzwischen, wer in seine Wohnung eingebrochen ist und warum? Weisst du, wie er gestorben ist?»

Ich wusste nicht, was ich von Petar halten sollte. Ich betrachtete ihn. Ungefähr 45-jährig, zu dick, sein Bauch wölbte sich unter dem weissen T-Shirt. Volle dunkle Haare, ein kreisförmiges, helles Gesicht mit flinken kleinen Augen. Eifrig, vielleicht etwas sehr bedacht auf seinen Vorteil, vielleicht etwas zu geschäftstüchtig. Aber grundsätzlich hielt ich ihn nicht für bösartig. Möglicherweise konnte er mir ja helfen.

Ich erhob mich von der Couch und setze mich ihm gegenüber in einen Sessel. Ich wollte sein Gesicht sehen, wenn ich mit ihm sprach. So sitzend, erzählte ich ihm in groben Zügen, was ich wusste, die Fakten über Juris Tod. Ich sprach davon, dass ich glaubte, Juri sei ins Bad gelockt worden. Dass ich einen Verdacht hegte gegenüber AdFin und Lothar Perren, vielleicht unbegründet, wie ich sagte. Den jungen Tramper, der in der Mordnacht zugegen gewesen war, liess ich aus und auch von meinen eigenen Verfolgungsängsten sagte ich nichts.

Petar war keine Hilfe. Er behauptete, weder AdFin noch Perren zu kennen. Ich fragte ihn nach Grigori Gussew und dann auch noch nach Jaschin, dem Mann im Auto vor der Galerie. Zu Gussew wusste er nichts, aber Jaschin kannte er. Dem Namen nach, wie er sagte, denn jeder in Russland kenne ihn. Heute steinreich, einer der vielen, die den Niedergang der UdSSR auszunützen gewusst hatten. Er hatte davon gehört, dass Jaschin immer mal wieder in der Schweiz sei, getroffen hatte er ihn noch nie. Zum Schluss schrieb er mir die Namen von ein paar russischen Bekannten auf, Leuten mit denen Juri Kontakt gehabt hatte. Gleichzeitig beteuerte er mir, er könne es sich nicht vorstellen, dass jemand von ihnen etwas mit Juris Tod zu tun haben könnte.

Das Gespräch versiegte, als ich merkte, dass es mir nichts Neues bringen würde. Petars Redeschwall vom Anfang war einer dauerhaften Schweigsamkeit gewichen, und ich wusste immer noch nicht recht, warum er mich herbestellt hatte. Ich wollte aufbrechen.

«Ja, ich muss dann wohl. Ich sollte in der Stadt noch etwas erledigen», sagte ich, mit einem Blick auf die Uhr.

Petar erkundigte sich, wo ich hinmusste, und bot an, mich in die Stadt zu fahren. Ich war nicht sicher, ob es ihm die Höflichkeit gebot oder ob er nicht alleine zurückbleiben wollte. Wie er erzählt hatte, waren Frau und Kinder für zwei Wochen in Russland.

«Ich sollte nur noch ein Telefon erledigen. Wäre es dir egal, so lange zu warten?», fragte er mich.

Daraufhin verschwand er im hinteren Teil der Wohnung, und ich stellte mich an die Fensterfront und betrachtete die Gegend. Die Aussicht, die die Wohnung im 7. Stock bot, war phänomenal. Die Bergkette der Berner Alpen, beleuchtet von den letzten Sonnenstrahlen. Ich sah auf regennasse glänzende Hausdächer und Tramschienen hinunter, ein Müllwagen sammelte Säcke ein. Das Telefon dauerte lange. Ich lehnte mich an den Fenstersims und betrachtete die Wohnung. Passend zum

Lampenschirm waren auch die Vorhänge, die bis zum Boden reichten, goldschimmernd. Rein aus Langeweile nahm ich den Stoff in die Finger und zog damit den Vorhang etwas zur Seite. Dann sah ich den Koffer. Juris Koffer stand, verborgen hinter dem Vorhang, hier in Petars Wohnung.

Petar Lischkow kam zurück. Mein Herz hatte zu hämmern begonnen, aber ich glaubte nicht, dass er meine Nervosität bemerkte. Mit dem Lift fuhren wir hinunter in die Tiefgarage, es war eng, ich richtete meine Augen auf die Leuchtanzeige, die Stockwerke zogen vorbei, und ich erkundigte mich möglichst beiläufig nach seiner Arbeit. Er machte Geschäfte, Importe und Exporte nach Russland. Erstaunlich, dass er AdFin nicht kannte. Voller Stolz erzählte er mir von seiner eigenen Firma. Die Tiefgarage war unübersichtlich weitläufig und schlecht beleuchtet. Er ging zielstrebig auf einen Wagen zu, der teuer und neu wirkte, aber ich kenne mich mit Autos nicht aus. Galant hielt er mir die Autotür auf, während ich steif Platz nahm.

Während der Fahrt machte ich Konversation, obschon mein Hirn überbeschäftigt war mit der Suche nach Erklärungen für den Koffer in seiner Wohnung. Der Wagen roch neu, und die Heizung blies trockene Luft direkt in mein Gesicht. Jetzt schwätzte Petar Lischkow wieder drauf los, er bemängelte die Schweizer Demokratie, seiner Meinung nach eine Scheindemokratie, in der wesentliche Entscheidungen doch nicht vors Volk kamen. Weil Geld die Welt regierte, wie er fand, auch in der Schweiz. Ich gab ihm im Wesentlichen Recht, auch wenn es mich ein bisschen ärgerte, dass die Kritik von einem Ausländer kam, der aus einem der korruptesten Länder stammte. Ich erwiderte, dass die Schweiz in Bezug auf Korruptionsrankings dann doch nicht so schlecht dastehe. Petar lachte mich aus und entgegnete, dass die Schweizer im Betrügen einfach geschickter seien. Ich ärgerte mich, auch wenn er vermutlich recht hatte. Aber solange ich mich ärgerte, hatte ich wenigstens keine Angst.

Ich wusste überhaupt nicht, mit wem ich hier im Auto sass. Wie kam Petar zu Juris Koffer?

«Ihr Schweizer seid immer so still, so diskret», sagte er, mit einem Seitenblick auf mich. «Nie ein lautes Wort. Und wenn einmal einer hustet oder laut lacht, dann muss er Angst haben, die anderen zu stören.»

«Weil er uns ja auch stört, schau dir einmal uns Schweizer an, in einer Strassenbahn oder so. Weil wir nämlich immer schlechte Laune haben. Deshalb müssen wir auch so diskret sein, um uns gegenseitig in unseren schlechten Launen nicht zu stören.»

Das war eine Flucht nach vorn, und Petar lachte polternd los. Dabei war es ihm offensichtlich entgangen, dass meine Laune schlechter nicht hätte sein können. Ich hatte riesige Lust, ihn laut anzuschreien, unschweizerisch oder nicht, aber noch grössere Lust hatte ich, aus dem Auto rauszukommen. Als Petar beim Hirschengraben bei einer Ampel stehen blieb, erklärte ich ziemlich abrupt, dass ich hier aussteigen wollte. Ich bedankte mich für die Fahrt, gab ihm kurz die Hand und sprang aus dem Wagen. Er sah mir überrascht und verständnislos nach.

23

Am frühen Abend wartete ich wieder in der Nähe von Perrens Büro. Wie schon gestern trat er kurz nach fünf aus dem Haus, nur ging er heute in entgegengesetzter Richtung davon. Ich folgte ihm, inzwischen sehr bedacht darauf, nicht gesehen zu werden. Er lief die Hauptgasse hinauf zum Bahnhof und weiter zum Hirschengraben, wo er in der Eingangstür des Hotels National verschwand. In der Zwischenzeit hatte ich begriffen, dass er an drei bis vier Tagen pro Woche in der Kanzlei in Bern anwesend war, die restliche Zeit verbrachte er in Leukerbad. Was ich nicht wusste, war, wo er in Bern wohnte, möglicherweise in einem Hotel. Jedenfalls hatte ich ihn im Telefonbuch nicht gefunden. Ich setzte mich auf eine Parkbank und beobachtete die Fensterfront. Tatsächlich ging in einem der oberen Stockwerke nach wenigen Minuten ein Licht an. Kurz darauf wurde es wieder gelöscht. Ich blieb sitzen. Ein paar Minuten später verliess Perren das Hotel.

Ich wollte wissen, ob meine Vermutung stimmte. Die Rezeption lag im ersten Stockwerk, ich stieg hoch und fragte nach Herrn Perren.

«Er ist eben gerade gegangen. Wollen Sie ihm eine Nachricht hinterlassen?», meinte der freundliche ältere Herr an der Rezeption.

«Nein», antwortete ich etwas zu brüsk. «Er hat nichts für mich dagelassen?», schob ich nach.

Der Mann drehte sich um und blickte auf das Schlüsselbrett. Mit einer unüberlegten Bewegung griff er nach einem Schlüssel, Zimmernummer 312, bevor er in das Fach daneben fasste. Natürlich lag da keine Nachricht für mich.

«Nein, da ist nichts, tut mir leid. Wollen Sie eine Nachricht da lassen?»

«Ich glaube nicht. Wissen Sie, wann er zurückkommt?»

«Ich nehme an, er ist auswärts essen gegangen. Meistens kommt er so gegen zehn Uhr zurück, aber versprechen kann ich es nicht. Und sonst halt nächste Woche wieder, da erreichen Sie ihn bestimmt.»

Ich bedanke mich und bewegte mich die Treppe hinunter Richtung Ausgang. Auf halber Höhe befand sich eine Verbindungstür zum Restaurant, die jetzt aufging. Eine Frau trat heraus und rief durch das Stiegenhaus zur Rezeption hoch: «Walter, könntest du uns schnell helfen? Die Verriegelung des Geschirrspülers klemmt.»

Der Mann von der Rezeption ging an mir vorbei und folgte ihr hinüber ins Restaurant.

Das war die Gelegenheit. Mehr dachte ich nicht, ich lief zurück, trat hinter die Rezeption, nahm den Schlüssel 312 vom Haken und stieg rasch und leise die Treppe hinauf in den dritten Stock. Ich war schon daran, das Zimmer zu öffnen, als mir einfiel, dass ich wohl besser zuerst angeklopft hätte. Perren war ausgegangen, aber vielleicht hatte er ja jemanden zu Besuch, der hier auf ihn wartete.

Ich hatte Glück und trat in ein leeres Zimmer. Mein Herz klopfte, mein Mund war trocken, aber ich hatte keine Zeit, darauf zu achten. Ich handelte schnell. Die Schubladen des Nachttisches waren leer, bis auf eine Zeitschrift neben dem Bett und einem Paar Schuhe neben der Eingangstür lag nichts herum. Im Schrank fand ich über die Tablare verteilt Hemden und Unterwäsche. Ich fasste in die Taschen des Anzugs, der dort hing, fand aber nur einen Kugelschreiber. In der Brusttasche stiess ich auf einen kleinen Taschenkalender, der auch eine Beige Visitenkarten von Perren enthielt. Ich steckte beides ein. Auf dem untersten Tablar des Schrankes stand ein Rollkoffer. Auch er leer.

Ich versuchte es mit dem Tresor, der zugeschoben, aber nicht verschlossen war. Ein grosses gelbes Couvert lag darin. Ohne auch nur einen Blick hineinzuwerfen, steckte ich es in meine Handtasche. Im Bad lagen ein paar Toilettenartikel herum, die uninteressant waren. Ich kam zurück ins Zimmer, als der Lift auf diesem Stockwerk stehen blieb. Ich erstarrte. Ich stellte mich hinter die Tür, bereit, jeden Eintretenden mit der Handtasche zu attackieren. Die Lifttür wurde geöffnet, ich hörte Stimmen, Leute, die sich ungezwungen unterhielten. Dann Gelächter. Die Tür ging wieder zu und der Lift entfernte sich, ohne dass jemand ausgestiegen war. Sie hatten sich im Stockwerk geirrt.

Ich verliess das Zimmer, der Gang war leer. Ich atmete auf. Bis mir klar wurde, dass ich in einer Falle sass. Es war unmöglich, unbemerkt an der Rezeption vorbeizuschleichen. Ich hatte keine Ahnung, wie ich aus dem Gebäude kommen konnte. Der Lift, ein antikes Modell aus Holz, endete direkt vor der Rezeption, glaubte ich mich zu erinnern. Spätestens, wenn Perren zurückkam, würde der fehlende Schlüssel auffallen. Sie würden mich in den Gängen entdecken.

Beruhigen. Abwarten. Im untersten Stockwerk, direkt über der Rezeption, gab es eine Toilette. Ich stellte mich im Finstern hinter die Eingangstür, gegen einen Heizkörper gelehnt. Mit der linken Hand hielt ich die Tür, die von einer Feder automatisch zugezogen wurde, offen, um mitzukriegen, was sich im Haus tat. Schliesslich liess ich mich neben dem Heizkörper auf den Boden gleiten. Meine Hand, die die Tür hielt, fühlte sich schon nach wenigen Minuten taub an, aber ich blieb so sitzen, im Finstern.

Das Stockwerk, in dem ich mich versteckte, war verwaist, nur ab und zu hörte ich, dass an der Rezeption Gespräche geführt wurden. Ich sah auf mein Handy, es war acht Uhr. Nichts passierte. In regelmässigen Abständen hörte ich Trams vorbeifahren, die Geräusche der Autos, die bei Rotlicht stehen blieben. Manchmal Stimmen aus dem Restaurant, wenn die Tür geöffnet wurde. Ich horchte nach unten, erwartete jeden Moment Perrens Stimme.

Da tat sich etwas im Stockwerk über mir, Türen öffneten sich, laute Stimmen im Gang, eine grössere Reisegruppe kam polternd die Treppe herunter. Gleichzeitig wurde der Lift benutzt. Ich schlüpfte aus der Toilette und sah, dass eine Touristengruppe daran war, das Hotel zu verlassen. Ich folgte ihnen, vor mir gingen sechs Asiaten. Unten an der Rezeption warteten bereits andere, die den Lift benutzt hatten. Ich war in der Mitte einer chinesischen Reisegruppe gelandet, als Europäerin nicht ganz so gut getarnt, wie ich es mir wünschte. Jemand aus der Gruppe sprach mit dem Mann an der Rezeption, andere stellten sich laut schwätzend dazu, umringten den Tresen. Ich legte Perrens Zimmerschlüssel zu anderen, die bereits dort lagen, rannte die Treppe hinunter und schlüpfte auf die Strasse.

Das Licht reichte zum Lesen nicht aus. Nur wenn ich den Kopf schräg nach hinten legte und Lothar Perrens Agenda in einem bestimmten Winkel zur Kerze hielt, konnte ich überhaupt etwas erkennen. Aber ich war froh um den Lärm und um die Leute um mich herum. Vom Hotel aus war ich geradewegs auf die Markthalle mit ihren Menschenmassen zugerannt. Ich wollte in der Menge verschwinden. Die Markthalle war so voll, dass es schwierig gewesen war, einen freien Tisch zu finden, obschon sich über zwei Stockwerke Restaurant an Restaurant reihte. Am frühen Freitagabend herrschte hier Hochbetrieb. Nun sass ich in einer bläulich eingerichteten Bar im unteren Stockwerk, das wenige Licht wurde durch silbrige Tüllvorhänge zusätzlich gedämpft. Vor mir Wodka und Salznüsse. Rund um mich herum junge Menschen, die sich für das Wochenende in Stimmung brachten.

In Perrens Agenda waren überraschend wenige Termine notiert, und die ersten Einträge stammten vom August. Ich schloss daraus, dass er noch eine andere Agenda besass. Im Nachhinein fand ich, ich hätte mir in Perrens Zimmer ruhig mehr Zeit lassen sollen. Den Schreibtisch durchsuchen statt zu flüchten. Ich griff nach meiner Handtasche und zog das grosse gelbe Couvert heraus. Eine Gruppe junger Frauen steuerte auf meinen Tisch, den einzigen mit noch freien Stühlen, zu. Eine von ihnen fragte höflich um Erlaubnis, dann machten sich die Mädchen um mich herum breit, sie quetschten sich zum Teil zu zweit auf einen Stuhl. So bedrängt und eingezwängt, öffnete ich das Couvert. Ich entnahm ihm einen Stapel Kopien, bei denen es um Liegenschaftsverkäufe ging, soweit ich das bei Kerzenlicht beurteilen konnte. Inzwischen hatten sich noch weitere Jugendliche zu den Mädchen an meinem Tisch gestellt und standen mit Gläsern in der Hand um uns herum. Ich überliess meinen Stuhl einem jungen Mann und suchte mir einen Platz an der Bar.

Das Licht war hier nicht viel besser. Aber das Wesentlichste begriff ich auch so. Bei einem der Liegenschaftsverkäufe ging es um die Jugendstilvilla, die die Stadt für das Historische Museum erworben hatte. Die Unterlagen in meinen Händen belegten, dass die Stadt sie von AdFin gekauft hatte. Die Angelegenheit, mit der sich Tobias Bucher befasst hatte. Es gab sie, die Verbindung. Von Perren und AdFin zu Tobias Bucher.

24

Ich träumte vom Sommer in einer sonnendurchfluteten Gegend, von einer schräg abwärtsführenden Strasse in einer staubigen Ortschaft. An die bunten Türen der kleinen Holzhäuser waren Fotografien gepinnt. Irgendwo hupte in regelmässigen Abständen ein Lastwagen, vermutlich fuhr er rückwärts, weil er die Strasse nicht hochkam. Chinesische Touristen wuselten geschäftig von Haus zu Haus, damit beschäftigt, die an den Türen angebrachten Fotografien zu fotografieren. Ich stellte mich dazu und sah, dass es sich um Pin-ups von jungen Mädchen handelte.

Das Telefon läutete, leise, aber unbarmherzig eindringlich. Draussen war es noch finster, die Wohnung eiskalt, und, ohne das Licht anzumachen, stolperte ich barfuss in die Stube. Ich stiess gegen einen Stuhl. Ich hasse das schnurlose Telefon, nie weiss ich, wo es liegt.

Meine Schwester war am Apparat, auf dem Display sah ich, dass es 5:30 Uhr in der Früh war. Ich war jetzt hellwach, brachte aber nur ein Ächzen heraus.

«Hallo Ilka, ich hoffe, ich habe dich nicht zu sehr erschreckt. Hör mal, Mama hatte gestern einen Schwächeanfall. Sie war am Abend bei uns zu Besuch, und ich habe gemerkt, dass sie sich nicht wohlfühlt. Sie hat sich ein bisschen erbrochen. Wir sind dann spät am Abend in den Notfall gegangen. Also, ein Infarkt war es nicht. Sie haben das Wichtigste durchgecheckt, aber sie wollte auf keinen Fall im Spital bleiben. Sie hat hier bei mir geschlafen. Jetzt schläft sie noch.»

«Scheisse», das war das erste, was ich herausbrachte. So halb bezog es sich noch auf meinen kleinen Zeh, der ziemlich wehtat, denn ich hatte ihn mit aller Wucht gegen das Stuhlbein gestossen. Mir war noch nicht ganz klar, weshalb Lilla um fünf in der Früh anrief, wenn Mama doch schlief und seit gestern Abend bei ihr war.

«Aber so richtig schlecht geht es ihr nicht, oder? Ich meine, ist es bedrohlich?», fragte ich.

«Nein, ich glaube nicht. Aber das Problem ist, dass Theo, ich und die Kinder heute in die Herbstferien fahren, wir haben für heute Vormittag die Flüge gebucht nach Kreta. Mama hat dir das sicher erzählt.»

Gut möglich, ich wusste es nicht mehr. Ich nahm an, Lillas Frage jetzt war, ob ich mich um Mama kümmern konnte.

«Wann ist denn euer Flug?»

«Das ist es ja eben. Wir müssen spätestens um neun auf dem Flughafen sein, das heisst, wir müssen um sechs aus dem Haus. Deshalb rufe ich so früh an.»

«Bis dann kann ich aber nicht bei euch sein. Ich meine, selbst wenn ich den nächsten Zug nehme, das reicht nicht.» Meine Schwester wohnt in Spiez.

«Nein, ich werde Mama einen grossen Zettel schreiben, dass du kommst. Jemand sollte ein paar Tage bei ihr bleiben. In deiner Wohnung geht das nicht, und bei Mama hat es zu wenig Platz. Deshalb bleibst du am besten hier in Spiez mit ihr, sozusagen ein paar Gratisferientage für dich. Nur solltest du unbedingt einen Arzttermin für sie organisieren, sie selber macht das ja nicht.» Sie wartete einen kurzen Moment, im Hintergrund ging es hektisch zu und her, und eines der Kinder schrie nach ihr. «Machst du das?»

Ich zog mich an, die Temperatur in der Wohnung war nahe am Gefrierpunkt, weil ich gestern Abend vergessen hatte, Öl nachzugiessen. Und da ich den Computer neuerdings im Büro hatte, konnte ich nicht einmal nachsehen, wann die Züge fuhren. Ich fluchte, als ich einen Socken über den kleinen Zeh zog, er tat wirklich weh.

Dann fiel mir der Mietwagen ein. Ich hatte ja ein Auto und

brauchte nicht auf den Zug zu stressen. Etwas besser gelaunt, stellte ich die italienische Espressokanne auf den Herd und packte für meinen Aufenthalt in Spiez ein paar Sachen. So langsam wurde ich wach. Dass meine Schwester gar nicht erst auf die Idee kam, ich könnte eigene Verpflichtungen haben, ärgerte mich. Sie ging einfach davon aus, dass ich Zeit hatte. Gratisferien. An dem Punkt stoppte ich meine Gedanken. Es war auch noch so verdammt früh.

Mama schlief, als ich ankam. Die Sonne schien durch die breite Fensterfront in die Wohnküche, wo meine Schwester für meine Mutter und mich einen Frühstückstisch gedeckt hatte. Ich bediente mich an den aufgebackenen Croissants. Der Blick, den ich vom Esstisch aus auf den glitzernden Thunersee und die Berge hatte, war fantastisch. Das Panoramafenster reichte rund um den Esstisch an zwei Seiten bis zum Boden, was einem das Gefühl gab, mitten in der Landschaft zu sein, umgeben von Weinbergen. Im hinteren Teil des Raumes befand sich ein bauchiger Tonofen, an den ich mich nicht erinnern konnte. Sitzkissen in bunten Farbtönen lagen verteilt auf dem Boden. Ich stand auf und studierte die CD-Sammlung, die fast die ganze rückwärtige Wand einnahm. Kopfhörer der besten Qualität lagen auf dem Wiedergabegerät. Ich sah Theo, meinen Schwager, vor mir, wie er mit den Kopfhörern dasass und sich auf ein Konzert der Gubaidulina konzentrierte. Ich stellte mir weiter vor, wie aus dem Kinderzimmer Popmusik dröhnte. Ich wusste nicht, wie gut das zusammen ging. Aber andererseits, wenn ich hier in der sonnendurchfluteten, warmen Stube stand, hatte ich definitiv nicht das Gefühl, jemanden aus der Familie bemitleiden zu müssen.

Ich ging und holte die Dokumente, die ich in Perrens Hotelzimmer gefunden hatte, aus meiner Handtasche. Auf zwei Sitzkissen drapiert, die warme Sonne im Gesicht, studierte ich die Unterlagen. Nach ihnen hatte AdFin, und nicht Katrin Näf, der

Stadt die Jugendstilvilla verkauft. Näf musste das Haus also an AdFin veräussert haben. Ein ziemlich häufiger Besitzerwechsel: von der alten Frau zu Katrin Näf, von der zu AdFin und schliesslich an die Stadt. Die übrigen Dokumente in Perrens Mappe betrafen andere Liegenschaftsverkäufe, in einem weiteren Fall war AdFin der Käufer. Es handelte sich um einen heruntergekommenen Hotelkomplex im Seeland, von dem ich wusste, dass er leer stand, weil seit Jahren kein Pächter mehr gefunden werden konnte. AdFin investierte also in Immobilien in der Schweiz.

Dann sah ich etwas, was mich für den restlichen Vormittag erschütterte. Den Briefkopf über diesem und über allen anderen Dokumenten in Perrens Mappe, den Briefkopf von Perrens Kanzlei, ich hatte ihn schon oft gesehen. Er war auf vielen, wenn nicht auf fast allen Erbschaftsunterlagen von Tobias Bucher gewesen. Das Erbschaftsamt schien in Notariatssachen regelmässig mit Perren zusammenzuarbeiten – jedenfalls in denen, für die Tobias sich interessiert hatte. Weil der Name Perren nicht im Briefkopf der Kanzlei erschien, hatte ich das übersehen. Die Verbindung von Perren zu Tobias Bucher, sie war die ganze Zeit über vor meiner Nase gewesen. Ich war schockiert.

Mama stand auf, fand es das Selbstverständlichste, dass ich da war und meine Schwester weg. Sowieso tat sie so, als ob es sich um einen lange abgemachten Ferienaufenthalt für uns beide handelte. Der strahlend helle Tag, die Weinberge, in deren Mitte das Haus meiner Schwester stand, die Bucht und der See zu unseren Füssen lösten in mir wider Willen tatsächlich Feriengefühle aus. Nach dem Frühstück spazierten wir zum See hinunter, vorbei an der Badeanstalt mit vermummten Geräten und leeren Schwimmbecken und an den verwaisten Tennisplätzen. Als wir den Berg wieder hochstiegen, fiel mir Mamas Kurzatmigkeit auf, die wir beide mit Gesprächen über die Aussicht kaschierten. Auf den Bergspitzen lag Schnee, trotzdem waren recht viele Segelboote unterwegs auf der glitzernden Oberfläche des Sees.

Den nächsten und den übernächsten Tag verbrachte ich mit meiner Mutter. Wir führten banale, ruhige Gespräche, wir kochten gemeinsam, meine Mutter schlief viel. Das Wetter blieb sonnig und warm. Am Morgen des zweiten Tages hatte ich die Idee, eine Juristin, die ich kannte, anzurufen für ein paar Auskünfte über das Erbschaftsamt. Vielleicht würde es mir leichter fallen, die bei Tobias Bucher gefundenen Dokumente zu verstehen, wenn ich wusste, was so ein Erbschaftsamt eigentlich tat. Ich rief meine Kollegin während der Mittagspause an. Als Vorwand sprach ich von einer Verwaltungslehre im Erbschaftsamt, für die sich eine meiner Nichten interessiere, und dass ich mich fragte, wie spannend eine solche Arbeit für sie sein würde. Weil ich, wie ich sagte, befürchtete, sie würde sich langweilen.

«Wo lebt denn deine Nichte?», fragte sie als erstes.

«In Zürich», behauptete ich und versuchte, die Lüge im Langzeitgedächtnis zu speichern. Gut möglich, dass sie sich eines Tages nach meiner Nichte in Zürich erkundigen würde.

«Du kannst dir ja vorstellen, weshalb ich gefragt habe, weil: Von Kanton zu Kanton ist es verschieden. Ich kann dir nur sagen, wie es im Kanton Bern läuft. Also, Moment mal», es klang so, wie wenn sie den Hörer beiseitelegte und nach etwas suchte.

«Also», nahm sie den Hörer wieder auf, «erstens, Siegelungsprotokolle und versiegeln. Wenn jemand stirbt, muss ein Siegelungsprotokoll ausgefüllt werden, um die Erbmasse zu sichern, in der Stadt Bern macht das das Erbschaftsamt. Und manchmal wird eine Wohnung ja auch wirklich versiegelt. Ich nehme an, das ist der Fall, wenn jemand befürchtet, dass die Verwandtschaft sonst den Rembrandt aus dem Hause trägt. Die

Siegelung erfolgt immer in der Wohnung des Verstorbenen. Nach dem Siegelungsprotokoll ordnet der Regierungsstatthalter an, dass ein Notar ein Steuerinventar erstellt. Falls das notwendig ist.»

«Das Amt arbeitet also eng mit Notaren zusammen?»

«Ja, natürlich. Du wolltest aber wissen, was das Erbschaftsamt tut. Also zweitens, das Erbschaftsamt nimmt Testamente entgegen. Die Einwohner der Stadt Bern können ihr Testament beim Testamentsdienst hinterlegen. Die Mitarbeiter quittieren den Empfang und deponieren es in einem Tresor.»

Ich hatte begriffen, dass sie irgendwelche Unterlagen vor sich hatte, die sie jetzt durchlas.

«Das Amt muss das Testament innerhalb eines Monats nach Ableben eröffnen. Das verschlossene Couvert wird geöffnet und verlesen, du kennst das aus Filmen. Dafür werden die Erben eingeladen. Falls deren Aufenthaltsort unbekannt ist, muss das Erbschaftsamt sie ausfindig machen. Das wäre dann drittens, Erben ausfindig machen. Wenn das nicht möglich ist, erfolgt eine öffentliche Bekanntmachung im Amtsblatt. Ja und viertens muss sich das Amt auch noch um Erbschaftsverwaltungen kümmern. Damit ist gemeint, dass jemand bestimmt wird, der die Dinge weiter verwaltet, während sich die Erben darum streiten. Jemand muss die Mieten einkassieren, wenn es sich um ein Mietshaus handelt, solches Zeug. Und wenn unklar ist, wer die Erben überhaupt sind, dann muss das Amt einen sogenannten Erbenruf anordnen. Vielleicht hast du das in der Zeitung schon einmal gesehen, allfällige Erben können sich innerhalb eines Jahres melden. Das wäre fünftens gewesen.»

«Für was braucht es in Erbschaftsangelegenheiten eigentlich Notare?»

«Notare? Für alles. Du kannst dir von einem Notar das Testament verfassen lassen oder es mindestens von ihm beurkunden lassen. Du kannst es auch bei ihm hinterlegen, Notare können

Testamente eröffnen, Steuer- und Erbschaftsinventare errichten, Erbenscheine ausstellen, solche Dinge machen Notare.»

«Ich meine, wann macht es Sinn, einen Notar beizuziehen?»

«Das kommt ganz darauf an. Du kannst einem Notar die ganze Verwaltung des Nachlasses oder die Durchführung der Erbteilung überlassen. Oder wenn es um die Erbschaftssteuer geht, Notare kennen sich mit so etwas aus. Vieles. Verträge aufsetzen. Manches muss auch vom Notar gemacht werden. Im Kanton Bern muss beispielsweise ab hunderttausend Franken ein Notar das Steuerinventar erstellen.»

Ich hatte begriffen, dass die rechtliche Situation rund ums Erben komplex war. Die Notizen, die ich mir auf der Rückseite eines alten Kalenderblattes gemacht hatte, waren chaotisch. Jedenfalls schien es sehr normal zu sein, dass Perren als Notar mit dem Erbschaftsamt zu tun hatte.

«Eine letzte Frage: Wem untersteht das Erbschaftsamt?»

«Dem Gemeinderat, natürlich, also, warte einmal», sie zögerte, ich wusste nicht, ob sie nachdachte oder Unterlagen konsultierte, «das Erbschaftsamt ist Teil des Amts für Erwachsenen- und Kinderschutz, genau, die Beistandschaften und solche Dinge gehören da auch dazu, und das Ganze ist der Direktion für Sicherheit, Umwelt und Energie zugeteilt. So ist das. Ich finde eine solche Verwaltungslehre übrigens keine schlechte Idee.»

«Nein, wahrscheinlich nicht. Etwas viel Testament und Tod für einen jungen Menschen, vielleicht.»

«Und du, an was bist du eigentlich? Bist du immer noch in der Bibliothek?»

«Nein. Im Moment jobbe ich ein bisschen. Momentan bin ich hauptberuflich arbeitslos. Vielleicht hätte ich ja auch eine solche Lehre machen sollen.»

«Wäre es denn für dich nicht zu viel Testament und Tod gewesen? Aber es geht dir gut, oder? Bist du glücklich?»

Ich bejahte. Als ich aufgelegt hatte, schaute ich winzigen Staubteilen zu, die in den Sonnenstrahlen tanzten. Ich blies sie von meiner Nase weg, obschon ich wusste, dass sie auch da waren, wenn ich sie nicht sah. Unglücklich war ich nicht. Nur etwas zu häufig etwas zu mutlos in der letzten Zeit. Falls das überhaupt eine Rolle spielte.

Ich stand auf und schaute nach meiner Mutter. Sie stand hinter der halbgeöffneten Tür im Gang und sah traurig aus, ich erschrak, als ich sie sah. Ich war mir sicher, dass sie Teile des Gesprächs gehört und Worte wie Erbschaft und Testament aufgeschnappt hatte. Ich wusste nicht, wie ich ihr erklären konnte, dass es nicht um sie ging. Wenn ich jetzt von Ermittlungen anfing, mit denen ich mich beschäftigte – dann klang das nach einer Ausrede, nach einer sehr schlechten Ausrede. Ich hatte mir in den letzten Tagen viele Notlügen einfallen lassen. Jetzt, wo ich wirklich eine nötig hatte, fiel mir nichts ein. Gar nichts.

25

Meiner Mutter ging es nicht so schlecht. Ich begleitete sie zum Hausarzt in Bern und sprach selbst mit ihm. Es war wichtig, dass sie die Medikamente regelmässig einnahm. Ausserdem ernährte sie sich nicht so gut. Nach dem Arztbesuch brachte ich sie zurück in ihre eigene Wohnung und versprach, am Nachmittag noch einmal vorbeizukommen.

Als ich nach drei Tagen zu mir nach Hause zurückkehrte, stand der weisse Lieferwagen einer Malerfirma auf dem Trottoir vor dem Hauseingang. Von oben hörte ich Geräusche, Männerstimmen. Ich stieg hoch und sah, dass Juris Wohnung während meiner Abwesenheit ausgeräumt worden war. Der Gangboden war mit Karton abgedeckt, zwei Maler standen auf einem Gerüst und strichen die Decke. Ich betrat den Gang und fragte die beiden, wer die Wohnung ausgeräumt hatte. Sie wussten es nicht. Jedenfalls hatte sich damit für mich die Sache mit dem kaputten Schloss erledigt.

Meine eigene Wohnung hatte ich nach dem Anruf meiner Schwester vor drei Tagen überstürzt verlassen, in der Spüle stand dreckiges Geschirr, und es war eiskalt. Den restlichen Vormittag verbrachte ich mit Aufräumen und mit dem Durchsehen der Post.

Es wäre gut, überlegte ich, noch einmal mit Tobias Buchers Schwester zu sprechen, und zwar ohne Beisein ihrer Eltern. Deshalb fuhr ich am späten Nachmittag nach Konolfingen in der Hoffnung, sie auf dem Heimweg abzufangen. Ich hatte Glück, denn als ich beim Bahnhof einen Parkplatz suchte, sah ich sie bereits. Sie war vermutlich eben gerade aus dem Zug ausgestiegen, sie wirkte müde und schleppte sich die steile Strasse hoch. Ich liess das Auto stehen, wo es gerade war, und rannte ihr nach. Als ich sie fast erreicht hatte, rief ich sie an, überholte sie und stand schliesslich auf der abschüssigen Strasse über ihr. Ein Lastwagen donnerte so nahe an uns vorbei, dass wir den Luftzug spürten. Das Trottoir war eng, und ihr Gesicht lag trotz der Strassenlaternen im Schatten. Diesmal log ich nicht. Ich erzählte, dass ich eine Freundin von Juri sei, einem Studenten, den auch Tobias gekannt hatte. Dass beide jungen Männer gestorben waren, im Falle von Juri sei es vermutlich Mord gewesen. Dass ich mehr wissen wollte über den Tod ihres Bruders, weil mir das vielleicht helfen würde, Juris Tod zu verstehen. Dann mussten wir zur Seite treten, um drei junge Mädchen mit grossen Sporttaschen vorbeizulassen.

Bettina Bucher brauchte eine Weile, bis sie mich als die Frau wiedererkannte, die sie einmal zu Hause besucht und sich als Mitarbeiterin der Universität ausgegeben hatte. Ich versuchte zu erklären, weshalb ich das getan hatte, aber es interessierte sie nicht. Was sie interessierte, war Juris Tod. Sie hatte nichts davon gewusst. Wir verabredeten uns für später, sie wollte vorher noch kurz zu Hause vorbeischauen.

Ich wartete über eine Stunde im Bahnhofsrestaurant, einem sehr kleinen Raum mit nur drei Tischen und einer Theke. Am Stammtisch sassen fünf Männer hinter ihren Biergläsern, und ich vermutete, dass sie auch den Nachmittag hier verbracht hatten. Sie versuchten, mich in ihr lautes und trostloses Gespräch hineinzuziehen, an dem sich auch die Wirtin hinter der Theke beteiligen musste. Das war ihr Beruf.

Die Bahnhofskneipe war mein Vorschlag gewesen, aber es würde schwer sein, sich hier diskret zu unterhalten. Als Bettina endlich auftauchte, schlug ich vor, in den Warteraum des Bahnhofs zu gehen.

Es war zu kalt für einen Spaziergang, ausserdem war es finster. Selbst im Warteraum, einem gläsernen Kasten, spürte ich die aufdringlichen Blicke des Stammtisches auf meinem Rücken. Die Männer starrten zu uns herüber, irritiert durch die Tatsache, dass wir uns lieber im ungemütlichen Warteraum unterhielten als bei ihnen.

Bettina hatte Tobias' Abschiedsbrief mitgebracht, säuberlich eingepackt in einer Klarsichtmappe, in der sich auch der Briefumschlag befand. Als sie meinen verwunderten Blick bemerkte, kommentierte sie, dass die Polizei den Brief untersucht und in dieser Form zurückgegeben hatte.

«Und?», fragte ich.

«Nichts. Aber auch die Polizei fand, dass es sich um einen ungewöhnlichen Abschiedsbrief handelt. Computergeschrieben. In einem Couvert in den Briefkasten gesteckt. Ich jedenfalls würde ihn auf einen Tisch legen, oder aufs Bett, irgendwohin. Ich kann mir nicht erklären, weshalb Tobias ihn in den Briefkasten gesteckt hat.»

Ich sah mir den Briefumschlag an, er war neutral und nicht beschriftet. Der Brief begann mit «Liebe Mutter, lieber Vater, meine lieben Schwestern.»

Tobias schrieb, dass er sich den Schritt reiflich überlegt habe und dass er sich sicher sei, das Richtige zu tun. Dass sie nicht um ihn trauern sollten, weil er es so gewollt habe, und dass es ihm leid tue, weil es für sie sicher schwierig sei. Seine Eltern treffe keine Schuld, seine Kindheit sei das Beste in seinem Leben gewesen. Aber, schrieb er, er habe sich in der letzten Zeit viele Gedanken gemacht und sehe keinen Sinn in seinem Leben, auch wenn sie das sicher nicht verstehen könnten.

Leere Worte. Einen Hinweis auf etwas Konkretes, was ihn zu dem Schritt veranlasst haben könnte, gab es nicht. Der Brief war unterschrieben mit Euer Tobias, auch das nicht von Hand. Das war doch sehr komisch, auch wenn die Jungen heute für alles den Computer benutzten. Was sich noch im Couvert befand, war ein Foto von drei Kindern, die an einem See im knietiefen Wasser standen und, obschon ganz verschieden alt, in ein ernstes Gespräch vertieft schienen. Eine Aufnahme aus ihrer gemeinsamen Kindheit, von Ferien am Gardasee, erklärte Bettina. Eindeutig das Persönlichste am ganzen Brief.

«Eigenartig», sagte ich und sah Bettina an.

Bettinas Augen waren wässerig. Sie war knapp zwanzig Jahre alt, hatte braune, gerade Haare und ein unauffälliges, ebenmässiges Gesicht. Sie trug eine sehr kurz geschnittene Jacke, in der sie sichtlich fror. Es war ungemütlich im Warteraum, und mehr als einmal mussten wir das Gespräch unterbrechen, weil jemand hereinkam, um sich einen Fahrplan zu holen. Die Leute spürten, dass ihre Anwesenheit störte, verliessen den Raum und warteten draussen auf ihren Zug. Sobald sich niemand mehr im Raum befand, erzählte Bettina weiter. Die Eltern fanden in der Religion Erleichterung, und sie hofften, die Töchter würden ihnen dabei folgen. Dauernd wollten sie Bettina zu christlichen Anlässen schleppen. Bettinas jüngere Schwester, die gerade eben fünfzehn Jahre alt geworden war, drehte anders durch, wie Bettina sagte. Sie hatte beschlossen, die Trauer der Familie zu ignorieren, und forderte rücksichtslos ihre Rechte als pubertierende Tochter. Sie kam und ging, wie es ihr gerade passte, und Bettina fragte sich, ob sie überhaupt noch den Schulunterricht besuchte. Das schien niemandem ausser Bettina aufzufallen, und wenn Bettina ihre Mutter darauf ansprach, brach diese in Tränen aus. Bettina war allein, und niemand half ihr dabei, den Tod ihres Bruders zu verstehen. Sie tat mir leid.

Wir sassen bis Mitternacht in dem gläsernen Warteraum. Wir hatten mögliche Motive für einen Selbstmord erwogen und wieder verworfen. Wir hatten uns über Gründe für einen Mord den Kopf zerbrochen, aber Bettina konnte sich keine vorstellen. Über Tobias Arbeit im Erbschaftsamt wusste sie nicht Bescheid. Von Perren hatte sie noch nie gehört. Wir versuchten, den Todesabend zu rekonstruieren. Bettina war zu

Hause gewesen, als Tobias kam und sich umzog, um das Haus noch einmal mit dem Fahrrad zu verlassen. Sie hatten kaum miteinander gesprochen, aber sie schwor, dass sie es gemerkt hätte, wenn er sich schlecht gefühlt hätte. Ihr Zimmer lag direkt neben dem von Tobias, sie hatten sich durch die offenen Zimmertüren hindurch begrüsst, ohne sich wirklich zu sehen. Bettina war auf dem Bett gelegen und hatte Zeitung gelesen, halb beschäftigt mit der Lektüre, halb abgelenkt durch die Anwesenheit des Bruders. Sie meinte sich zu erinnern, dass er irgendwann leise vor sich hin geflucht hatte, weil er den Fahrradhelm nicht fand. Dann hatte er mit jemandem telefoniert, von seinem Handy aus, sie hatte nicht wirklich zugehört, aber nichts an dem Gespräch hatte sie aufhorchen lassen. Kein verdächtiger Tonfall, nichts Aussergewöhnliches. Sie war sich nicht sicher, aber sie glaubte, dass er sogar vor sich hin pfiff, als er sich umzog. Alles völlig normal. Es war unerklärlich.

Ich brachte sie mit dem Auto nach Hause. Ich machte mir Sorgen um sie, sie wirkte völlig durchfroren. Wir verabredeten, gemeinsam den Ort anzuschauen, an dem Tobias in die Kander gesprungen war, und ich hatte das Gefühl, dass sie froh wäre um die Begleitung. Zum Abschied umarmten wir uns. Nur meinen Einbruch in das Haus ihrer Eltern hatte ich nicht erwähnt.

Diesmal dauerten meine Ermittlungen im Erbschaftsamt keine fünf Minuten. In Erwartung der verständnisvollen älteren Dame, mit der ich beim letzten Mal gesprochen hatte, betrat ich das Sekretariat. Stattdessen traf ich auf jemanden, der wenig gewillt schien, sich von seiner Lektüre zu trennen. Ob es sich nun um etwas Geschäftliches handelte oder nicht. Ich wartete einen Moment lang in der Tür, dann wandte ich mich an den hellbraunen Scheitel.

«Entschuldigen Sie, dürfte ich Sie etwas fragen? Ich war vor ein paar Tagen schon einmal hier.»

Es kostete die junge Frau einige Überwindung aufzusehen: «Ja, bitte?»

«Ich war schon einmal hier. Ich bin eine Tante von Tobias Bucher.»

In Erwartung einer Reaktion stockte ich einen Moment.

«Ja?»

«Tobias, der hier Praktikant war, hat sich das Leben genommen.»

«Ich habe davon gehört.»

Die hellblauen Augen im runden, jungen Gesicht blickten mir unbewegt entgegen. Zu ihrer Verteidigung sagte ich mir, dass sie vielleicht erst vor kurzem angefangen hatte, hier zu arbeiten. Es musste nicht sein, dass sie Tobias gekannt hatte.

«Sie müssen mich entschuldigen. Wir, ich meine Tobias' Familie, wir versuchen immer noch zu verstehen, weshalb er sich das Leben genommen hat. Er bleibt für uns vieles so unverständlich.»

«Ja, und?»

«Wir haben vor kurzem festgestellt, dass sich Tobias mit Erbschaftsangelegenheiten befasst hat, die ihn vielleicht irgendwie belastet haben. Die Liegenschaft im Kirchenfeld, die schliesslich von der Stadt übernommen wurde. Ein Notar namens Perren war damit betraut. Vielleicht kennen Sie die Angelegenheit.»

«Nein.»

«Sie müssen entschuldigen, aber wir studieren an allem Möglichen herum, versuchen uns vorzustellen, was Tobias aus der Bahn geworfen haben könnte. Wir haben uns gefragt, ob es möglicherweise einen Konflikt oder Probleme mit Herrn Perren gegeben hat. Offensichtlich hat sich Tobias mit dieser Angelegenheit befasst, sie scheint ihn beschäftigt zu haben. Wir fragen uns, was an dieser Erbschaftssache dran war, weshalb er sich so intensiv damit auseinandersetzte. Die Liegenschaft wurde über Herrn Perren schliesslich an die Stadt verkauft. Vielleicht gibt es jemanden, der schon mit Herrn Perren oder mit dieser Sache zu tun hatte und mit dem ich sprechen könnte?»

Diesmal roch ich Bernasconi, bevor ich ihn sah. Ich nahm sein zu süssliches Parfüm wahr, noch bevor ich realisierte, dass er hinter mir im Gang stand und uns zuhörte. Mit entschiedenen Schritten kam er an mir vorbei ins Sekretariat.

«Tamara, um was geht es? Kann ich behilflich sein?», wandte er sich an mich. Er stand zu nahe bei mir, wie schon im Lift. Nur musste ich diesmal frontal in sein Gesicht blicken und in die unsauberen Gläser seiner Goldrandbrille.

Ich wiederholte, wenn auch in abgeschwächter Form, weshalb ich mit jemandem sprechen wollte, der Perren kannte. Ich wollte keine falschen Anschuldigungen in die Welt setzen, betonte ich, ich kannte Herrn Perren gar nicht.

«Herr Perren ist immer wieder in Erbschaftssachen tätig. Wenn Sie Fragen haben, schlage ich vor, dass Sie sich direkt an ihn wenden, er gibt Ihnen sicher gerne Auskunft. Ob er sich allerdings an unseren Praktikanten erinnert, kann ich Ihnen nicht versprechen. Sie müssen wissen, uns hier, dem Erbschaftsamt, liegt die Befindlichkeit des Personals, auch von Praktikanten, wirklich am Herzen. Wir sind aber nicht in der Lage, alle persönlichen Probleme abzufedern. Die psychischen Probleme Ihres Neffen, ich glaube nicht, dass wir damit etwas zu tun hatten. Und wenn Sie über Herrn Perren etwas wissen wollen, wie gesagt, wenden Sie sich doch direkt an ihn.»

Bernasconi drehte sich ab.

«Selbstverständlich. Ich verstehe. Einen schönen guten Tag.»

Fünf Sekunden später war ich bei der Tür.

«In der Familie scheinen mehrere mit psychischen Problemen zu kämpfen. Zu glauben, dass sich der Bucher wegen uns umgebracht hat!», hörte ich in meinem Rücken Bernasconi sagen. Gefolgt von Tamaras zustimmenden Lachen.

Psychische Probleme, selbst wenn ich die hatte: Um die ging es nicht. Nicht um meine und nicht um die von Tobias. Psychische Probleme. Wer da mit wem zusammenspannte, um das ging es doch. Um Filz. Das dachte ich wütend, während ich mit dem Lift hinunterfuhr. Auch, weil mir unterwegs klar wurde, dass die beiden Stockwerke unter dem Erbschaftsamt ausgerechnet von den Stadtbauten belegt wurden. Von dem Amt, das schlussendlich das Haus der Anna Herzig gekauft hatte. Das Erbschaftsamt, die FINMA und jetzt noch die Stadtbauten, alles im gleichen Gebäude. Wie praktisch. Man kannte sich, da war ich mir sicher. Ich dachte natürlich an die Skandale rund um die Stadtbauten, die seit Jahren in der Kritik standen. Wegen Filzvorwürfen. Später, als ich mich beruhigt hatte, sagte ich mir, dass es doch ziemlich normal war, wenn sich verschiedene Ämter der Verwaltung ein Gebäude teilten. Trotzdem.

26

Mit etwas Glück konnte ich mir zur Liegenschaft im Kirchenfeld Informationen aus erster Hand beschaffen. Eine ehemalige Studienkollegin, Anita Leiss, war Stadträtin und Mitglied der Kommission, die sich mit den Stadtbauten beschäftigte. Ihr Arbeitsplatz lag im Nordquartier, nicht allzu weit vom Zentrum entfernt. Einen fixen Feierabend schien man in der Organisation, für die sie arbeitete, nicht zu kennen. Obschon es bald sechs Uhr war, wurde an vielen Arbeitsplätzen noch konzentriert gearbeitet. Im Gang standen in eine Diskussion vertiefte Mitarbeitende und schienen nicht ans Nachhause gehen zu denken. Anita hatte als Geschäftsleiterin ein eigenes Büro. Als ich nach einem kurzen Klopfen eintrat, sah sie zuerst irritiert und gestört von ihrer Arbeit auf und begrüsste mich dann überrascht.

«Entschuldige, Anita, dass ich so bei dir hereinplatze. Ich will dich nicht aufhalten, nur eine kurze Frage. Ich war gerade in der Gegend, und da fand ich es einfacher vorbeizuschauen als zu telefonieren.»

Ich sah es Anita an, dass sie sich bemühen musste, freudig überrascht zu wirken. Der unvorhergesehene Überfall war keine gute Idee, sicher stand sie unter Zeitdruck. Ausserdem hatten wir uns seit Monaten, besser Jahren, nicht mehr gesehen. Trotzdem erhob sie sich und umarmte mich, etwas zu überschwänglich.

«Ich will nicht stören. Nur zwei Minuten.»

Ich spürte ihren erwartungsvollen Blick auf mir. Im Büro nebenan klingelte bereits zum zweiten Mal das Telefon, ohne dass jemand dran ging. Das stresste sogar mich. Eine Frage zum Haus im Kirchenfeld beiläufig zu stellen, war nicht möglich. Anitas erwartungsvolle Augen setzten mich unter Druck.

«Ich möchte mich mit Ruth Reiter treffen, du weisst doch, Ruth, die mit uns studiert hat. Ich habe den Kontakt verloren und dachte, dass du vielleicht weisst, wo sie wohnt. Ihr wart doch damals so eng befreundet.»

«Sie wohnt inzwischen in Luzern, aber ich habe auch keinen Kontakt mehr. Irgendwo hatte ich ihre Adresse, vielleicht ist sie ja noch gültig.»

Anita stand hinter ihrem Schreibtisch, sah sich, sichtlich durch meine Frage aus dem Konzept geworfen, suchend um und hob ein paar Papiere auf.

«Nur, diese privaten Adressen, die habe ich vermutlich gar nicht bei mir, sondern zu Hause. Aber ich kann sie ja für dich im Telefonverzeichnis suchen», den letzten Satz sagte sie säuerlich, weil ihr bewusst geworden war, wie unnötig ich sie störte. Ein blöderer Vorwand für meinen Besuch hätte mir nicht einfallen können, aber jetzt war es zu spät. Anita setzte sich an ihrem Computer. Dann drehte sie sich noch einmal zu ihrem Schreibtisch zurück und zog unter verschiedenen Papieren ein Mobiltelefon hervor, tippte auf den Tasten herum.

«Ah, doch, ich habe ihre Adresse gespeichert», ersparte sie mir die Blamage, Ruth Reiter im öffentlichen Telefonbuch für mich zu suchen. Anita las mir die Adresse vor, mit ihrer Erlaubnis fischte ich einen Fetzen Papier aus dem Abfallkorb, um sie zu notieren. Da sie mir nicht angeboten hatte, mich zu setzten, benützte ich meine Handtasche als Unterlage. Ich spürte, dass Anita genervt war. Übertrieben langsam diktierte sie mir die Adresse, sie hielt nach jedem Wort inne und wartete auf meine Zusicherung, dass ich verstanden hatte. Es tat mir ja leid, sie mit dieser blöden Frage gestört zu haben. Aber das war eigentlich kein Grund, anzunehmen, sie müsse mir die Adresse Buchstabe für Buchstabe durchgeben, damit ich sie richtig aufschrieb.

Anita sass hinter ihrem Schreibtisch. Nach einer kurzen

Überlegung schob sie das Dossier vor sich zur Seite. «Und sonst? Wie geht's? Wo arbeitest du? Ich mache das morgen fertig. Ich hätte es heute eh nicht mehr geschafft. Bleib also noch einen Moment. Was machst du denn so?»

Während sie das sagte, begann sie damit, den Schreibtisch aufzuräumen, sie ordnete Papiere und versorgte Schreibzeug. Ich lehnte mich, um nicht weiter einsam vor ihrem Schreibtisch zu stehen, gegen einen Aktenschrank.

«Du, du bist doch im Stadtrat. Wegen diesem Zukauf für das Historische Museum, dieser Villa im Kirchenfeld, da gab's im Stadtrat doch Diskussionen. Um was ging's denn da?»

«Ja, der Kauf wurde kritisiert. Ich meine, bei der momentanen Finanzknappheit, das war nun wirklich nicht das Dringendste. Natürlich, das Museum hat das Bedürfnis vor ewiger Zeit angemeldet, und klar, man hat dem zugestimmt. Dass die Stadt für das Museum Raum beschafft. Aber aus so etwas erwachsen immer Folgekosten, ungedeckte Umbaukosten, oder dann braucht's plötzlich einen besseren Brandschutz. Mich jedenfalls hat gestört, wie schnell das plötzlich ging, der Gemeinderat hat den Kauf durchgewinkt, das ging viel zu schnell, dabei gibt es wirklich wichtigere Bedürfnisse. Um das ging's mir bei meinem Vorstoss.»

«Ach, du hast …?», ich unterbrach mich. «Ja, haben denn die Stadtbauten das einfach so gekauft? Von wem denn?»

«Nein, natürlich nicht einfach so, es gab die nötigen Prüfungen und Abklärungen, logisch. Nein, die Stadtbauten hatten in der Vergangenheit schon genug Probleme. Naphtalin an den Schulen, die ganzen Filzvorwürfe. Die übrigens mehr oder weniger entkräftet worden sind. Die Sensibilität für die beschaffungsrechtlichen Rahmenbedingungen sei halt nicht optimal gewesen, heisst es im Bericht. Nein, um das ging's mir nicht, sondern um die Prioritäten, die die Stadt setzt. Um die Diskussion, was eigentlich wichtiger ist, Kindergärten oder das Museum. Mit einer kleinen Anfrage kannst du sowieso nichts mehr ändern, aber immerhin, sie mussten sich meine Kritik anhören, und die hat's auch in die Medien geschafft. Das hast du wahrscheinlich gesehen.»

«Von wem hat denn die Stadt die Villa abgekauft?»

«Das weiss ich jetzt nicht mehr, das war egal. Sie war sehr billig, das wurde vor allem ins Feld geführt, aber trotzdem, bei der derzeitigen Finanzknappheit. Ich glaube, das Museum hatte ursprünglich sogar gehofft, sie gratis zu bekommen, weil die ehemalige Besitzerin, eine alte Dame, im Förderverein des Museums sass. Ja, jetzt kommt es mir wieder in den Sinn, das Museum hat auf den Kauf gedrängt, weil, da hatte sich eine ausländische Firma vorgedrängt, und sie fanden, das kann doch nicht sein, nicht bei einem Objekt von denkmalpflegerischer Bedeutung. Kommst du denn heute Abend an die Vernissage, oder weshalb fragst du?»

«Vernissage?»

«Heute Abend wird die erste Ausstellung eröffnet. Etwas mit Textilien, das ist ja der Schwerpunkt, deshalb dieser Ableger des Museums.»

Sie hatte inzwischen den Computer abgestellt und machte sich bereit zu gehen.

«Aber weisst du», fuhr Anita weiter, «trotzdem. Von wegen Stadtbauten und Filz. Ich hab's erst im Nachhinein gehört, dass einer der Abteilungsleiter der Stadtbauten mit der Direktorin des Historischen Museums liiert ist. Ich meine, er hat sich sicher an die Vorgaben gehalten, aber da hat sich einer mächtig ins Zeug gelegt. Damit das Museum das Haus kriegt und damit alles schnell und reibungslos geht.»

Anita zog die Augenbrauen in die Höhe und schnaubte. Ich sah sie vor mir, wie sie mit Vehemenz im Stadtrat argumentierte.

«Erstaunlich, dass sich die Medien nicht stärker auf das Thema gestürzt haben!»

«Auch für die Journis kam der Sommer, und einige Resonanz hat die Diskussion ja gehabt. Beim Eröffnungsfest heute Abend werden jedenfalls alle anwesend sein, in Eintracht, nehme ich an, die Affäre ist Geschichte», schloss Anita ab.

«Was willst du denn von Ruth Reiter, warum suchst du sie?», erkundigte sie sich, um das Gespräch zu beenden. Sie sah mich über ihre Brillengläser hinweg an. Ich stand immer noch im freien Raum vor ihr.

«Ich habe vor kurzem alte Fotos entdeckt, sehr schöne alte Fotos von ihr. Ich dachte, sie würde sich freuen.»

«Ich würde die alten Fotos auch gerne anschauen. Wir müssen unbedingt wieder einmal etwas abmachen», verabschiedete sie mich. Ich wusste, dass sie nie Zeit finden würde für ein Treffen. Ihren irritierten Blick, als ich den zerknitterten Papierfetzen aus ihrem Abfallkorb, auf dem ich Ruth Reiters Adresse notiert hatte, glatt strich und umständlich in mein zerfetztes altes Adressbuch bettete, genoss ich.

27

Es regnete, als ich im Kirchenfeldquartier ankam. Ich stieg aus dem Tram, überquerte die vierspurige Strasse und rannte hinüber zum Museum. Die Jugendstilvilla war von einem hohen schmiedeeisernen Zaun umgeben, an dem grosse Plakate für die Ausstellung warben, Teppichschätze aus Dagestan. Über eine breite, in der Mitte ausgetretene Sandsteintreppe gelangte ich in die Eingangshalle. Der prächtige grosse Raum war bereits voller Besucher. Hohe Fenster gaben ihm etwas Ehrwürdiges, links führte eine Sandsteintreppe in die oberen Stockwerke. Die Wände waren bis hoch hinauf getäfert, und gedankenlos legte ich meine Hand auf einen bauchigen silbrigen Heizkörper, der warm war. Ich betrachtete den Terrazzoboden, auch er in originalem Zustand.

Ich stellte mich links vom Eingang in eine Nische und sah zu, wie weitere Gäste eintrafen. Wieder einmal dachte ich an mein Deux-Pièces, das unbenutzt an der Leine baumelte. Mir fehlte die Routine für ein Doppelleben, das sowieso zu kompliziert angelegt war. Andererseits konnte ich mich in Jeans und Regenjacke unauffällig in der Nähe der beiden anwesenden Journalisten bewegen, die ihre Kameralinsen aus grossen abgewetzten Taschen fischten und sich wie ich am Rande des Geschehens aufhielten. Bis auf ein paar Politiker, die ab und zu in den Zeitungen abgebildet waren, kannte ich niemanden.

Wenig später begann der offizielle Teil des Anlasses mit einer Rede der Museumsdirektorin. Sie war gross gewachsen und hager und stand zu nahe am Mikrofon, ihre harte Aussprache explodierte an meinem Ohr. Ich schaffte es nicht, ihr zuzuhören. Plötzlich stand Anita Leiss, die Stadträtin, vor mir.

«Du bist tatsächlich gekommen?», wunderte sie sich, schien sich aber über mein plötzliches Interesse am Museum nicht wirklich den Kopf zu zerbrechen, «darf ich ein bisschen bei dir bleiben? Ich habe vorläufig keine Lust auf Konversation mit den verdienstvollen Gästen dieser Gesellschaft, ich brauche ein normales Gesicht.»

Sie hängte sich an meinen Arm. Früher waren wir Freundinnen gewesen, aber so anhänglich hatte ich sie noch nie erlebt. Ich fragte mich, wie sie es geschafft hatte, sich in der Stunde seit unserem Treffen in ihrem Büro so schick zu machen.

«Ich kenne hier überhaupt niemanden von den verdienstvollen Gästen, wie du sie nennst», sagte ich, «ich nehme an, es handelt sich um Burger und reiche Sponsoren. Du hattest sicher schon ab und zu das Vergnügen?»

«Zur Genüge, gehört zu meinen Pflichten. Als Stadträtin und für meine NGO sowieso, Sponsoren interessieren uns immer», meinte sie und begann mir flüsternd zu erklären, wer alles anwesend war. Die Museumsdirektorin, die gerade sprach, war die Freundin, besser gesagt die Geliebte, korrigierte sie sich, eines Mitarbeiters der Stadtbauten, der weiter hinten stand. Ich hätte den breit gebauten Mann mit seiner strähnigen Frisur eher für einen ins Alter gekommenen Fussballtrainer gehalten. Eine Verbindung zwischen ihm und der hageren Museumsdirektorin, die immer noch harte Zischlaute durchs Mikrofon sandte, konnte ich mir schlecht vorstellen. Breitbeinig und mit hinter dem Rücken gefalteten Händen stand er etwas abseits und wirkte in der festlichen Halle wie ein unglücklicher Kirchgänger. Links von ihm standen die Stadtpräsidentin und einige Mitglieder des Stadtrates in einer Gruppe zusammen, einige hatte ich bereits selber erkannt. Der Gemeinderat, der für die Stadtbauten zuständig war, versteckte sich hinter dem Buffet, erklärte Anita. Er habe sich geweigert, eine Rede zu halten, wahrscheinlich sei er beleidigt wegen der Kritik, die er hatte einstecken müssen.

«Heute sind doch alle zufrieden über die geglückte Ausstellung, da muss er doch keine Kritik mehr fürchten?», fragte ich.

«Wahrscheinlich nicht», erwiderte Anita, «die Stadt kommt eigentlich sehr gut weg beim Deal mit der Museumsstiftung. Die Stadt kann einen fiktiven Mietpreis an das Museum von ihren Subventionen abziehen, so dass die Burger und der Kanton jetzt mehr bezahlen.»

Anita stand schräg hinter mir und fuhr weiter in ihrer Vorstellungsrunde. Sie erklärte mir, wer die wichtigen Vertreter der Burgergemeinde waren. Inzwischen sprach die Stadtpräsidentin, auch ihr hörte ich nicht zu. Eine greise Dame sass inmitten der Gesellschaft auf einem gepolsterten Sessel, es handelte sich um eine vermögende Burgerin. Sie hatte den grössten Teil der nötigen Umbauten finanziert, erklärte Anita. Links von ihr standen Herren aus der russischen Botschaft, wie Anita mir sagte, denn die Ausstellung sei von Russland unterstützt worden.

«Weshalb denn gerade Russland?», fragte ich, mit wachsendem Interesse.

«Wegen der Ausstellung natürlich, wegen den Teppichen», antwortete Anita und sah mich an.

«Die sind doch aus Dagestan», rutschte mir heraus, «ach so, natürlich wegen den Teppichen aus Dagestan», bremste ich mich. Dagestan war dann wohl Teil der GUS, über die ehemaligen sowjetischen Teilrepubliken habe ich seit längerem den Überblick verloren. Das musste Anita nicht wissen. Sie erklärte mir weiter, dass die Teppiche aus Dagestan in der Schweiz restauriert worden waren. Das Ganze hatte auch zu tun mit einem Förderstipendium für zwei russische Textilrestauratoren, die die Teppiche während ihrer Ausbildung in der Schweiz in der Abegg-Stiftung restauriert hatten.

Plötzlich entdeckte ich Petar. Er stand in der Nähe des russischen Botschafters neben einem Mann, den auch Anita nicht kannte. Anita wollte mir gerade erklären, wer den Kanton Bern vertrat, einen weiteren wichtigen Geldgeber des Museums. Da steuerte die Stadtpräsidentin auf das Ende ihrer Rede zu, und Anita schrak auf.

«Hilfe, jetzt bin ich dran.»

Ich war völlig verblüfft, als Anita nach vorne ging, mit der grössten Selbstverständlichkeit und ohne die geringste Nervosität. Sie hatte weder heute Nachmittag noch eben gerade erwähnt, dass sie für eine Rede vorgesehen war. Anita sprach als Vertreterin des Stadtrates. Dunkel erinnerte ich mich an spöttische Bemerkungen von ihr über Stadtratskollegen und -kolleginnen, die sich gerne und überall in der Öffentlichkeit präsentierten. Andererseits wollte sie in den Nationalrat, und da musste sie sich wohl ins Gespräch bringen.

Anita sprach klar und unterhaltsam, und ich hörte ihr gerne zu. Das leise Gemurmel, das die anderen Reden begleitet hatte, war verstummt. Was sie sagte, war zwar das zu Erwartende, sie lobte die Anstrengungen der Beteiligten, sie würdigte den bisherigen Erfolg des Museums. Wie sie es sagte, war unterhaltsam. Und sie flocht mehrmals ein, dass verschiedene Arten von Kultur gefördert werden müssen, was zu hören diesem Publikum nicht schadete, fand ich. Die ungewöhnlich unbürokratische Zusammenarbeit erwähnte sie mit einem leisen Lächeln, eine Anspielung, die verstehen konnte, wer es wollte. Ich würde ihr auch bei den nächsten Wahlen meine Stimme geben. Sie war gut.

Ich konzentrierte mich wieder auf die Anwesenden. Der für die Stadtbauten zuständige Gemeinderat war hinter dem Buffet hervorgekommen und begrüsste, leise, um die Rede nicht zu stören, den Botschafter und seine Begleiter. Der Chef der Stadtbauten hatte sich dazugestellt. Während der russische Botschafter, der offensichtlich die nächste Rede halten sollte, von Klatschen begleitet nach vorne ging, blieben die Männer in ein reges Gespräch vertieft, ohne sich um den offiziellen Teil der Veranstaltung zu kümmern. Nach missbilligenden Blicken aus der Umgebung begaben sie sich in den hinteren Teil des

Raumes, Petar mit ihnen. Die Igelfrisur des Gemeinderats blieb über alle Anwesenden hinweg gut sichtbar, und ich veränderte meine Position, um die Männer zu beobachten.

Ich witterte Mafiaverbindungen. So liefen doch die wichtigen Kontakte zur Politik, von denen Lisa gesprochen hatten. Einer der Männer, ein hagerer Mann in einem zerknitterten Parka und mit schlechten Zähnen, kam mir bekannt vor. Plötzlich glaubte ich mich zu erinnern, ihn auf den Fotos auf Juris Stick gesehen zu haben. Je länger ich der Gruppe zusah, umso mehr hatte ich das Gefühl, auch andere wiederzuerkennen. Vielleicht hatte Lisa recht, sie hatte von Anfang an die Fotos für bedeutsam gehalten. Am Schluss war ich fast überzeugt davon, selbst den Gemeinderat auf den Fotos gesehen zu haben. Aber ich bin in solchen Dingen leicht zu beeinflussen und zu verunsichern. Ich nahm mir vor, morgen den ganzen Tag mit den Fotos zu verbringen, und ich versuchte mir die Gesichter der Anwesenden einzuprägen.

Am besten, indem ich mir die Männer aus der Nähe ansah. Ich war gerade dabei, Petar anzusteuern, um in ihre Nähe zu kommen, als die Rede des Botschafters endete. Ein paar die Veranstaltung abschliessende Worte und ein letzter höflicher Applaus folgten. Einige Leute machten sich bereits daran, aufzubrechen, andere drängten zum Buffet. Die Gruppe um den Gemeinderat löste sich auf, ich sah die Herren davoneilen. Da stand Petar vor mir.

«Willst du noch bleiben? Ich bin am Gehen und ich kann dich nach Hause bringen», fragte er mit starkem Akzent. Ich merkte, dass er getrunken hatte.

«Ich bleibe noch ein bisschen. Du brauchst mich nicht zu bringen.»

«Doch, doch. Bei diesem Wetter, und du bist sicher zu Fuss hier», Petar insistierte.

Ich kam nicht dazu, zu antworten, denn Anita hatte sich zu

uns gestellt und redete ebenfalls auf mich ein. Sie zog mich aus der Halle, hinaus auf die Freitreppe vor dem Gebäude. Wir standen unter Dach auf dem obersten Treppenabsatz, der Regen fiel in Strömen. Anita, aufgekratzt von ihrem öffentlichen Auftritt, zog gierig an einer Zigarette. Petar war uns gefolgt und wartete nun, unruhig wie ein ungeduldiges Kind, unter aufgespanntem Regenschirm. Trotz dem Koffer in seiner Wohnung, Petar war harmlos. Leute drängten sich an uns vorbei, die Halle leerte sich.

Ich wollte mich gerade von Anita verabschieden, als, wie für uns bestellt, die beige Limousine mit Genfer Nummer vorfuhr und vor dem geschmiedeten Tor anhielt. Wieder sass der ältere Mann, von dem ich in der Zwischenzeit wusste, dass er Jaschin hiess, im Fonds. Der Chauffeur stieg aus und kam auf das Haus zu. Gleichzeitig eilten drei Männer mit aufgespannten Schirmen zum Wagen. Der Chauffeur kehrte auf halbem Weg um, und alle stiegen ein.

Anita war ohne sich zu verabschieden wieder im Gebäude verschwunden, und ich folgte nun Petar zu seinem Auto. Während ich mich angurtete, fragte ich ihn, ob er wusste, wer die drei Männer waren.

«Ich glaube, das waren Geschäftsleute aus der Ukraine», antwortete er und startete das Auto.

«Von der Botschaft?», fragte ich nach.

«Nein», er stockte, weil er den Wagen aus der Parklücke manövrierte, «nein, Geschäftsleute».

«Und der Mann im Auto. War das nicht Jaschin?», fragte ich.

«Stimmt. Stimmt», Lischkow hielt in seinen Bewegungen inne und sah mich überrascht an. «Du kennst Jaschin? Und ich glaube, du hast recht. Der Mann sah aus wie Jaschin. Ich kenne ihn nur von Bildern. Aber auf den Zeitungsbildern sieht er genauso aus. Er ist steinreich, wusstest du das?»

«Und die anderen Geschäftsleute? Leben sie in der Schweiz?»

«Weiss ich doch nicht. Warum willst du das wissen?»

«Nur so. Es gibt wohl nicht so viele Ukrainer in der Schweiz. Warum kommen sie an diese Vernissage? Welches Interesse haben sie am Historischen Museum der Stadt Bern?»

«Weiss ich nicht. Keines, nehme ich an. Jetzt anschliessend gibt's noch einen Anlass in der Botschaft, da gehen die jetzt wohl hin. Schau, an dieser Vernissage im Museum, die Botschafter waren da, aus Russland und aus der Ukraine. Der russische Botschafter hat eine Rede gehalten, die hast du doch gehört?»

Das hatte ich, und er sprach weiter.

«Also, die Botschafter waren da, die Stadtpräsidentin, Gemeinderäte, reiche Sponsoren, alles. So ein Anlass ist eine gute Gelegenheit, Kontakte zu knüpfen, verstehst du? Viele Geschäfte ergeben sich nun einmal so. Deshalb waren die Geschäftsleute da. Leute, die in der Schweiz investieren wollen oder ein Geschäft eröffnen, es ist eine Gelegenheit, miteinander in Kontakt zu kommen.»

Das wusste ich selber. Erstaunlich fand ich nur, wie unbefangen Petar darüber sprach. Nicht jedes Geschäft mit und unter Russen war mafiös, musste ich mir sagen.

«Aber aus Dagestan war niemand da?», fragte ich, einfach um das Gespräch weiterzuführen.

«Aus Dagestan war ein Restaurator da», antwortete Petar kurz. Das Gespräch langweilte ihn, und er begann, einen Radiosender zu suchen. Das Versprechen, mich nach Hause zu bringen, war ihm wohl lästig geworden, und er fuhr unkonzentriert und ungeduldig. Petar war betrunken. Bei unserer letzten Begegnung war er Fragen ausgewichen, heute war er etwas mitteilsamer. Ich hätte ihn gerne auf den Koffer angesprochen, und vielleicht wäre es genau der richtige Moment gewesen, aber dann war ich doch zu vorsichtig, um es zu tun. Den Rest des Weges sprachen wir nichts mehr. Es hatte aufgehört zu regnen, und die Scheibenwischer hinterliessen eine breite schmierige Spur, die die Sicht auf die trübe Fahrbahn verschlechterte. Petar schien sich nicht daran zu stören, und während er ein paar Sicherheitslinien überfuhr, wünschte ich mir das Ende der Fahrt herbei.

Er setzte mich vor meiner Haustür ab, und ich bat ihn zu warten, bis ich oben Licht gemacht hatte. Als ich aber vom Küchenfenster aus auf den Vorplatz schaute, war Petar längst verschwunden. Meine Wohnung schien unbetreten, trotzdem schob ich wieder einmal die Kommode vor die Tür.

28

Erstaunlicherweise hatte ich gut geschlafen. Ich wagte einen Blick aus dem Fenster, kein blauer Volvo. Mich fröstelte, ich sah nach dem Ölofen. Gestern hatte ich mich doch noch einmal aus dem Haus gewagt. Der Anlass auf der russischen Botschaft, mindestens aus der Ferne wollte ich sehen, wer kam und wer ging. Der Regen hatte nachgelassen, mit dem Fahrrad war ich am mobilsten. Ich war noch nicht bei der russischen Botschaft angekommen, als mir in einer der Querstrassen die Limousine entgegenkam. Im Stadtverkehr war es ein Einfaches gewesen, ihr nachzufahren, umso mehr, nachdem ich bei der ersten roten Ampel festgestellt hatte, dass sich ausser dem Chauffeur niemand im Auto befand. Niemand, bis auf einen Hund. Teilnahmsvoll sah er mir durch die Heckscheibe zu, wie ich den Regen aus meinem Gesicht wischte. Am Guisanplatz verschwand das Auto in der Tiefgarage des Hotels Novotel. Sie waren dort sicher standesgemäss untergebracht, Hund wie Herrchen. Wer immer das war, vielleicht Jaschin. Ich konnte mir jedenfalls vorstellen, dass Jaschin den Luxus und die Anonymität des grossen Kongresshotels schätzte.

Als ich Öl nachgoss, fiel mir das Blinken des Telefonbeantworters auf. In einem ersten Anruf hatte Caris mir einen Termin für ein Zweitgespräch vorgeschlagen. In einem zweiten teilten sie mir, leicht vorwurfsvoll, mit, dass ich nicht erreichbar gewesen war und dass sie sich für eine andere Person entschieden hatten. In einem dritten, vierten und fünften erkundigte sich der Besitzer des Mietwagens nach dem Verbleib des Autos. Ein besonders guter Start in den Tag war das nicht, keine Ahnung, seit wann der Apparat geblinkt hatte. Vielleicht hatte Caris angerufen, als ich in Spiez war. Andererseits war ich erleichtert.

Während ich die Kommode im Gang von der Wohnungstür zurück auf ihren Platz schob, gestand ich mir ein, dass ich seit einiger Zeit richtig Angst hatte. Ich tat so, als ob es normal sei, Kommoden hin- und herzuschieben, aber das war es nicht. Auf Dauer konnte ich so nicht leben.

Ich fragte mich, wie sich Perren das Verschwinden der Verträge aus seinem Zimmer erklärte. Und ob es möglich war, dass er es mit mir in Verbindung brachte. Weshalb bloss war es so schwierig, an Informationen über ihn heranzukommen? Weil ich mich nicht richtig an ihn herantraute. Weder an ihn noch an Gussew. An unverfänglichen Orten wie im Erbschaftsamt wollte man mir keine Auskunft geben, zu Recht, wie ich mir eingestand. Und Perren direkt mit Fragen zu konfrontieren, wagte ich nicht. Wie denn auch. Ich konnte ihn nur tagelang beobachten und versuchen, Puzzleteile zu sammeln, um vielleicht einmal zu verstehen, um was es ging. Mit steigendem Risiko für mich. Schliesslich war Perren in einen Mord verwickelt gewesen, warum sonst hätte er Auftrag gegeben, den Bademeister abzulenken. Und an Gussew wagte ich mich schon gar nicht heran, niemals.

Ich würde nicht aufgeben, aber ich wollte Dinge tun, bei denen ich mich nicht unnötig exponierte. Den ganzen Vormittag starrte ich deshalb auf Fotos aus dem Stick. Es brachte nichts. Unmöglich zu erkennen, um wen es sich bei den Gesichtern, die manchmal halbabgedreht oder im Schatten lagen, handelte. Für das kannte ich mich in Politik und Wirtschaft viel zu schlecht aus. Jedenfalls entdeckte ich weder Perren noch Juri auf einem der Fotos. Nach rund hundert Bildern liess ich es bleiben, obschon ich längst noch nicht alle angeschaut hatte.

Stattdessen fiel mir Katrin Näf ein. Das war die Frau, die das Haus im Kirchenfeld mit Perrens Hilfe an AdFin verkauft hatte. Ihr konnte ich ja ein paar Fragen über Perren stellen, risikolos. Als ich bei Näfs anrief, hatte ich ein Kind am Telefon, die

Mutter war bei der Arbeit. Ich liess mir erklären, wo sie beschäftigt war, sie arbeitete in einer Betonfabrik in der Nähe von Münsingen.

Die Büros der Fabrik befanden sich in einem flachen Gebäude, das an eine Baubaracke erinnerte. Ich fragte nach Katrin Näf, sie war als Kauffrau angestellt, war aber zurzeit nicht im Büro. Ich wurde aufs Gelände geschickt mit ein paar Hinweisen, wo sie zu finden sei. Zwischen Betonröhren, Betonblöcken und Betonwannen lief ich in die angegebene Richtung, verlor aber schon bald die Orientierung. In der Höhe über mir schwebte ein Kran, den ich zuerst gar nicht bemerkt hatte und der riesige Betonteile wie Spielzeugklötze hin und her bewegte. Fasziniert schaute ich zu, wie ein Arbeiter Anweisungen in ein Funkgerät sprach und wie meterlange Betonröhren wie Zündhölzchen nebeneinander auf der Ladefläche eines Sattelschleppers zu liegen kamen. Sobald ein Rohr auf dem Lastwagen lag, lösten Männer mit groben Handschuhen die Eisenketten. Ich hatte schon fast vergessen, weshalb ich hier war, als ein Arbeiter in einem Gabelstapler auf mich zufuhr und mich fragte, ob er helfen könne.

Auch wenn keiner der Männer direkt zu mir her blickte, das Erscheinen einer Frau wurde zur Kenntnis genommen. Mit belustigtem, leicht hämischem Lächeln, was meine Verlorenheit im Gelände anging. Als ich nach Katrin Näf fragte, deutete der Gabelstaplerfahrer nach hinten, rechts hinter dem Wellblechschuppen, meinte er. Ich sah keinen Schuppen, lief aber los. Nach ein paar Metern tauchte ein Gebäude vor mir auf. Ich ging weiter nach rechts, nur um mich kurz darauf wieder im Gelände zu verlieren, eine Steinwüste, in der sich niemand die Mühe machte, die verwitterten oder zerbrochenen Betonelemente wegzuräumen. Ich wollte schon umkehren, als ich eine Frau sah, die mir entgegenkam. Sie passte hierher, mit ihrer festen Statur, dick eingepackt in einen blauen Parka, und einem über die Ohren gezogenen Stirnband. Ich ging auf sie zu und sprach sie an. Bereitwillig blieb sie stehen und streckte mir zum Gruss einen Fäustling entgegen. Ich schätzte sie auf knapp fünfzigjährig, sie hatte eine Stupsnase im braungebrannten, aber schon faltigen Gesicht, ein schwach ausgebildetes Kinn, rot gefärbte Haare. Ich stellte mich vor und erklärte, ihre Tochter habe mir ihre Arbeitsadresse gegeben. Frau Näf nickte freundlich.

«Wenn Sie einen Moment Zeit hätten, würde ich Ihnen gerne ein paar Fragen stellen zu dem Haus im Kirchenfeld. Das Haus, das früher Ihnen gehört hat und das inzwischen vom Historischen Museum benutzt wird.»

Die anfängliche Freundlichkeit war weg.

«Das Haus gehört mir nicht mehr, ich habe es verkauft. Was wollen Sie denn?»

«Ist es richtig, dass Sie es an AdFin verkauft haben? Weshalb an AdFin und welche Rolle spielte dabei die Notariatskanzlei Perren? Wissen Sie, weshalb AdFin das Haus sofort wieder weiterverkauft hat, an die Stadt?»

Sie sah mich fassungslos an.

«Wie Sie ja zu wissen scheinen, habe ich die Angelegenheit Herrn Perren überlassen. Wie kommen Sie dazu, mir diese Fragen zu stellen? Sind Sie Journalistin? Weshalb interessieren Sie sich für das Haus?»

Sie war inzwischen so offen abwehrend, dass ich nichts mehr zu verlieren hatte. Ich probierte es ein weiteres Mal.

«Nein, ich bin nicht Journalistin, mein Interesse ist privat. Ich weiss nicht, ob Ihnen bekannt ist, dass AdFin das Haus kurz nach dem Erwerb an die Stadt verkauft hat, unter seinem Wert. Ich bin nicht Journalistin, aber ich beschäftige mich mit Geldwäscherei und Spekulation. Als ehemalige Besitzerin haben Sie natürlich nichts damit zu tun. Aber es macht ganz den

Anschein, als ob die Geschäfte von AdFin nicht ganz lupenrein seien. AdFin hat das Gebäude gekauft und billig weiter verkauft, ich wüsste gerne, warum. Als normale Geschäftsstrategie macht das keinen Sinn. Deshalb wäre es interessant zu wissen, zu welchem Preis Sie das Haus an AdFin verkauft haben.»

«Das ist meine private Angelegenheit.»

«Der Verkauf wurde über Perren abgewickelt. Wurde Perren Ihnen vom Erbschaftsamt empfohlen, und welche Rolle hat er gespielt? Hat er den Kauf vermittelt? Hat er den Kontakt zu AdFin hergestellt? Wussten Sie, dass Perren im Verwaltungsrat von AdFin sitzt?»

«Ich weiss nicht, wie Sie auf die Idee gekommen sind, zu mir zu kommen. Ich wünsche Ihnen einen schönen Tag», sie drehte sich um und lief davon. Wenigstens fand ich, indem ich ihr in einigem Abstand folgte, problemlos zum Ausgang zurück.

Im Auto dachte ich einen Moment lang nach, das Kinn auf das Lenkrad aufgestützt. Es gab schon gute Gründe für ihre abweisende Reaktion. Nach Geschäften zu fragen, in denen es um Geld ging, war immer heikel. Vielleicht hatte sie dem Steueramt etwas verschwiegen, vielleicht fand sie, zu Recht, dass mich ihre Finanzen nichts angingen. Ich hatte mein Interesse zu wenig gut begründet. Trotzdem war ihre Reaktion übertrieben, gröber als notwendig. Ich hatte das Gefühl, dass ich sie erschreckt hatte, vor allem mit meinen Fragen nach Perren. Ich hob meinen Kopf und wollte losfahren, da bemerkte ich Katrin Näf, die hinter den halb geschlossenen Jalousien ihres Büros stand und mich beobachtete. Sie hielt einen kleinen Papierblock in ihrer Hand und ich hatte den Eindruck, dass sie sich eben gerade meine Autonummer aufgeschrieben hatte. So langsam litt ich unter einem ausgewachsenen Verfolgungswahn.

29

Ich rief Lisa an und fragte, ob sie Neuigkeiten hatte. Sie zog es vor, die Sache nicht von ihrem Büro aus zu besprechen, und mein Anruf war sowieso nicht sonderlich willkommen, wie ich merkte. Trotzdem rief sie wenig später zurück, sie hatte Mittagspause, war ins Freie gegangen und sprach von einer Parkbank aus mit mir. Im Hintergrund hörte ich Kinder spielen. Sie erzählte von einem Treffen in der Bundespolizei und von internen Sitzungen, wollte aber nichts über deren Inhalt berichten. Ohne dass sie es direkt gesagt hätte, begriff ich. MROS sollte sich um die Angelegenheit kümmern und nicht ich. Immerhin hielt sie mich auf dem Laufenden, was den Stick betraf.

«An jener SECO-Tagung, für die die Powerpoint-Präsentation vorbereitet worden ist, hat ein gewisser Grigori Gussew gesprochen. Ich bin dem nachgegangen und siehe da, Herr Gussew ist der Geschäftsführer von AdFin!»

Das wusste ich schon seit langem. Trotzdem, Gussew also. Auf dem bei Juri gefundenen Stick befanden sich persönliche Unterlagen von Grigori Gussew. Ich sah seine hünenhafte Gestalt mit den baumelnden Händen vor mir und daneben Juri, blass, schmal und schmächtig.

«Dann stimmt es vermutlich, dass der Stick gar nicht Juri gehört hat! Ich habe Gussew übrigens einmal getroffen.»

Ich erzählte Lisa von der Vernissage in der Kunstgalerie und von der Begegnung mit dem kahlköpfigen Gussew und dem als superreich geltenden Jaschin.

«Interessant. Aber was ich noch sagen wollte: Dein Juri war auf der Teilnehmerliste, er war tatsächlich ebenfalls an der SECO-Tagung. Nehmen wir einmal an, Gussew liess den Stick liegen und Juri findet ihn. Aus irgendeinem Grund ist dieser Stick für Gussew enorm wichtig.»

«Wegen den Fotos», unterbrach ich sie.

«Ja, ich denke auch an die Fotos. Er will sie unbedingt zurückhaben. Es gibt Aufnahmen, von denen er nicht will, dass sie an die Öffentlichkeit gehen.»

«Man müsste nur wissen welche.»

«Genau. Aber das ergibt dann je nachdem schon ein Motiv. Zum Beispiel diese Serie von Fotos auf einem Schiff. Die berühmte Einladung auf die Privatjacht, wo lukrative Geschäfte abgeschlossen und Vereinbarungen getroffen werden. Zu wissen, wer mit wem verkehrt, liefert noch keine Anklage wegen Geldwäscherei. Aber zu verstehen, wer wen kennt, hilft.»

«Wir könnten uns ja einmal zu zweit dahinter setzen», schlug ich ihr vor.

Lisa überging meinen Vorschlag.

Ich wollte wissen, was sie über Perren in Erfahrung gebracht hatte. Sie zögerte einen Moment, beantwortete dann aber meine Frage. Perren, obschon Notar und als solcher unter der Aufsicht der Justizdirektion, war mit seinen Geschäften unter Insidern schon ins Gerede gekommen. Nichts wirklich Irreguläres, nachgewiesen wurde ihm nie etwas. Und die Skandale in Leukerbad hatten sich allesamt vor seiner Zeit abgespielt.

Ich fragte Lisa, wie es nun weitergehe mit den Fotos und ob sich in ihrem Amt jemand damit beschäftige. Eine Moment lang war es still im Hörer, dann war Lisa wieder da, sie klang, als würde sie am Telefon vorbeireden. Die ausweichenden Phrasen, die folgten, kamen von weit weg und waren kaum hörbar.

«Wir müssen noch klären, wie das bei uns jetzt aussieht, aber natürlich, die zuständigen Stellen werden sich darum kümmern. Oder traust du das den Schweizer Behörden nicht zu?»

Den letzten Satz gab sie laut und provokativ von sich.

«Ja gibt es denn noch jemanden, ausser dir, der die Sache ernst nimmt? Ich meine, wird wirklich etwas passieren?»

Ich hörte, wie Lisa, die das Telefon vermutlich zur Seite gelegt hatte, den spielenden Kindern etwas zurief, Gelächter von allen Seiten folgte. Sie nahm den Hörer wieder auf.

«Entschuldige, sie schmeissen mir hier grad Bälle an den Kopf. So, jetzt reicht es wirklich», richtete sie sich noch einmal an die Kinder, «Du, du hast doch vorhin etwas gesagt zu Perren und AdFin? Dass der Kauf über Perren lief, oder wie war das?»

Das Geschrei im Hintergrund war einen Moment lang wirklich etwas lauter geworden, aber mir war trotzdem klar, Lisa wich aus. Sie wollte mich draussen haben.

Gleichwohl erzählte ich ihr von Perrens Verbindung zum Erbschaftsamt und dass seine Kanzlei den Verkauf einer Liegenschaft aus einem Erbschaftsfall an AdFin abgewickelt hatte. Dass ich mich fragte, weshalb AdFin das Haus gekauft und kurz darauf zu einem schlechten Preis wieder veräussert hatte, diesmal an die Stadt. Für das Erbschaftsamt interessierte sich Lisa nicht, aber für den Liegenschaftskauf hatte sie eine Erklärung.

«Das kann schon Sinn machen. Nehmen wir an, die Besitzerin, Katrin Näf, sagst du, akzeptierte eine Verkaufssumme in Bargeld, in Dollars zum Beispiel. Bei den momentanen Wechselkursen keine gute Idee, aber es ist ja ihre Sache, zu welchen Bedingungen sie das Haus verkauft, sie kann's ja auch verschenken, wenn sie will. Sie jedenfalls wird nicht fragen, woher das Geld kommt, wenn es genug ist, und Barkäufe sind nicht verboten. Anschliessend verkauft AdFin das Gebäude dann wieder und kommt zu sauberem Geld. Weisst du, heute ist es schwierig geworden, über Banken Geld zu waschen. Es läuft immer mehr über Anwälte oder Treuhänder, die sind nämlich noch viel zu wenig eingebunden in den Kampf gegen Geldwäscherei. Trotzdem ...»

Lisa war verstummt und schien zu überlegen.

«Sehr plausibel ist das nicht. Weil eine solche Transaktion

nicht ganz einfach wäre, nicht für eine ausländische Gesellschaft. Es wäre aufwendig. Laut BewG, Lex Koller, okay, das ist ziemlich durchlöchert. Für eine Geschäftsliegenschaft braucht es keine Bewilligung. Aber der ganze Aufwand mit Grundbuch und Steuern und alles. Ich meine, machbar ist es, mit Hilfe eines guten Anwalts, aber es klingt kompliziert und riskant. Schon wegen der Stadt als Käuferin.»

Lisa überlegte wieder.

«Üblicher wäre es, dass sie die Liegenschaft behalten, mindestens eine Zeit lang. Nur wenn du sagst, dass sich die Stadt für das Haus interessiert hat und die Zeitungen darüber schrieben? Vielleicht haben sie kalte Füsse bekommen und wollten das Haus wieder loswerden.»

«Also ein Versuch, Geld zu waschen?»

«Genau. Und hast du vorhin nicht gesagt, dass du Gussew in einer Galerie getroffen hast? Der Ankauf von Kunst oder generell Barkäufe von Luxusobjekten sind nämlich bestens geeignet, um Geld zu waschen. Der Käufer wird sein schmutziges Bargeld los, kann das Objekt später verkaufen und kommt so zu legalem Geld. Das ist die einfache Variante, aber es gibt auch noch raffiniertere Spielarten.»

«Die wie funktionieren?» Wenigstens in dieser Hinsicht wollte ich von Lisa profitieren.

«Man organisiert Scheinkäufe, bei denen ein eigentlich wertloser Gegenstand übertrieben teuer versteigert wird. Der Verkäufer gibt dem vermeintlichen Bieter vor der Versteigerung Schwarzgeld, durch die Scheinversteigerung kriegt er es als sauber verbuchten Erlös zurück.»

«Kein Wunder, kann man ihnen nie etwas nachweisen.»

«Aber oft läuft es immer noch ganz klassisch ab. Das Geld wird mit Kurieren ins Land geschmuggelt. Einmal im Land, bedienen sich die Geldwäscher kleiner Tricks, zum Beispiel benützen sie unverdächtige Privatpersonen, die das Geld in Tranchen auf Bankkonten deponieren und dafür eine Provision erhalten. Man nennt das Platzieren.»

Ich dachte natürlich sofort an Juri. Oder an das Geld in meiner Tasche. Das vielleicht jetzt auf irgendeinem Bankkonto hätte liegen sollen. Nehmen wir an, Juri hatte die Hunderttausend entgegengenommen, mit der Verpflichtung, sie zu platzieren. Und tat das dann nicht. Vermutlich ein Grund für einen Mord.

30

Kaum war ich aufgestanden, läutete das Telefon, auf dem Festnetz. Es war kurz nach acht, und ein freundlicher Herr der Kantonspolizei Bern fragte, ob es mir möglich sei, heute Vormittag vorbeizukommen. Ich geriet in Panik, sagte aber zu. Wenn sie mich nach dem Geld fragten, musste ich alles abstreiten. Nicht alles, Rosa wusste, dass ich einen Blick in Juris Badekästchen geworfen hatte. Aber ich hatte dort keinen Umschlag gesehen. Da war kein Umschlag gewesen. Kein Umschlag. Nur Badeutensilien und zwei Kulturbeutel, in die ich nicht hineingeschaut hatte.

Als ich mich zwei Stunden später am Empfangsschalter meldete, war ich nervös. Ein junger Mann in Zivil holte mich ab und führte mich in ein oberes Stockwerk. Ich betrat einen grossen Raum mit mehreren Schreibtischen, die teilweise unbesetzt waren. Ein Mann im hinteren Teil des Raumes stand auf, kam um seinen Tisch herum und begrüsste mich mit Händeschütteln. Er stellte sich vor, aber ich war zu aufgeregt, um mir seinen Namen zu merken.

Ein Stuhl wurde gebracht, und ich nahm auf der anderen Seite des Schreibtisches Platz, neben dem jungen Polizisten in Zivil. Die Regenjacke, die ich hinter mir über die Stuhllehne gehängt hatte, rutschte zu Boden, und hastig griff ich nach ihr. Ich benahm mich fahrig. Der ältere Mann hinter dem Schreibtisch sah mir lächelnd zu und bedankte sich äusserst freundlich für mein Kommen. Ich bemühte mich, meine Aufgeregtheit zu kontrollieren.

«Es haben sich im Fall Juri Salnikow ein paar Neuigkeiten ergeben. Wie Sie ja sicher wissen, ist Juri Salnikow ein paar Tage nach dem Einbruch in seine Wohnung in Leukerbad gestorben, unter etwas aussergewöhnlichen Umständen. Unsere

Kollegen im Wallis haben in der Sache ermittelt. Ihre Untersuchungen haben bisher nicht viel ergeben, aber jetzt haben wir eine neue Aussage.»

An der Stelle musste ich lauter schlucken, als es mir lieb war. Der Mann war mit seiner eigenen Rede beschäftigt gewesen, aber seinem jungen Kollegen entging es nicht.

«Der Bademeister, der in der Todesnacht im Bad war, ein Alexandre Pereira, hat sich zu einer Aussage entschlossen.»

«Ich kenne Herrn Pereira, ich habe einmal mit ihm gesprochen», meldete ich mich zu Wort. Ich wollte kooperativ wirken. Während ich jeden Moment auf ihre Frage nach dem Geld wartete.

«Ach ja. Eben. Herr Pereira hatte bisher ausgesagt, Juri Salnikow kaum gekannt zu haben. Das war nun doch anders. Offensichtlich haben sich die beiden einige Tage vor Salnikows Tod kennengelernt und sich in der Folge einige Male getroffen. Und Salnikow hat Alexandre Pereira ein paar Sachen erzählt, die uns weiterbringen könnten. Übrigens, haben Sie den Datenträger mitgebracht?»

Er meinte den USB-Stick. Ich war heute früh am Telefon darum gebeten worden, ihn mitzubringen. Ricklin hatte begriffen, dass eine Verwechslung vorlag, und ich hatte den Irrtum bestätigt.

«Selbstverständlich», sagte ich und legte den Stick auf den Schreibtisch. Lisa hatte eine Kopie.

«Wir haben nur ein paar Fragen an Sie. Wir möchten mit Ihrer Hilfe die Aussagen von Herrn Pereira überprüfen und vielleicht vervollständigen», fuhr der Polizist weiter.

Dann begann er mich auszufragen, freundlich und sachlich, dazu machte er sich von Hand Notizen, aufgenommen wurde das Gespräch nicht.

«Seit wann war Salnikow Ihres Wissens verschwunden?»

«Ein paar Tage vor dem Einbruch habe ich zum letzten Mal

mit ihm gesprochen. Ob er später noch in seiner Wohnung war, kann ich nicht sagen. Aufgefallen ist mir sein Verschwinden erst nach dem Einbruch.»

«Kurz darauf wurde ja auch in Ihre Wohnung eingebrochen. Sie haben angegeben, dass ein Koffer gestohlen wurde, der Salnikow gehörte?»

«Ja. Aber ich weiss selber nicht recht, warum der Koffer bei mir war. Ich habe ihn zufällig in meiner Abstellkammer entdeckt. Ich weiss nicht, wie er dorthin gekommen ist. Plötzlich stand da ein fremder Koffer, und er hatte ein Adressschild mit Juris Namen dran. Ich habe ihn in meine Wohnung genommen und später geöffnet. Weil ich nicht wusste, weshalb Juri ihn bei mir abgestellt hatte und was er enthielt. Juri war damals schon verschwunden, und ich machte mir Sorgen um ihn.»

Der Mann las mir die Liste vor, die ich über den Inhalt des Koffers verfasst und der Polizei übergeben hatte. Ich bestätigte ihre Vollständigkeit.

«Und dieser Datenträger hier befand sich ebenfalls in diesem Koffer?»

«Genau.»

«Wissen Sie, weshalb Juri Salnikow nach Leukerbad gefahren ist? Hatte er dort Bekannte, Kontakte?»

«Nicht, dass ich wüsste. Ich habe dafür keine Erklärung.»

In meinem Rücken herrschte ein gedämpftes, aber unruhiges Treiben, auch an anderen Schreibtischen wurde gesprochen und telefoniert. Unser Gespräch schien die übrigen Personen im Raum weder zu interessieren noch zu stören. Der Polizist, der mich befragte, wollte nun noch mehr wissen über Juris Privatleben, mit wem er verkehrte und womit er sich beschäftigt hatte. Ich gab Auskunft, so gut ich konnte.

«Der Pereira sollte eigentlich noch im Haus sein, oder?», wandte sich mein Gegenüber plötzlich an seinen Kollegen, den jungen Polizisten.

«Soviel ich weiss, ist er in der Kantine. Zumindest haben wir ihn gebeten, noch dort zu warten.»

«Es wäre vielleicht gut, wenn er auch dabei wäre.»

Der jüngere Polizist verstand den Hinweis und stand auf, um Pereira zu holen. Ich war erstaunt, dass er in der Kantine sass, ich hatte ihn in einer Zelle vermutet. Der andere Polizist erhob sich ebenfalls und entschuldigte sich. Ich blieb alleine sitzen und wartete. Der Raum hinter mir schien sich geleert zu haben. Jemand hatte in meinem Rücken ein Fenster geöffnet, der Luftzug störte mich, aber ich blieb sitzen und unternahm nichts. Ich dachte über den Verlauf des Gesprächs nach, gespannt auf Pereiras Aussagen, und ich fragte mich, was jetzt noch kam. Durch das offene Fenster drangen die Geräusche einer Baustelle. Plötzlich, während ich über die Fragen nachdachte, die mir gestellt worden waren, wurde mir klar, dass die Polizei gar nicht wusste, dass ich in Leukerbad gewesen war. Sie hatten mir nur Fragen zu Juri und zu seinem Koffer gestellt. Zum ersten Mal seit heute Morgen entspannte ich mich.

Es vergingen mindestens zwanzig Minuten, bis sie zurückkamen, dafür waren sie dann gleich zu dritt. Pereira sah schlecht aus. Wir begrüssten uns, und ich entschuldigte mich für den überstürzten Abgang nach der Beerdigung.

«Ich möchte zusammenfassen, was wir bis jetzt wissen. Vielleicht fällt einem von Ihnen noch etwas ein, was wichtig sein könnte. Das wäre der Sinn dieses Gespräches», nahm der ältere Polizist den Faden wieder auf.

Er wandte sich an mich. Inzwischen konnte ich entspannt zurückblicken.

«Herr Pereira hat sich, wie gesagt, einige Male in Leukerbad mit Juri Salnikow getroffen. Sie können mich jederzeit ergänzen oder korrigieren, Herr Pereira. Gemäss Ihrer letzten Aussage hatten Sie das Gefühl, dass Salnikow Angst hatte. Kurz vor seinem Tod hat er Ihnen erzählt, weshalb er in Leukerbad war. Gewisse Leute, über die er leider nichts Näheres sagte, hatten ihn nach Leukerbad bestellt. Es handelt sich um Personen aus Russland, so viel wissen wir. Und Sie hatten den Eindruck, dass er sich von diesen Personen bedroht fühlte. Er hat gesagt, er besitze etwas, was diesen Leuten wichtig sei. Stimmt das so?»

Pereira nickte und übernahm.

«Erzählt hat er das Folgende: Zwei Russen haben ihn in Bern vor der Uni abgefangen und bedroht. Aber Juri konnte abhauen. Nach diesem Ereignis ging er zuerst nach Hause, hat er gesagt. Aber er hatte Angst. Ihm war klar, wenn sie zur Uni kamen, würden sie auch bei ihm zu Hause auftauchen. Deshalb wollte er sich eine Zeit lang verstecken. Er ging nach Zürich, zu einem Bekannten. Bis sie dort anriefen, auf dem Festnetzanschluss der Wohnung des Bekannten. Juri hatte keine Ahnung, woher sie wussten, dass er dort war. Das hat ihn sehr beschäftigt, dass sie so gut informiert waren. Sie haben ihn aufgefordert, nach Leukerbad zu kommen. Und Juri ist, wie verlangt, gefahren. Weil er gar nicht wusste, was er sonst tun sollte.»

Pereira sprach so schnell, dass ich befürchtete, er würde ins Portugiesische abrutschen. Ich musste mir Mühe geben, alles mitzukriegen.

«Juri hat mir nie gesagt, hinter was sie her waren. Sie haben seine Wohnung durchsucht. Das haben sie ihm erzählt, und er wusste auch, dass sie nichts gefunden haben. So war die Situation, als mir Juri zum ersten Mal davon erzählt hat. Er sagte, er würde ihnen geben, was sie haben wollten, damit er wieder Ruhe habe. Nur hatte er das, was sie wollten, gar nicht bei sich, er musste es in Bern holen gehen, sagte er.»

«Und dann? Hat er später noch einmal davon gesprochen?», ermunterte ihn der ältere Polizist.

«Juri ist gemeinsam mit diesen Leuten nach Bern gefahren. Weil sie das so wollten. Als er zurückkam, war er verängstigt. Er hatte ihnen das Gewünschte nicht geben können, er fand es nicht mehr. Er hatte es in einem Koffer versteckt. Der Koffer war noch da, aber das Gesuchte nicht drin. Juri war sehr beunruhigt. Die anderen haben natürlich geglaubt, er führe sie an der Nase herum. Juri hatte noch Hoffnung, dass er das Ding, was immer es denn nun war, wieder finden würde. Er sagte, er habe eine Vermutung. Aber damals hatte er Angst. Und später war er tot.»

«Moment», intervenierte ich. Mir war einiges klar geworden, aber ich brauchte noch Zeit. Nicht zuletzt wegen der Erkenntnis, dass ich Juris Tod mitverschuldet hatte. Weil ich den USB-Stick aus dem Koffer genommen hatte.

«Moment.»

Ich schwieg und die anderen warteten.

«Also, dann war das so. Juri hatte etwas, was sie unbedingt zurückhaben wollten. Diesen Stick hier.» Ich zeigte auf den Datenträger, der mittlerweile in einer Klarsichtmappe verstaut auf dem Schreibtisch lag. «Unter anderem sind Fotos drauf und der Stick hat nicht Juri gehört. Der Besitzer des Sticks wollte ihn so dringend zurück, dass er Juri bedrohte.»

Ich machte eine Pause.

«Juri versteckt den Stick in einem Koffer, den er in meine Abstellkammer stellt. Wo ich fast nie hineinschaue und wo er selbst jederzeit Zugang hat, weil sie ausserhalb der Wohnung liegt und unverschlossen ist. Dann taucht er unter, geht nach Zürich. Kurz darauf wird seine Wohnung auseinandergenommen. Aber sie finden den Stick nicht. Sie machen Juri in Zürich ausfindig, wie auch immer, und holen ihn nach Leukerbad. Sie setzen ihn unter Druck. Er willigt ein, den Stick zu übergeben, aber er muss ihn holen gehen. Juri kommt also, begleitet von ihnen, selbst nach Bern. Während ich nicht da bin. Er will den Koffer aus der Abstellkammer nehmen, aber der ist weg. Juri sagt sich, dass ich den Koffer vielleicht in meine Wohnung hineingestellt habe, was ja auch der Fall war. Ich glaube», ich versuchte mich zu erinnern, «ich glaube, Juri hatte sogar einen Schlüssel zu meiner Wohnung. Jedenfalls, jemand im Haus muss noch einen haben. Ich habe da den Überblick verloren, aber ich glaube, Juri hat vor ein paar Monaten zu meinen Pflanzen geschaut und mir den Schlüssel nie zurückgegeben. Das würde auch erklären, wie sie in meine Wohnung kamen ohne Einbruchspuren an der Tür. Juri und die Männer finden den Koffer, nur ist ausgerechnet der Stick nicht mehr drin. Sie durchsuchen meine Wohnung, diskret, ich soll ja nichts merken, und sie schauen sich meinen Computer an. Dann gehen sie wieder. Die anderen dachten nun sicher, dass Juri sie betrügen wollte. So muss es gewesen sein. In der nächsten Nacht ist er gestorben.»

Hier endete ich. Ich hatte verstanden. Und es war hart. Juri war tot, weil ich mich eingemischt hatte.

«Es gibt noch etwas. Ich habe am Tag, nachdem sie in meiner Wohnung waren, von Juri eine Ansichtskarte aus Leukerbad erhalten, mit der Bitte, sofort zu kommen. Aus irgendeinem Grund hat er es nicht gewagt, zu telefonieren, oder sie liessen es nicht zu. Oder er wollte mich nicht unnötig in etwas hineinziehen. Vielleicht ist es ihm gelungen, die Karte hinter ihrem Rücken zu schreiben. Sicher wollte er mich fragen, wo der Stick sei. Der Stick war bei mir zu Hause, in meiner Jeans. Ich hätte ihn ihm jederzeit bringen können.»

«Und, sind Sie gefahren?», fragte mich der Polizist.

«Ja, ich kam am Morgen nach Juris Tod an.»

Nur den Besuch im Bad, den wollte ich weiter verschweigen. Er war auch nicht wesentlich. Was ich sonst beisteuern konnte, wollte ich jetzt sagen. Seit ich das Gefühl hatte, an Juris Tod mitschuldig zu sein, fühlte es sich gut an, dass die Polizei ermittelte. Professionell ermittelte.

«Ich habe mir übrigens diesen USB-Stick angeschaut», fuhr

ich weiter, «ich nehme an, er gehört einem Grigori Gussew, dem Geschäftsführer von AdFin, einer russischen Firma in Bern. Juri hat an einer Tagung teilgenommen, an der Gussew einen Vortrag hielt. Vielleicht ist der Stick am Tagungsort liegengeblieben, und Juri hat ihn gefunden. Neben ein paar anderen Dokumenten sind auf dem Stick sehr viele Fotos gespeichert. Gut möglich, dass sich etwas darunter befindet, was Grigori Gussew oder sonst jemanden in Verlegenheit bringen kann. Sei es, dass es sich um Frauengeschichten handelt oder um Geschäftsverbindungen, die nicht bekannt werden sollten.»

Der Polizist hinter dem Schreibtisch sah mich verblüfft, aber auch sehr skeptisch an. Bisher hatte er vieles mitgeschrieben und nun mir fiel auf, dass er weder den Namen von AdFin noch den von Gussew notierte. Dabei hatte ich ihm doch gerade einen konkreten Hinweis gegeben, wer «diese Leute» waren.

«Bisher handelt es sich um Vermutungen, um eine mögliche Theorie, dass der Datenträger hier das gesuchte Objekt war», brachte er sofort ein.

«Ja, sicher.»

Aus den Augenwinkeln nahm ich wahr, dass der jüngere Polizist die Namen notierte und ich gab mich zufrieden.

«Dann noch Folgendes», ich sprach zu Pereira, «der Tramper, der Sie im Bad abgelenkt hat, ich habe mit ihm gesprochen. Er ist zu Juris Beerdigung gekommen», sagte ich erklärend zu den Polizisten, um Rückfragen über dieses Treffen vorzubeugen.

«Dieser Tramper, Thomas Dubach ist sein Name, hat im Bad etwas gesehen. Als er rausging, sah er zwei Männer, allerdings nur von weitem und nur von hinten. Dubach hat mir auch gesagt, dass er damit beauftragt war, sie abzulenken. Sie sollten nicht merken, was im Bad läuft. Beauftragt von Lothar Perren, einem Rechtsanwalt aus Leukerbad, der seinerseits im Verwaltungsrat von AdFin sitzt. Von AdFin, der Firma von Grigori Gussew», schloss ich.

Alle Augen waren auf mich gerichtet. Nach einer kurzen Pause wandte sich der Polizist, der das Gespräch leitete, an Pereira.

«Danke. Das sind wichtige Informationen. Können Sie uns sagen, wo wir diesen Dubach erreichen können?»

«Ich wusste doch nicht einmal, wie er heisst. Er ist damals aus dem Nichts im Bad aufgetaucht und wieder verschwunden. Nur bei der Beerdigung, ja, da habe ich ihn noch einmal von weitem gesehen.»

Zum ersten Mal mischte sich der jüngere Polizist ins Gespräch ein. Mit einem Lächeln um die Augen, wie mir schien, wandte er sich an mich.

«Hat dieser Herr Dubach noch mehr gesagt? Wissen Sie, wo wir ihn erreichen können?»

«Thomas Dubach ist aus Leuk. Zurzeit ist er in Frankreich, aber ich glaube, ich kann mit ihm in Kontakt treten. Ich werde das von zu Hause aus sofort versuchen, und ich werde ihm sagen, er soll sich hier melden.»

Ich wollte unbedingt zuerst selbst mit Dubach sprechen und ihn bitten, über die Art und Weise unserer Begegnung zu schweigen. Mindestens, was die Kabelbinder und die Pistole anging. Notfalls gegen Bezahlung.

«Thomas Dubach hatte Angst, eine Aussage zu machen. Ich hoffe, er ist jetzt dazu bereit», fügte ich noch an.

«Ja, das kennen wir, das hatten wir schon», antwortete der Polizist hinter dem Schreibtisch, mit einem Nicken zu Alexandre Pereira.

In dem Moment tauchte Stefan Ricklins Kopf in der Tür auf.

«Ach, es gibt Neues im Fall Salnikow. Ich habe davon gehört», meinte er. Er kam rasch herein, begrüsste mich mit einem Händedruck, dem Rest der Runde widmete er ein Kopfnicken.

«Sie arbeiten nicht mehr an dem Fall?»

«Der Einbruch, die Einbrüche scheinen in dem Fall nur ein Nebenschauplatz gewesen zu sein. Der Fall ist jetzt bei Herrn Kummer», er wies mit dem Kinn auf seinen Kollegen hinter dem Schreibtisch. Worauf er, so schnell wie er aufgetaucht war, wieder verschwand.

Was folgte, war Geplänkel, die Polizisten bedankten sich bei uns für unsere Mitarbeit.

«Sie haben uns sehr geholfen», meinte der jüngere Polizist zu mir, als wir die Stühle zurückschoben und aufstanden. Wir wurden hinausgeleitet. Auf dem Weg zur Tür bemerkte ich, dass an einem Schreibtisch jemand damit beschäftigt war, sich die Fotos anzusehen. Professionell und mit Hilfe von für die Personenidentifikation entwickelten Programmen, so hoffte ich.

Ich ging geradewegs in mein Büro, wo ich seit vielen Tagen nicht mehr gewesen war. Ich setzte mich, an die Wand gelehnt, auf die Kleider, die ich für Lisas Besuch aufgeschichtet hatte, und rief sie an. Als ich ihr von dem Gespräch bei der Polizei berichtete, reagierte sie enttäuscht. Davon war ich etwas überrascht. Ich beschrieb ihr, wie eine Polizeibeamtin die Fotos analysierte, sicher mit Hilfsmitteln, die mir nicht zur Verfügung standen. Falls ich Lisas Reaktion richtig deutete, zweifelte sie daran, dass die Kantonspolizei mit MROS zusammenarbeiten würde. Das war aber nur eine Vermutung meinerseits, natürlich äusserte sie sich nicht dazu.

Ich bat sie, für mich eine Kopie des Sticks anzufertigen, weil ich mein Exemplar der Polizei überlassen hatte. Lisa druckste herum, sagte zuerst, sie habe ihn bereits weitergegeben, dann sprach sie von Persönlichkeitsschutz und schliesslich von meiner Sicherheit. Mit anderen Worten, sie weigerte sich, den Stick herauszurücken.

Ich war sauer. Das ging zu weit. Dass sie mich nicht in Amtsgeheimnisse einweihen wollte, war eine Sache. Aber ihre Kopie des Sticks, die hatte sie von mir. Und ich hatte den Datenträger nirgendwo gestohlen, Juri hatte ihn bei mir gelassen, er war sozusagen mein Eigentum. Das sagte ich ihr, und dann beendeten wir das Telefon. Ziemlich abrupt.

Wenigstens erreichte ich Thomas Dubach auf Anhieb unter der französischen Nummer, die er mir gegeben hatte. Er klang verladen, versprach mir aber hoch und heilig, niemandem von meiner Aktion zu erzählen. Gegen tausend Franken, die ich ihm geben würde, wenn er nach Bern kam, um eine Aussage zu machen. Und tausend Franken, wenn der Fall abgeschlossen war, und er immer noch über die Art unserer Begegnung geschwiegen hatte. Ausserdem musste ich ihm natürlich die Reise nach Bern und zurück nach Frankreich bezahlen.

Ich starrte auf die Kartonschachtel mit Notebook in der Mitte des Zimmers. Der Raum war immer noch wenig einladend. Vor allem war er nach wie vor unmöbliert.

Bis zum nächsten Möbelgeschäft war es nicht weit. Dort schöpfte ich aus dem Vollen. Ein Schreibtisch aus Metall mit abschliessbaren Schubladen, ein bequemer Bürostuhl, ein Sessel für Besucher, ein verschliessbarer Aktenschrank, Lampen. Ein kleines Möbel für das Badezimmer, Rollos für die Fenster, eine Espressomaschine. Ich war nicht wählerisch, und die Verkäufer waren dementsprechend begeistert. Sie versprachen, den Schreibtisch und die Lampen noch am gleichen Tag zu liefern. Ungeduldig, wie ich war, schleppte ich aber das meiste selbst in mein Büro, insgesamt ging ich viermal vom Büro ins Möbelgeschäft und zurück. So klein der Raum war, es machte mir Spass, ihn einzurichten, und das Zusammensetzen der Möbel war ein kleineres Problem als befürchtet.

Allerdings war das Zimmer nach meiner Aktion ziemlich vollgepfercht, und das noch ohne Schreibtisch. Die Kleider hatte ich an die Schnur, die vom Fensterrahmen zur Toilettentür gespannt war, zurückgehängt, denn für einen Kleiderschrank war der Raum definitiv zu klein. Danach musste ich mich wieder jedes Mal bücken, wenn ich zum Fenster wollte. Ich machte mir mit der neuen Espressomaschine einen Kaffee, setzte mich, die Tasse in der Hand, auf den Bürosessel und stellte mir vor, wie ich die Füsse auf den Schreibtisch legen würde.

Der Polizei und MROS würde es gelingen, die Geschäfte von Perren und AdFin aufzudecken und zu klären, weshalb sie Juri getötet hatten. Die Fotos waren der Schlüssel dazu, und ich hatte Hilfe bekommen. Auf Lisa war ich wütend wegen dem Stick, aber insgesamt spürte ich eine riesige Erleichterung. Schluss mit dem Beschatten von Perren, mit den ergebnislosen Gesprächen auf dem Erbschaftsamt, mit der arroganten Frau Näf. Der Polizei mussten all diese Leute Auskunft geben, selbst Perren und Gussew. Was für mich blieb, war herauszufinden, ob Tobias Bucher sich wirklich selbst umgebracht hatte. Ob es nicht doch eine Verbindung zu ihm gab. Davon hatte ich der Polizei nichts erzählt. Natürlich wusste ich, dass ich dafür kein möbliertes Büro benötigte. Für den Raum, endlich eingerichtet, würde mir später etwas einfallen. Wie auch für mein Leben. Bisher war mir nämlich immer etwas eingefallen. Wenig später klopfte es an der Tür, und der Schreibtisch wurde geliefert.

31

Am Samstagvormittag holte ich Bettina ab. Wir fuhren ins Berner Oberland, um uns gemeinsam die Brücke anzuschauen, von der Tobias gestürzt war. In Wimmis, kurz nach einer Unterführung beim Dorfeingang, liessen wir das Auto stehen.

Der Tag war sonnig, aber in der Nacht hatte es Frost gegeben, an schattigen Stellen fanden wir von Eis bedeckte Pfützen. Wir gingen auf einem asphaltierten Strässchen über offene Felder, geradeaus auf einen kleinen Forst zu, wo ich den Fluss und die Brücke vermutete. Bettina gab die Richtung vor, ich folgte. Die Luft roch nach Holzfeuer, irgendwo waren Waldarbeiter damit beschäftigt, Bäume zu fällen, eine Motorsäge kreischte in der Stille. Als wir den Wald erreichten, sah ich, dass der Weg in einer grossen Schleife hinunter zur Brücke führte. Bettina blieb zögernd stehen, ich wartete auf sie. Von ferne hörte ich die Geräusche der Schnellstrasse auf der anderen Talseite. Kunstvoll geschmiedete Strassenlaternen, die besser in einen Kurpark als in den Wald gepasst hätten, säumten den Weg. Sie sollten wohl Sicherheit vermitteln, aber ich fand sie unheimlich. Weshalb Lampen mitten in einem Wald, in dem nachts niemand spazierte. Als ob hier früher einmal eine Untat geschehen wäre. Die geeignete Kulisse für einen Mord. Ich wartete. Bettina kam nicht.

Bettina wollte offensichtlich nicht weiter, nicht hinunter zur Brücke. Sie hatte sich umgedreht und ging langsam den Feldweg entlang zurück. Ich kehrte ebenfalls um. Weiter oben bog Bettina in eine schmale Strasse, die parallel zur Kander flussabwärts verlief. Ich holte auf und lief neben ihr her. Wir hatten schon im Auto wenig gesprochen. Vermutlich dachte sie jetzt daran, dass hier irgendwo ihr Bruder umgebracht worden war. Ihre Schritte hallten auf dem Asphalt, und sie zog alle paar Sekunden ihre Nase hoch. Auch ich musste mich schnäuzen, es war kalt.

Nach ein paar hundert Metern landeten wir vor einem weitläufigen Werksgelände, das mit einem hohen Gitterzaun und Stacheldraht umgeben war. Öffentlich zugänglich war nur der grosse Parkplatz, eine Barriere verwehrte den Zutritt auf das Grundstück. Ich fragte mich, was hier produziert wurde und weshalb sich die Fabrik so gut gegen Eindringlinge wappnete.

Bettina bog ein zweites Mal nach links ab, noch weiter weg von der Brücke, die ich doch eigentlich mit ihr besuchen wollte. Ich wagte es nicht, sie darauf anzusprechen. Über uns zogen laut lärmend zwei Militärflugzeuge in Richtung schneebedeckte Berge. Eine Schrebergartensiedlung lag links am Weg, wir gingen daran vorbei, und ich besah mir die Häuschen. Bettina wies mit der Hand auf einen zurechtgestutzten Kegel aus Buchsbaum, in der Mitte einer Rasenfläche in Taschentuchformat.

«Da will sich einer mit Versailles messen.»

Sie lachte dünn über ihren eigenen Witz. Ich sagte nichts.

Wir gingen längere Zeit in die gleiche Richtung weiter, die schmale Strasse wurde schliesslich zu einem Feldweg, der hier parallel zur Autobahn verlief. Neben uns brausten in hohem Tempo Autos vorbei und machten mich nervös. Ich wusste nicht, was Bettina hier wollte. Nach ein paar hundert Metern bog der Weg abrupt ab und führte unter die Autobahn. Aus der Helligkeit kommend, musste ich mich an die Dämmerung gewöhnen. Wir befanden uns auf einem Fussgängersteg unter einer Autobahnbrücke, über unseren Köpfen rumpelten die Fahrzeuge. Ein schmaler, bis oben hin vergitterter Steg führte zwischen zwei Brückenpfeilern über einen kleinen Fluss, der kaum Wasser führte. Ich wusste weder, wie der Fluss hiess, noch, wo ich mich befand. Ich schrak auf, als plötzlich ein Zug vorbeirauschte, die nebenan gelegene Eisenbahnbrücke hatte ich gar nicht bemerkt. Diesmal ergriff ich die Initiative, ich ging langsam zurück auf den Feldweg, über den wir gekommen waren.

«Was war denn das für ein Fluss?», fragte ich Bettina, als sie wieder neben mir ging, und wir uns den ersten Einfamilienhäusern von Wimmis näherten.

Sie sah mich überrascht an: «Die Kander.»

«Aber die ist doch dort drüben?», ich zeigte mit der Hand in Richtung Forst und Brücke, zu der Bettina nicht hingewollt hatte.

«Nein, das ist die Simme.»

«Aber Tobias ist doch von der Kanderbrücke …?»

Gestürzt, gestossen worden, ich wagte weder das eine noch das andere auszusprechen, und beides machte keinen Sinn. Die Distanz vom unter der Autobahn gelegenen Steg zum seichten Fluss, der nun offenbar die Kander gewesen war, reichte nicht aus für einen tödlichen Sturz. Ausserdem war der Steg bis oben hin vergittert.

«Nicht hier. Weiter unten. Nach dem Zusammenfluss von Kander und Simme.»

Bettina zeichnete mit einem Stöckchen in den sandigen Boden.

«Hier ist die Simme, hier die Kander. Über die Simme führt eine Holzbrücke, dort oben im Wäldchen, wo wir zuerst waren. Hier kommst du über den schmalen Steg unter der Autobahnbrücke über die Kander. Jetzt sind wir hier, zwischen den beiden. Da unten», sie wies, ohne sich umzudrehen mit dem Arm hinter sich und wirkte dabei sehr sachlich, «fliessen die beiden zusammen. Noch weiter unten ist die Brücke, unter der Tobias gefunden wurde.»

Und was machen wir dann hier? Fragte ich nur mich. Es war mein Vorschlag gewesen, nach Wimmis zu fahren. Weil ich die ganze Zeit über eine falsche Brücke im Kopf gehabt hatte. Sie hatte mir nicht widersprochen. Ich blickte um mich. Ein monotones Hämmern drang von den Schrebergärten herüber, jemand war daran, seinen Garten wintersicher zu machen.

«Du denkst, er ist gar nicht bis hierher gekommen?», fragte ich. «Weisst du, was das eigentlich für eine Fabrik ist?» Zwei Fragen auf einmal. Wir hatten lange geschwiegen.

«Ich nehme an, die Nitrochemie. Eine Waffenfabrik», antwortete sie. Kein Wunder, liess sich das Gelände nicht so einfach betreten. «Und nein, ich glaube nicht, dass Tobias bis hierher kam. Er starb weiter unten.»

Sie beugte sich noch einmal über ihre Zeichnung im Sand.

«Hier ist die Brücke unter der Autobahn, wo wir eben gerade waren. Wenn wir weitergegangen wären, käme man in einen Wald, dann zu Sportplätzen. Dort im Wald waren die Spaziergänger, die Schreie gehört haben, oder einen Streit. Wir sind nicht so weit gekommen. Ich habe mir das alles im Google genau angesehen. Wegen dem Streit habe ich mir überlegt, ob es möglich wäre, dass Tobias von diesem Steg hier unter der Autobahn gestossen wurde. Und dass ihn dann das Wasser bis zur nächsten Brücke getragen hat. Dann hätte womöglich der Streit, der hier im Wald gehört wurde, doch etwas mit Tobias' Tod zu tun gehabt.»

«Aber sein Fahrrad lag doch in der Nähe der Brücke, wo er auch gefunden wurde?»

«Ja, und jetzt, nachdem ich die Brücke hier gesehen habe, denke ich nicht mehr, dass Tobias hier gestorben ist. Der Steg liegt viel zu tief, ein Sturz wäre nicht tödlich.»

«Und er ist bis weit hinauf vergittert.»

«Das auch. Und der Fluss führt zu wenig Wasser.»

Wir sassen im Auto, und ich studierte die Karte, um herauszufinden, wie ich am einfachsten zur unteren, zur richtigen Brücke kam. Ich hielt sie Bettina unter die Nase, wollte ihre Meinung hören. Sie hatte sich ja offensichtlich schon eingehend mit der Gegend beschäftigt, und sie hatte die ganze Zeit über genau gewusst, was sie hier wollte. Ich fuchtelte mit einem Bleistift auf der Karte herum, direkt vor ihrem Gesicht. Sie rutschte auf ihrem Sitz so weit nach hinten, wie es nur ging.

«Ich möchte nicht mehr mitkommen», teilte sie mir mit, leise.

Ich hatte sie nicht bedrängen wollen. Ich legte die Landkarte weg und startete den Motor. Bettina gurtete sich an. Ich bemerkte, wie ihre Hände leicht zitterten. Ich hatte mich schon wieder in ihr getäuscht. Am Abend im Wartesaal hatte sie sich mir anvertraut, heute war sie weit weg.

32

Ich brachte Bettina mit dem Auto nach Hause und kehrte dann zur richtigen Brücke zurück, zu derjenigen, unter der Tobias gefunden worden war. Ein schmaler Gittersteg, hoch gelegen. Weit unten der Fluss, Felsbrocken, hohe Tannen auf beiden Seiten des Flusses. Wahrscheinlich verdeckten die Tannen von fast überall die Sicht auf die Brücke. Schwierig hinunterzufallen, ohne es zu wollen, die Geländer waren stabil. Möglich, hinunter gestossen zu werden, aber nur, wenn die Person überrascht wurde oder wenn die Angreifer zu zweit waren. Für einen Selbstmord eine durchaus vorstellbare Kulisse. Die Natur war überwältigend schön.

Einen Moment lang erwog ich, zum Fluss hinunterzuklettern, liess es dann aber bleiben und setzte mich auf einen feuchten Baumstrumpf am Anfang der Brücke. Ich nahm an, das Fahrrad war hier irgendwo gefunden worden, Bettina hätte das vielleicht gewusst. Rechts neben dem Spazierweg stand ein Stapel aus aufgeschichtetem Brennholz, rostiges Wellblech deckte die Beige ab. Vergessen gegangene Arbeitshandschuhe lagen am Boden, völlig durchnässt vom Schnee der letzten Tage. Ich hob sie auf, ein Werbegeschenk der Beton AG in Münsingen. Die nassen Handschuhe behielt ich, als ich nachdenklich zum Auto zurückschlenderte. Ich war der Frage, was hier passiert war, nicht näher gekommen.

Mein Auto hatte ich in der Nähe abgestellt, eine schmale Strasse führte von der Hauptstrasse zu ein paar Bauernhäusern und zu einer Schreinerei direkt neben der Brücke. Als ich wegfahren wollte, musste ich, um an einem hinter mir parkierten Auto vorbeizukommen, über die Wiese fahren, was mir einen missbilligenden Blick aus einem der Bauerngärten eintrug. Es war nicht meine Schuld, der weisse Renault hatte mich eingeklemmt. Zur Abwechslung fuhr ich durch das Stockental zurück, eine unverbaute, ländliche Gegend mit saftgrünen Wiesen, Bauernhäusern und viel Wald. Aber jetzt im Spätherbst machte sich hier die Sonne rar. Die hohen Berge warfen lange Schatten, und an einigen Stellen war deshalb die Eisschicht, die sich über Nacht gebildet hatte, immer noch nicht aufgetaut. Am Radio unterhielten sich zwei Experten über Jugendgewalt. Der Moderator hörte seinen Gästen schlecht zu und nervte mit dummen Fragen. Mir fielen ein paar sarkastische Bemerkungen ein, die ich, wenn ich in der Sendung gewesen wäre, gemacht hätte. Aber natürlich habe ich noch nie in eine Sendung angerufen. Ich fuhr langsam, schon allein deshalb, weil mich alle paar Kilometer ein Dorf dazu zwang, in einen tieferen Gang zu schalten. Manchmal vergass ich, ausserorts wieder zu beschleunigen. Deshalb fiel mir das weisse Auto, das sich in einem regelmässigen Abstand hinter mir hielt, auf. Andere Wagen, vermutlich einheimische, hatten mich längst überholt, das kleine weisse Auto blieb.

Ich wollte es loswerden. Auch wenn der Fahrer einen gewissen Abstand wahrte, war mir das Automobil im Nacken unangenehm. In der nächsten Ortschaft fuhr ich bei einer Bushaltestelle rechts an den Rand. Statt mich zu überholen, blinkte der Fahrer ebenfalls, bog ab und verschwand in einem Seitensträsschen. Auch gut. Als ich allerdings weiterfuhr, tauchte nach ein paar Kilometern wieder ein weisses Auto hinter mir auf. Ob es das Auto von vorhin war, konnte ich nicht sagen, aber es nervte. Was vielleicht daran lag, dass ich Hunger hatte. Nichts sprach dagegen, eine Pause einzulegen.

Bei einem alleinstehenden Gasthaus mit einem grossen Parkplatz hielt ich an. Diesmal fuhr das Auto an mir vorbei, ich konnte erkennen, dass eine Frau am Steuer sass, die mich, wie auch der Mann neben ihr, keines Blickes würdigte. Das Auto verschwand. Es gab also noch andere, die nicht darauf bestanden, mit der Maximalgeschwindigkeit unterwegs zu sein.

Das Restaurant, ein hölzerner Neubau im Chaletstil, warb mit Pferdesteak, was ich nicht mag. Ich betrat es trotzdem. Obschon die Mittagszeit längst vorbei war, schlug mir im Gang eine Welle von Pommes-frites-Geruch entgegen. Die Gaststube war mässig besetzt, Bauern und Handwerker richteten sich bei Bier und Kaffee Fertig auf das Wochenende ein. Eine hochbetagte Dame wurde von ihrer Familie ausgeführt. Sie waren beim Dessert angelangt, Erdbeerschale mit viel Schlagrahm. Ich ging durch den Raum zu den Tischen an den Fenstern, obschon dort eine Gruppe angeheiterter Wanderer im Rentenalter zwei Tische belegte. In aufgekratzter Stimmung bereiteten sie ihren Aufbruch vor. Ich musste über Wanderstöcke klettern und mir blöde Bemerkungen anhören, um einen Fensterplatz zu ergattern. Das Gasthaus lag im Schatten der Stockhornkette, mein Blick war auf die Strasse, den Parkplatz und graue Felsen gerichtet, eine trübe Umgebung. Ab und zu fuhr ein Auto vorbei. Ich merkte, dass ich wieder einmal nach Verfolgern Ausschau hielt. Das weisse Auto war schuld.

Nach einem Blick auf die Speisekarte entschied ich mich für einen Kaffee. Und ein Glas Wasser. Fast gleichzeitig mit den Wanderern verliess auch die Familie die Gaststube, umständlich wurde die alte Dame in einem Rollstuhl hinausgeschoben und in ein Auto verfrachtet. Ich begann mich zu langweilen in der nun fast leeren Gaststube mit dem tristen Ausblick. Eine Zeitung war nicht aufzutreiben.

Die Toiletten lagen im rückwärtigen Teil des Restaurants. Der Waschraum hatte milchige Scheiben, die aber im oberen Teil einen Blick nach aussen zuliessen. Während ich meine Hände wusch, stellte ich mich auf die Zehenspitzen und sah, dass die Hügel weiter hinten noch in der späten Nachmittagssonne lagen. Ich hatte mit dem schattigen Gasthaus eine schlechte Wahl getroffen. Ein Mitarbeiter aus der Küche zog einen Müllcontainer über den Platz, mühselig musste er ihn zwischen den verschiedenen Autos hindurchzirkeln. An einem kleinen weissen Auto vorbei, die schienen heute allgegenwärtig zu sein. Im Gang versank ich in Betrachtungen über die lokalen Veranstaltungen, eine Diashow über eine Reise nach Kanada, ein Konzert der Trachtengruppe, ein Fest mit Tombola des Turnvereins. Deshalb dauerte es eine Weile, bis ich in die Gaststube zurückkam. Ich wollte zahlen, da bemerkte ich, dass meine Schultertasche fehlte. Sie hatte doch über der Stuhllehne gehangen, als ich zur Toilette ging.

Ich sah mich in der Gaststube um. Sie hatte sich seit meiner Rückkehr weiter geleert, am grossen runden Tisch in der Nähe der Theke sassen nur noch wenige Stammgäste. Keiner sah verdächtig aus, ausserdem konnte sich keiner von ihnen die Tasche holen, ohne dass die Kollegen das bemerkt hätten.

Ich stellte mich an die Theke und winkte die Serviceangestellte heran, eine gesund wirkende, robuste Frau mittleren Alters. Sie brauchte eine Weile, bis sie begriff, was ich sie fragen wollte, dann war sie bestürzt. So etwas war hier noch nie geschehen. Sie hatte nichts bemerkt, war mit Geschirreinräumen beschäftigt gewesen. Ich fragte sie nach Gästen, die in den letzten Minuten gegangen waren. Eine Dame hatte neben dem Eingang einen Tee getrunken, den sie sofort bezahlt hatte. Die Serviceangestellte hatte nicht einmal bemerkt, dass sie nun weg war.

«Hei, hat einer von euch etwas gesehen», rief sie von ihrem Platz hinter der Theke zu den Männern am Stammtisch hinüber, «der Dame hier ist die Handtasche gestohlen worden, als sie auf der Toilette war.»

«Wir waren es nicht», wehrte sich einer sofort. Blöde Sprüche folgten. Halb im Spass, halb im Ernst versicherten sie sich gegenseitig, dass sie sich nicht von ihren Plätzen wegbewegt hatten.

«Aber bemerkt habt ihr nichts? Da war doch so eine Frau, die da drüben gesessen ist?» Keiner hatte etwas gesehen.

«Was haben Sie denn in der Handtasche gehabt?», rief mir, etwas grob im Ton, einer der jüngeren Männer entgegen. Es war nicht unfreundlich gemeint, er wollte helfen. Ich war noch gar nicht dazu gekommen, mir das zu überlegen, und tastete meine Jackentaschen ab. Das Portemonnaie mit Kreditkarte und Ausweis und auch die Autoschlüssel hatte ich noch. Was fehlte, waren die Schlüssel zu meiner Wohnung und zu meinem Büro, ein Mobiltelefon, mein Adressbuch. Lippenstift, meine Sonnenbrille. Die Pistole.

«Vor allem meine Hausschlüssel sind weg. Und das Adressbuch», antwortete ich dem Mann. Bedauernde Kommentare folgten, aber auch, dass ich Glück gehabt hatte mit dem Portemonnaie. Einer machte einen Spruch darüber, dass dann aber auch Portemonnaie nicht gleich Portemonnaie sei.

«Weisst ja nicht, was sie drinnen hat. Es gibt da dickere und dünnere. Deines, Kari, würdest du wohl gar nicht vermissen. Nimmst es ja nie heraus», zündete er einen hageren Mann an, mit dünnem Bart und halblangen Haaren.

«Was weisst du denn, wie viel ich im Portemonnaie habe», wehrte der sich halbherzig.

«Ja, dann kannst ja du die nächste Runde bezahlen», ging es weiter. Ich bedankte mich bei der Wirtin, zahlte meinen Kaffee und verliess das Lokal.

Den Autoschlüssel hatte ich noch. Ich stieg ein und schloss für einen Moment die Augen. Diese Frau, von der die Kellnerin gesprochen hatte, eigentlich kam nur sie in Frage, wie frech von ihr. In einem Landgasthof werden am helllichten Tag keine Handtaschen gestohlen.

Ich fuhr los. Aufgebracht und wütend, wie ich war, fuhr ich zu schnell. Nach ein paar Kilometern merkte ich es und drosselte mein Tempo. Wenn ich konzentriert bin, fahre ich eigentlich gerne schnell. Aber wenn ich merke, dass ich unachtsam bin, versuche ich, mein Tempo zu drosseln. Weil mir dann die Katze in den Sinn kommt, die ich vor ein paar Jahren überfahren habe. Ich hatte ihr Bild, das Blut, das aus ihrem Mund lief, wieder einmal vor Augen, als ich auf eine langgezogene Brücke mit Geländern zufuhr. Ich war schon auf der Brücke, als ich das weisse Auto sah. Es kam mir auf meiner Fahrspur entgegen, es war noch weit weg, aber es raste auf mich zu. In einer ersten Reaktion dachte ich daran, auf die linke Strassenseite zu wechseln, aber das Auto schien mir dorthin folgen zu wollen. Es zielte auf mich. Instinktiv wollte ich nach rechts ausweichen, runter von der Brücke. Nein, das nicht, nicht in die Tiefe, ich legte eine Totalbremsung hin und krallte das Lenkrad fest. Ich stand, mit abgewürgtem Motor. Das weisse Auto sauste mit wenigen Zentimetern Abstand an mir vorbei.

Das war Absicht gewesen, daran gab es keinen Zweifel. Nach dem Schock kam die Angst. Eine Frau hatte am Steuer gesessen, mit einem Mann neben sich. Das weisse Auto, das im Stockental hinter mir hergefahren war, ebenfalls eine Frau am Lenkrad und ein Mann auf dem Beifahrersitz. Ein weisses Auto hatte mich bei der Kanderbrücke eingeklemmt. Ein weisses Auto hatte, als der Mann den Müllcontainer über den Platz zog, hinter dem Restaurant gestanden.

Ich musste hier weg. Ich startete den Motor. Jetzt raste ich, raste bewusst, jenseits allem Erlaubten, mit ständigem Blick in den Rückspiegel. Mehr als einmal glaubte ich hinter mir ein weisses Auto zu sehen, und ich fuhr dann noch schneller.

Planlos wählte ich irgendwann die Autobahn in Richtung Bern und dann Zürich. Je dunkler es wurde, umso weniger konnte ich erkennen, wer hinter mir fuhr, ich sah nur noch Scheinwerfer, sie blendeten mich. Ich versuchte am Radio etwas Beruhigendes zu finden, aber jede Musik und alle Gespräche stressten. Dann sang ich, zuerst summte ich leise vor mich hin und schliesslich sang ich laut, was immer mir in den Sinn kam. Das half. Wie immer herrschte auf der Autobahn zwischen Bern und Zürich viel Verkehr.

Irgendwann hatte mich so weit beruhigt, dass ich wieder logisch denken konnte. Ich glaubte nicht, dass sie jetzt noch hinter mir waren. Trotzdem wollte ich das Auto, mit dem ich unterwegs war, loswerden. Sie kannten es. Am Flughafen in Zürich gab es bestimmt Mietwagenfirmen, die bis spät abends geöffnet waren. Weil ich sowieso schon fast dort war. Mit einem anderen Wagen konnte ich unerkannt zurück nach Bern fahren, auch wenn ich nicht wusste, wo ich dort hinwollte. Trotz allem nach Hause? In mein Büro? Möglich, dass sie über mein Büro Bescheid wussten. Mehr noch beschäftigte mich die Frage, weshalb mich eine Frau verfolgt hatte, ein Paar. Gehörten sie zur russischen Mafia, die ich hinter Juris Tod vermutete? Wer war die Frau? Führte die russische Mafia Frauen in ihren Rängen, als Killerinnen?

Am Flughafen Kloten stellte ich fest, dass ich bis zum nächsten Morgen warten musste. Alle Autoverleiher hatten bereits geschlossen. Fast noch schlimmer war der Moment, als ich auf dem Rücksitz meine Handtasche entdeckte. Das machte mich vollends fertig. Ich konnte mich nicht auf mich verlassen.

Im Flughafen waren zwar noch ein paar Geschäfte und Restaurants geöffnet, aber ich war zu erschöpft für alles. Ich suchte mir in einer Wartehalle einen ruhigen Winkel und schlief sofort ein. Als ich nach ein bis zwei Stunden erwachte, hatte sich die Halle geleert. Den Rest der Nacht döste ich im Halbschlaf in einem schalenförmigen Plastiksessel dem Morgen entgegen.

Ich wachte auf, als etwas gegen meine Füsse stiess. Eine dunkelhäutige Putzfrau entfernte sich gemächlich von mir weg, und ich hatte den Verdacht, dass sie mich absichtlich geweckt hatte mit ihrem Besen. Ich sah auf die Uhr und stellte fest, dass es bald fünf Uhr sein würde. Hinter den heruntergelassenen Läden einer Bar rumorte es.

Einige Zeit später erhielt ich problemlos einen Wagen, nachdem ich eine grössere Summe hinterlegt und mich ausgewiesen hatte. Nun hatte ich zwei Leihwagen, für die ich bezahlen musste, einen hier auf dem Langzeitparkplatz, und im anderen sass ich gerade. Den ersten Wagen liess ich stehen, wo ich ihn gestern abgestellt hatte. Es war mir egal.

33

Im Morgenverkehr kam ich langsam voran, und als ich endlich in Bern war, fuhr ich direkt zu meiner Mutter. Etwas Besseres fiel mir nicht ein. Sowieso hatte ich mich seit Tagen nicht mehr um sie gekümmert.

Zu meiner Überraschung öffnete meine Schwester die Tür.

«Du bist zurück aus den Ferien?», fragte ich, erstaunt, sie hier zu sehen.

Sie musterte mich. Ich wusste, dass ich schlecht aussah.

«Seit vorgestern. Ja, und Mama geht es gut. Du hast dich ja nie gemeldet in den letzten Tagen.»

Es fehlte wenig, und ich hätte losgeheult, ich war so erschöpft. Meine Schwester war ausgeschlafen, kam frisch aus den Ferien und machte mir Vorwürfe.

Mama freute sich einfach, mich zu sehen, alles andere war ihr egal. Ich war froh, dass meine Schwester keine Zeit hatte, länger zu bleiben. Vielleicht wollte sie ja gar nicht vorwurfsvoll sein, als sie mir zeigte, was sie alles eingekauft hatte, und als sie erklärte, welche Medikamente meine Mutter einnehmen sollte – dabei war ich ja selber dort gewesen, als der Arzt sie ihr verschrieben hatte. Ich war zu matt, um mich zu wehren.

Als sie gegangen war, sassen Mama und ich nebeneinander auf dem Sofa. Meine Mutter plapperte vor sich hin, heute störten mich ihre langatmigen Berichte nicht, ich döste. Ich legte meinen Kopf an sie, ihre Hand an meiner Wange, sie roch nach Nivea. Später assen wir etwas, Mutter wurde nach der Mahlzeit müde und legte sich hin. Ich selbst schlief auf dem Sofa.

Als der Abend kam, bereitete ich uns ein Abendessen zu.

«Wir hätten heute doch rausgehen können», meine Mutter sah zum Küchenfenster hinaus. Es war noch früh, trotzdem begann es zu dämmern. Die Tage wurden kürzer und kürzer.

«Du schläfst hier, oder?», sagte sie später, nach dem Essen. Es war keine Frage und auch keine Einladung, sondern eine Feststellung. Sie brachte mir ein Kissen aus ihrem Schlafzimmer.

«Das Sofa ist doch zu kurz für dich», stellte sie fest.

«Ich kann ja meine Beine anziehen», antwortete ich. Wir wünschten uns eine Gute Nacht und Mutter schloss die Tür zu ihrem Zimmer.

Als ich alleine war, kam die Angst zurück. Sollte ich zur Polizei gehen? Irgendwohin in die Ferien verschwinden und erst nach einiger Zeit wieder auftauchen? Verschwinden für wie lange? Was, wenn die Polizei Juris Mörder nicht oder noch lange nicht fand, war dann ich dran? Waren Juris Mörder hinter mir her? Und warum genau? Was hatte Tobias damit zu tun?

Ich nahm die Flasche Kirsch, die Mutter in einer Vitrine in der Stube aufbewahrte, an mich und stieg in den Dachboden hoch. Ich setzte mich auf die rohen Holzbretter des Bodens, der von einer feinen, dunkeln Staubschicht überzogen war, die Schnapsflasche zwischen den Knien. Es roch nach Mottenkugeln. Die Holzgitterstäbe des Abteils warfen schwache Schatten auf Kisten und Schachteln. Rund um mich türmten sich die Dinge auf, von denen meine Mutter sich nicht trennen wollte. Oder wir Kinder. Ich sah das Mikroskop, das meine Schwester und ich als Kinder erhalten hatten und dessen Eigentumsfrage wir nie klären konnten. Ski und ein Schlitten, meine Mutter hoffte immer noch auf einen gemeinsamen Urlaub im Schnee. Die Ski waren bald dreissig Jahre alt. Ich dachte daran, dass wir, ich und meine Schwester, irgendwann in der Zukunft jede dieser Schachteln würden öffnen müssen. Und uns Stück für Stück entscheiden mussten, was mit den Gegenständen geschehen sollte. Mutter würde nicht ewig leben.

Obschon der Kirsch in der Kehle brannte und ich Magenschmerzen bekam, trank ich weiter. Ich wartete auf die Leichtigkeit. Das Licht im Treppenhaus, das ich durch die offene Dachbodentür sehen konnte, ging an und wieder aus. Langsam wurde es im Haus und auf der Strasse unten still. Es war vermutlich spät. Ich trank.

Bis ich alles klar erkennen konnte. Juri hatte seinen Verfolgern gesagt, dass der Stick bei mir sei. Das war mehr als wahrscheinlich, er musste sie doch beruhigen und sich verteidigen. Deshalb hatten sie unser Haus, auch nach Juris Tod, von der Tankstelle aus beobachtet. Und jetzt versuchten sie, mich einzuschüchtern. Gussew steckte dahinter, und er wollte mir Angst machen. Damit ich ihm ohne Fragen zu stellen den Stick überliess, den sie nicht finden konnten. Die Attacke mit dem weissen Auto war Teil ihrer Einschüchterungsstrategie.

Nun, wo ich mürbe war, würde Gussew auf mich zukommen und den Stick zurückfordern. Je länger ich sass, umso sicherer war ich. Ich wusste, was kam und ich wusste, woran ich war. Ich verstand alles. Damit wurde ich endlich die Angst los, die mir seit der Begegnung mit dem weissen Auto auf der Brust sass. Ich würde ihnen sagen, dass der Stick längst bei der Polizei war. Noch besser, ich würde selbst zu Gussew gehen, um es ihm zu sagen. Um die Sache endlich aus der Welt zu räumen. Es nützte ihnen nichts mehr, mich zu verfolgen, das sollten sie wissen.

Zuversichtlich stieg ich vom Dachboden herunter, immerhin nüchtern genug, um möglichst wenig Lärm zu machen. Ich wachte im Morgengrauen auf, steif und durchfroren, auf dem Boden neben dem Sofa. Bei meinen Überlegungen hatte ich vergessen, dass Juri und vermutlich auch Tobias ermordet worden waren. Nicht nur bedroht und eingeschüchtert, sondern ermordet. Ich kroch auf das Sofa, deckte mich zu und schlief wieder ein, bis mich viel später am Vormittag der Geruch von Kaffee und leise Geräusche aus der Küche weckten.

Als ich am späten Vormittag am Bahnhof aus dem Tram stieg, sehnte ich mich nach einem ruhigen Morgen, meinetwegen sogar nach Jobabsagen im Briefkasten und nach Bewerbungen schreiben. Ich fühlte mich, der Kirsch war daran nicht unbeteiligt, ziemlich mies. Meine Jeans hatte durch das Sitzen auf dem staubigen Dachboden schwarze Flecken abbekommen, und sowieso trug ich seit vorgestern die gleichen Kleider.

Aber auch nüchtern und verkatert blieb ich bei meinem Entschluss, mit Grigori Gussew zu sprechen. Obschon mir am Morgen in Mamas Küche klar geworden war, dass sie nicht nur den Stick bei mir suchten, sondern auch das Geld. Trotzdem, der Stick war bei der Polizei, die über alles informiert war, sie gewannen nichts mehr damit, wenn sie mir etwas antaten. Im Gegenteil. Die Polizei würde Fragen stellen. Um nicht wankend zu werden, war ich sofort aufgebrochen.

So ganz reichte mein Mut dann doch nicht aus. Statt direkt zu AdFin zu gehen und nach Gussew zu fragen, blieb ich einen Moment in der Schwanengasse stehen. Ich hatte Bettina versprochen, mich auf dem Erbschaftsamt um Tobias' Sachen zu kümmern, um den persönlichen Inhalt seines Schreibtisches. Niemand aus Tobias' Familie hatte das bisher getan. Eine Velokarte, ein paar juristische Bücher, nichts von Interesse, aber versprochen war versprochen. Ich überquerte die Strasse und ging auf die Passage zu, die zum Erbschaftsamt führte. Anschliessend wollte ich zu Gussew, das stand fest.

Ich sah sie im Profil. Nebeneinander traten sie aus der Passage und bogen mit schnellen Schritten nach rechts ab. Es reichte, den Mann und die Frau nebeneinander zu sehen. Ich wusste, wer das weisse Auto gefahren hatte. Sehr vorsichtig folgte ich den beiden, nur ein paar Meter, jederzeit bereit zur Flucht. Noch einmal sah ich sie im Profil. Kein Zweifel.

Katrin Näf, die Frau, die mich in der Betonfabrik in Münsingen abgekanzelt hatte, die Frau, die das Haus an AdFin verkauft hatte. Und Bernasconi, der unangenehme Typ aus dem Erbschaftsamt, der Fragen zu Perren nicht mochte. Sie waren Geschwister. Die Stupsnasen, das Hasenhafte. Sie nebeneinander im Profil zu sehen hatte gereicht. Gereicht auch, um die Übereinstimmung mit den Silhouetten im Auto zu erkennen. Sie hatten mich gestern mit dem Auto verfolgt. Näf am Steuer, Bernasconi als Beifahrer.

34

Sie mochten es also nicht, wenn ich Nachforschungen zu Tobias Bucher betrieb und zum Haus im Kirchenfeld. Vergessen waren die dreckigen Jeans, verschwunden die Müdigkeit, Kopfweh und Übelkeit egal. Ich sass an meinem Schreibtisch, voller Ungeduld, nicht einmal um die Kaffeemaschine anzumachen hatte ich mir die Zeit genommen. Aber fünf Minuten, ein Telefonat später hatte ich die Bestätigung. Frau Näfs kleine Tochter hatte mir ohne Misstrauen Auskunft gegeben und bestätigt, dass ihr Onkel Werner Bernasconi hiess. Ich hatte mich nicht getäuscht.

Ich schloss Tobias' Festplatte an meinen Computer an, und ich brauchte nicht lange. Bernasconi war für die Erbschaft zuständig gewesen. Für eine Frau Näf als Erbin. Für seine Schwester, seine Halbschwester, um genau zu sein.

Ich stellte mir vor, wie Tobias Bucher, der unerfahrene Praktikant, damit beauftragt war, Akten für die Archivierung vorzubereiten. Wie er Kopien machte, das Dossier ordnete, alles in die richtige Reihenfolge brachte. Wie er sich die Unterlagen der Liegenschaft im Kirchenfeld etwas genauer ansah, weil die Zeitungen ausgerechnet damals über den Kauf fürs Museum berichteten. Wie er diese Akten vor sich hatte, als zufällig ein Anruf von Katrin Näf bei ihm landete. Wie sie sich nach ihrem Bruder, Werner Bernasconi, erkundigte. Das vielleicht nicht gerade. Aber Tobias hatte sich die Akten angesehen und begriffen, dass Katrin Näf und Bernasconi verwandt waren. Die Fantasie ging mit mir durch, egal, jedenfalls hatte Tobias Verdacht geschöpft.

Weil es eigenartig war, dass eine Verwandte der von Amtes wegen zuständigen Person zu einem grossen Vermächtnis kam. Eine Verwandtschaft, die nicht auffiel, weil die Halbgeschwister nie den gleichen Nachnamen geführt hatten. Ich hielt die Fakten auf einem Notizblock fest. Bernasconi hatte das Testament der Anna Herzig in Empfang genommen, er hatte seinen Eingang registriert und quittiert und später das Testament eröffnet. Möglicherweise war er bei der Versiegelung zugegen gewesen. Fast alles war über Bernasconi abgewickelt worden. Und über einen Notar, über Perren.

Ein gefälschtes Testament, vermutlich. Eine ältliche Handschrift zwar, aber nicht unbedingt diejenige der Anna Herzig. Eine alte Dame ohne Nachkommen. Niemand, der sich für ihr Vermächtnis und ihre Beziehungen interessierte, niemand, der nachfragte oder das Testament prüfen liess.

Tobias hatte sich von weiteren Testamenten Kopien gemacht, zwei davon sah ich mir jetzt genauer an. Auch hier handelte es sich um Personen ohne Nachkommen. Gut möglich also, dass es mehr als diesen einen Fall gab. Ich sah nach, wer in diesen beiden Fällen geerbt hatte. Näf wurde nicht mehr genannt, aber Bernasconi war geschieden, vielleicht gab es da eine neue Freundin, deren Namen ich nicht kannte, Stiftungen, Vereine, möglich war vieles. Und wieder Perren als Notar. Und in einem weiteren Fall AdFin als Käufer, dieses Mal für den abgewirtschafteten Hotelkomplex im Seeland. Ich musste mir das alles genauer ansehen, zu einem späteren Zeitpunkt. Wie es Tobias getan hatte, vermutlich gemeinsam mit Juri. Später würde ich das tun, für den Augenblick wusste ich genug.

Bernasconi und Näf in dem kleinen weissen Auto. Sie waren mir gestern zur Brücke gefolgt, unter der Tobias gefunden worden war. Ich griff in meinen Beutel und holte die Arbeitshandschuhe heraus, die ich neben der Holzbeige gefunden hatte. Beton AG, Münsingen.

Vielleicht hatte ich langsam Erfahrung damit, vielleicht war es mir einfach sehr wichtig. Jedenfalls war ich selbst beeindruckt von meiner kompetenten, klaren Stimme, die sachlich und knapp die nötigen Fragen stellte. Dazu sass ich, das Telefon ans Ohr geklemmt, an meinem Schreibtisch, das Notebook und einen Block vor mir, und ich machte mir Notizen.

Bernasconi war wie erhofft noch nicht zurück im Erbschaftsamt. Ich gab mich als Sozialarbeiterin einer psychiatrischen Abteilung aus und sprach von einem unserer Patienten. Seit Wochen beschäftigte ihn ein verpasster Termin in einer Erbschaftssache. Er litt darunter und glaubte, etwas Wichtiges versäumt zu haben. Der Mann war verwirrt, stellte ich klar, er bildete sich das bestimmt nur ein. Aber, um korrekt zu handeln, wollte ich der Sache nachgehen. Stimmte es, dass er am, ich gab Tobias' Todestag als Datum an, dass er damals einen Termin bei einem Herrn Bernasconi gehabt hätte, am späteren Nachmittag? Die Dame, ich stellte mir die nette ältere Frau vor und nicht ihre desinteressierte Kollegin, sah nach. Sie beruhigte mich. Herr Bernasconi hatte an diesem Nachmittag überhaupt keine Termine gehabt, er hatte sich sogar freigenommen. Ich bedankte mich.

Für Frau Näf gab ich mich als Mitarbeiterin der Polizei aus. Ich rief bei der Beton AG in Münsingen an und fragte nach ihr. Es ging um Zeugen für einen Unfall, ohne Personenschaden, wie ich betonte. Ein Unfall, der, wieder an Tobias' Todestag, am späteren Nachmittag in der Nähe von Biel geschehen war. Jemand hatte sich die Autonummer einer möglichen Zeugin notiert. Leider war eine Zahl so undeutlich geschrieben, dass ich gezwungen war, zehn verschiedene Autohalter anzurufen. Auch Frau Näf war natürlich noch nicht zurück auf ihrer Arbeit. Ich bat ihre Kollegin um Hilfe, um weitere unnötige Anrufe zu vermeiden. War es denn überhaupt denkbar, dass sie an diesem Mittwochnachmittag in Biel war, wo sie doch in Münsingen arbeitete? Netterweise holte auch diese Dame die Agenda hervor. Möglich war es schon, denn Frau Näf hatte an diesem Nachmittag nicht gearbeitet.

So viel zu den Alibis. Ich bückte mich und griff nach Perrens Agenda aus seinem Hotelzimmer, die ich inzwischen in einer der Schreibtischschubladen aufbewahrte. Wenn der Eintrag stimmte, war Perren damals in England. Aber es brauchte ja auch nicht drei, um jemanden von einer Brücke zu stossen.

Ich wusste nicht, was überwog. Trauer oder Triumph. Oder Angst. Und Juri? Was war eigentlich mit Juri geschehen? War ich mit meinen Verdächtigungen gegen Gussew einer völlig falschen Spur gefolgt?

35

Die Luft war heiss und feucht. Die viel zu warme Trainerhose klebte an meiner Haut, und ich schwitzte. Ich sass in einem Liegestuhl am Beckenrand und wartete. Ein älterer Mann mit Schwimmbrille und rotweisser Badekappe zog im Becken seine Runden, langsam und beharrlich. Seine kräftigen Bewegungen lösten Wellen aus, kleine Tsunamis, die sich über den Beckenrand ergossen. Ihr Platschen vervielfältige sich im Raum, Detonationen in einem sonst konstanten Rauschen. Die Hitze, die Geräusche des Wassers, dazu der wenige Schlaf, mein Kopf war wie in Watte gepackt. Blöderweise hatte ich Angst.

Den Schritt, nach Leukerbad zu kommen, hatte ich mir lange überlegt, sehr lange. Den ganzen gestrigen Nachmittag und auch die Nacht hatte ich in meinem Büro zugebracht, mich gewälzt in Zweifeln, Ideen gehabt und wieder verworfen. Jetzt, wo ich so weit gekommen war, musste ich wissen, was mit Juri und auch mit Tobias passiert war. Ich musste wissen, ob Bernasconi sie umgebracht hatte. Die Flasche Wodka, die ich mir gestern Abend irgendwann besorgt hatte, war vielleicht ein Fehler gewesen. Aber dann hatte ich die Idee mit Leukerbad gehabt. Bernasconi an den Ort des Geschehens locken, das war die beste Taktik. Er würde sich verraten, irgendetwas würde ihn entlarven, davon war ich überzeugt.

Obschon mir unter dem zu warmen Sweatshirt der Schweiss den Körper hinunterlief, fröstelte ich. Der Schwimmer stemmte sich über den Beckenrand und verschwand mit ein paar Schritten im Gang. Ich blieb allein in der Halle zurück. Draussen schien eine gleissende Sonne. Bis auf ein sanftes, leises Plätschern war es still. Ich wartete darauf, dass meine Angst verging.

Bernasconi hatte ich heute in aller Frühe erreicht. Er hatte meiner Aufforderung, sich mit mir zu treffen, sofort zugestimmt, als ob er sie erwartet hätte. Ohne Fragen zu stellen. Ausser, dass er wissen wollte, ob er es mitbringen sollte. Ich hatte nicht darauf reagiert, weil ich die Frage nicht verstand. Was wollte er mitbringen?

Pereira war ein härterer Brocken gewesen. Aber schliesslich hatte in seinen Abwägungen die Möglichkeit, sich für immer zu rehabilitieren, überwogen. Natürlich wollte er sich diesmal absichern. Ich musste die Sache so aufgleisen, dass auf ihn nicht der geringste Verdacht fallen konnte.

Ich erhob mich. Es musste sein. Ich kannte den Ort, ich wusste, wie vorgehen. Das Treffen würde heute Abend stattfinden, im leeren Bad.

Den Rest des Nachmittags und den frühen Abend verbrachte ich im gleichen Restaurant, in dem ich damals auf Pereira gewartet hatte. Nur war es für einen Tisch auf der Terrasse inzwischen viel zu kalt, und Appetit hatte ich natürlich auch keinen. Viel später am Abend traf ich mich mit Pereira in einer Bar. Umständlich deponierte er seine schwarze Jeansjacke auf dem Bartresen. Er hatte sich geweigert, mir den Schlüssel zum Bad zu überlassen, aber eingewilligt, ihn sich öffentlich stehlen zu lassen. Deshalb benahmen wir uns etwas auffällig, Pereira wollte, dass sich die Leute später an uns erinnern würden. Als er auf die Toilette ging, holte ich wie abgemacht den Schlüssel aus seiner Jackentasche, dann insistierte ich auffallend plötzlich darauf, sofort zu bezahlen, und verliess, indem ich ein paar Leute anrempelte, die Bar. Der Barkeeper und einige Besucher würden meinen abrupten Abgang während Pereiras Abwesenheit bestätigen können.

Das Bad, das jetzt im Dunkeln lag und völlig verlassen wirkte, war unheimlich. Mit einer Taschenlampe tastete ich mich durch die Gänge bis zum Schwimmbecken, an dem ich mich mit Bernasconi verabredet hatte. Gemäss Pereiras Anweisung setzte ich mich in einen Winkel, der von aussen nicht einsehbar war. Für Strassenkleider war es hier viel zu heiss, wie schon am Nachmittag zog ich den Trainingsanzug an. Dann platzierte ich eine kleine Filmkamera, kaschiert von einem Handtuch, auf einem Ablagebrett und richtete sie auf die Liegestühle. Ich würde Bernasconi filmen während unserer Unterhaltung, ich würde seine verdächtigen Reaktionen aufzeichnen.

Nun gab es nichts mehr zu tun, als zu warten. Wieder setzte ich mich auf einen der Liegestühle. Die kleine Pistole, die ich in der Bauchtasche des Sweatshirts umklammert hielt, fühlte sich feucht an. Als meine Uhr halb elf zeigte, stand ich auf, um die Kamera anzustellen. Die Linse war mit kleinen Wassertropfen übersät, die ich wegzuwischen versuchte. Ich bezweifelte, dass die Aufnahmen etwas hergeben würden, aber ich konnte es nicht mehr ändern.

Er sah harmlos aus, als er kurz vor elf aus dem Gang trat. Ich hatte ihn nicht kommen hören. Bernasconi wirkte schwammig und kraftlos in seiner aus der Form geratenen, türkisblauen Badehose und mit den Plastikschlappen an den Füssen. Die Goldrandbrille hatte sich in der feuchten Hitze beschlagen, und er trat unsicher auf. Über die Schulter trug er eine weissblaue Sporttasche aus Plastik.

Vorsichtig kam er auf mich zu und sah sich im Raum um, wie wenn er nicht mich oder noch andere Leute erwartet hätte. Wir begrüssten uns, höflich wie Badegäste, die sich früher schon flüchtig begegnet sind. Zögernd nahm er rechts von mir Platz. Er sass auf der Kante seines Liegestuhls. Auf den Knien vor sich hielt er die Sporttasche. Es war nicht Feindseligkeit, was mir entgegenkam. Er sah verängstigt aus, unterwürfig und gleichzeitig lauernd.

Ich wusste nicht, wie mit dem Gespräch beginnen, und versuchte, in meinem Liegestuhl Haltung anzunehmen, was schwierig war. Inzwischen war ich schweissnass. Schlimmer war, wie leer sich mein Kopf anfühlte.

«Was haben Sie mit Juri Salnikow gemacht?»

Ich hatte bessere Fragen vorbereitet, Fangfragen. Sie fielen mir nicht ein.

Bernasconi glotzte mich aus leeren, durch die Brille vergrösserten, wasserblauen Augen an und antwortete nicht.

«Wie haben Sie Juri umgebracht? Sagen Sie mir, wie Sie Juri umgebracht haben!»

Sein Parfum, dieser süssliche Geruch, hinderte mich am Denken, dann die blöden Glubschaugen, mit denen er mich anstarrte. Ich konnte keine Spur von Schuldbewusstsein erkennen, höchstens Verwunderung. Wie wenn er sich nicht recht entscheiden könnte, ob das kleine Mädchen vor ihm nur lästig war. Oder ob er doch besser antworten sollte. Dazu die kleinen, gepflegten, aber verfetteten Hände, mit denen er krampfhaft die Sporttasche hielt.

Möglicherweise hatte er in dieser Tasche eine Waffe, aber ich würde schneller sein, rief ich mich zur Vernunft. Ich hielt die Pistole an meinem Bauch umklammert und richtete durch den Stoff hindurch den Lauf auf ihn, ohne zu wissen, ob er das wahrnahm. Hatte ich sie entsichert? Das Gespräch war daran, mir zu entgleiten.

«Reden Sie!»

Ich wuchtete mich aus dem Liegestuhl in eine aufrechte Haltung, sass nun wie er auf der Stuhlkante.

Bernasconi kam mir zuvor.

«Wird Perren nicht kommen?»

«Perren? Wieso Perren? Das ist doch Ihr Freund.»

Die Antwort war ein Fehler. Bernasconis Augen leuchteten auf, glitzerten. Ich merkte, wie in mir Angst hochkam. Ich sprang auf. Ich stand vor ihm, die Pistole in meiner Bauchtasche auf ihn gerichtet.

Bernasconi war gänzlich unbeeindruckt, vielleicht hatte er die Pistole immer noch nicht bemerkt.

«Perren kommt also nicht. Und die anderen auch nicht. Wollen Sie sagen, dass sie Sie geschickt haben? Sie allein?»

Ich verstand seine Fragen nicht. Ich war fieberhaft damit beschäftigt, zu begreifen, wen er erwartet hatte. Dann nahm ich wahr, wie Bernasconi an mir vorbei nach hinten sah. Und hörte Schritte. Ich drehte mich um.

Sie war sportlicher als ihr Bruder, gedrungen, aber weniger fett, in einem geblümten Badeanzug. Trotzdem schob sie einen beachtlichen Bauch vor sich her, der mir nicht aufgefallen war, als ich sie im blauen Parka gesehen hatte. Sie trug die gleichen Plastikschlappen wie ihr Bruder. Fast freundlich lächelnd, kam sie auf mich zu, während sie eine kleine Pistole auf mich richtete.

«Sie gehört nicht zu ihnen», die Worte Katrin Näfs galten ihrem Bruder, «du hast es ihr doch nicht gegeben?»

«Nein. Ich weiss. Sie gehört nicht dazu und sie ist allein.»

Sie zwangen mich, vor ihnen her zur Dampfgrotte zu gehen. Sie zwangen mich, die Dampfgrotte zu betreten. Ich blieb knapp hinter der Tür auf der Treppe stehen, das heisse Wasser bedeckte meine Knöchel. Trotzdem sog sich die Trainerhose bis fast zu den Knien voll und klebte an meinen Beinen, sie fühlte sich schwer an. Bernasconi stand in der Tür, inmitten einer Wolke aus Dampf, die aus der Grotte nach aussen wich. Von hinten wurde er vom Licht einer Laterne hell angestrahlt. Eine selbstherrliche Richtergestalt aus einem billigen Fantasyfilm, umgeben von weissem Nebel.

Natürlich hatte ich damit gerechnet, dass Näf auftauchen würde. Aber die Kamera und die Pistole würden mich schützen, hatte ich gedacht. Die Kamera fiel wohl weg. Aber ich hatte die Pistole. Näf war irgendwo draussen geblieben, ein paar Schritte vor der Grotte. Auch sie war bewaffnet. Aber ich hatte

Pereiras Schlüssel. Sie konnten mich einsperren, aber ich hatte Schlüssel. Juri hatte keine Schlüssel gehabt. Und keine Pistole. Mit der Pistole konnte man Löcher in die Glastür schiessen. Am besten, ich liess mich einsperren, ohne mich zu wehren. Ich dachte das völlig kühl und rational. Ich dachte es ein paar Mal. Nur zu meinen Füssen im heissen Wasser, zu heiss oder zu kalt, hatte ich jeden Bezug verloren.

«Du wolltest wissen, wie das mit Juri Salnikow war?», hörte ich Bernasconi selbstgefällig aus seiner Dampfwolke fragen, «mit Salnikow war es ganz einfach. Er ging nämlich freiwillig in die Grotte, er hat mich selbst auf die Idee gebracht, ihn hier einzusperren. Ich hätte es sonst anders gemacht, aber so war's noch einfacher. Dabei habe ich vorher tagelang nach ihm gesucht, er war wie vom Erdboden verschluckt. Bis mir Perren sagte, er sei in Leukerbad. Perren hat mir alles erzählt, auch, dass er ein Treffen für die Russen organisieren musste, bei dem es keine Zeugen geben durfte. Ich habe sie gesehen, Juri und diese Russen. Ganz friedlich sassen sie da und haben sich unterhalten, in bestem Einverständnis. Ein guter Treffpunkt, den Perren ausgewählt hat, das menschenleere Bad. Ich weiss nicht, wo die Russen reinkamen. Mich jedenfalls hat keiner gesehen, nicht die Russen und nicht der Bademeister. Keiner von denen hat begriffen, was passiert ist, nicht einmal die Russen. Weil ich wartete, bis sie weg waren. Selbst Perren hatte keine Ahnung, dass ich hier war. Ich musste deinem Juri nur nachschleichen. Da setzt er sich freiwillig in die Dampfgrotte. Zum Feierabend, nehme ich an, zum Entspannen. Seinen Feierabend hat er gefunden. Ein Glück war das, verstehst du, aber man muss das Glück auch zu packen wissen. Wie die Schlüssel neben dem Kaffeeautomat, dieser Idiot von Bademeister sucht sie wohl noch heute.»

Bernasconi hielt Pereiras Schlüsselbund in die Höhe. Gut, er hatte Schlüssel für die Dampfgrotte. Ich auch. Ich hatte das

Gefühl, in eiskaltem Wasser zu stehen, das konnte nicht sein, aber ich merkte, dass ich am ganzen Leib schlotterte. Näf, die ich nicht sah und die vermutlich direkt neben Tür stand, schien Bernasconi zum Gehen zu drängen, jedenfalls drehte er sich zu ihr hin und sagte etwas. Bernasconi durfte so nicht gehen, nicht verschwinden, bevor ich verstanden hatte. Ich wollte, dass er weitersprach.

«Und Tobias? Der ist Ihnen doch auf die Schliche gekommen, oder etwa nicht?», rief ich.

Bernasconi drehte sich zu mir zurück.

«Auf die Schliche gekommen. Auf die Schliche gekommen. In meinen Sachen geschnüffelt, aber nicht zu seinem Vorteil. Er hielt sich für klug.»

Bernasconi trat einen Schritt auf mich zu, ich musste nach unten ausweichen und stand nun bis über die Knie im Wasser. Das Wasser war heiss, ich merkte es, dann vergass ich es wieder. Wie eine Hornisse baute sich Bernasconi im Nebel über mir auf, seine angelaufenen Brillengläser wie die Augen eines blinden Insekts, umgeben von Wolken. Er sieht mich gar nicht, wurde es mir bewusst, aber das nützte nicht viel, auf der engen Stiege kam ich nicht an ihm vorbei, und draussen wartete Näf.

«Da kommt dieser Praktikant und sagt mir, ich sei ein Betrüger. Anzeigen wollte er mich. Kopien hat er sich gemacht und alles in seinem Computer gespeichert, hat er mir gesagt. Dass er alles über mich wisse, über meine Familie, über meine Eigentumsverhältnisse. Er wollte sich sogar mit Perren anlegen und den Russen, der Idiot. Deshalb hat er auch Salnikow eingeweiht, der den Russen hinterherspionieren sollte. Das haben die aber nicht lange mit sich machen lassen. Mich blossstellen und die Russen überführen. Die hatten ja keine Ahnung. Tobias Bucher. Klug genug, um Akten zu studieren. Zu blöd, um am Leben zu bleiben. Erzählt er doch allen im Büro, wo er hinwill. Aufgezeichnet hat er's sogar, auf einer Serviette.»

Bernasconi hörte auf zu sprechen. Ich konnte im Dampf sein Gesicht nicht erkennen, vielleicht doch Reue. Dann sah ich, zwischen zwei Nebelschwaden, wie er damit beschäftigt war, die Steine der Naturwand zu studieren. Er rubbelte selbstvergessen an einem Steinchen herum.

«Werner, wir gehen.»

Katrin Näf kam und zog ihn mit sich weg. Ich hörte, wie von aussen die Tür abgeschlossen wurde. Ich schnappte nach Luft, hielt mich am Treppengeländer fest und zählte auf zehn. Nicht zur Tür stürzen mit dem Schlüssel, nicht, solange sie vielleicht noch draussen sind. Ich zog mich langsam die paar Stufen hinauf, hinaus aus dem heissen Wasser. Oben verlor ich fast das Bewusstsein, Panik und Benommenheit, Schwindel, alles gleichzeitig, Dampf überall, zu wenig Luft. Jetzt wo die Tür geschlossen war, war der Dampf so dicht, dass ich nicht einmal mehr meine eigenen Hände sah. Der Impuls, mich sofort zu befreien, war schwer zu unterdrücken. Ich lehnte mich gegen die kühle Tür. Warten, bis sie weg sind. Aber nicht so lange, dass ich das Bewusstsein verliere. Auf dreihundert zählen. Fünf Minuten warten.

Ich hörte Stimmen. Mein Ohr gegen das kalte Glas gepresst. Männerstimmen, eine Frau schrie etwas. Jemand war gekommen. Ich wollte hinaus. Den Schlüssel ins Schlüsselloch. Umdrehen. Es ging nicht. Bernasconi hatte den Schlüssel aussen stecken gelassen. Ich rüttelte an der Tür, blödsinnig. Aufschiessen, das Glas zerschiessen. Ich stellte mich schräg zur Tür und schoss. Nichts. Nicht einmal ein leises Klicken. Der Dampf, vermutlich funktionierte das Ding in der Nässe nicht. Noch einmal. Nichts. Ich hämmerte gegen die Tür, presste mein Ohr ans Glas. Nichts mehr, keine Geräusche, niemand mehr draussen. Trotzdem hörte ich nicht auf, gegen die Tür zu hämmern.

Schritte, jemand drehte den Schlüssel um. Pereira stand in

der Tür. Ich stürzte an ihm vorbei hinaus, stolperte, hielt mich am Beckenrand fest.

«Es geht», sagte ich zu Pereira, obschon er mich nicht danach gefragt hatte.

«Wir haben sie», sagte er, und ich nickte bloss.

«Ich muss mich abkühlen», flüsterte ich, stürzte die Treppe hinunter zum Freiluftbecken und zog mich über den Rand ins kalte Wasser. Ich tauchte unter, schwamm ein paar Züge, tauchte auf, holte Luft, tauchte unter. An den Beckenrand gelehnt, legte ich meinen Kopf auf die Arme und heulte. Mein Herz hämmerte gegen die Schädeldecke. Später hob ich den Kopf und sah Licht und Polizisten in der Schwimmhalle. Sie schienen Bernasconi und Näf festgenommen zu haben. Ich tauchte noch einmal unter. Als ich aus dem Wasser stieg, war die Halle leer, die Polizisten hatten sich nach vorne verzogen. Nur Bernasconis blauweisse Sporttasche lehnte noch vergessen an der Wand neben den Liegestühlen. Ich nahm sie mit, als ich nach vorne ging, der nasse Trainingsanzug schlabberte um meine Beine und um meinen Bauch.

Inzwischen waren auch die Gänge hell erleuchtet, ich hörte Stimmen beim Eingang. Ich holte meine Kleider und ging zu den Kabinen, um mich umzuziehen. Im Gang kam mir ein Polizist entgegen, ich kannte ihn vom Polizeiposten in Leukerbad.

«Sind Sie das Opfer?»

Zuerst verstand ich die Frage nicht, dann aber nickte ich.

«Geht es? Brauchen Sie Hilfe?»

«Nein, nein», wehrte ich ab, «ich möchte mich nur trocken anziehen.»

«Kommen Sie doch bitte nachher zu uns auf den Posten.»

Ich nickte, und er liess mich in Ruhe. Es dauerte lange, bis ich mich umgezogen hatte. Immer wieder sank ich kraftlos auf die Sitzbank, nach jedem Handgriff. Ich hatte Kopfweh, und eine unangenehme Nervosität machte sich im ganzen Körper breit.

Als ich aus dem Bad trat, waren bis auf einen Polizisten in der Eingangshalle alle wie vom Erdboden verschwunden. Mich fröstelte. Ich wusste, wo sich der Polizeiposten befand, aber ich wollte noch einen Moment alleine sein. In einem Restaurant in der Nähe des Bahnhofs kaufte ich Zigaretten. Am Rande des Busbahnhofs setzte ich mich auf eine kleine Betonmauer. Nach vier Zügen an der Zigarette wurde mir schlecht, nicht gerade hilfreich. Die Neonbeleuchtung der gedeckten Terrasse, auf der die Busse hielten, stach in die Augen. Trotzdem zündete ich mir nach ein paar Minuten eine zweite Zigarette an. Die Polizei wartete bestimmt schon auf meine Aussage, aber ich hatte keine Lust, hinzugehen. Mir war schlecht und ich hatte Kopfweh. Immer noch schleppte ich Bernasconis Tasche mit mir herum. Ich warf einen Blick hinein.

Die Tasche war bis oben hin mit Geld gefüllt. In verschiedenen Scheinen. Hunderttausend Franken, schätzte ich. Damit hatte ich Erfahrung.

Ein Bus fuhr vor, sicher der letzte in dieser Nacht. Die Leute am Perron begannen einzusteigen. Ich stand auf und warf die Zigarettenpackung in einem hohen Bogen von der Terrasse in die Tiefe. Durch die Scheiben des Busses sah ich die missbilligenden Blicke der Passagiere. Ich schleppte mich zum Bus hinüber und stieg ein.

36

Ich sass in meiner Küche und wärmte mir die Hände an einer grossen Tasse heissen Tees, wie gewohnt den Blick auf die Tankstelle gerichtet, deren Lichter in der frühen Dämmerung angegangen waren. Das Gespräch auf der Polizei hatte fast den ganzen Tag gedauert. Ich war unglaublich müde.

Unten im Erdgeschoss fiel die Eingangstür laut krachend ins Schloss, ich hörte Schritte, meine Nachbarin kam nach Hause. Solche Geräusche nahm ich wieder wahr, ohne dass sie mich beunruhigten. Ich war müde, ich war erleichtert, ich war froh, ich hatte keine Angst mehr. Ich war enttäuscht, ich war sauer auf die Polizei, und ich machte mir Sorgen. Alles gleichzeitig. Ich war stolz, und ich hatte das Gefühl, versagt zu haben.

Schon früh am Morgen, kurz nach acht, hatte die Polizei angerufen und mich höflich gebeten, vorbeizukommen. Sie hatten sogar anerboten, mich zu Hause abzuholen, aber das war nicht nötig. Auf dem Posten im Waisenhaus begriff ich, dass sich ihr schlechtes Gewissen und das meine die Waage hielten: Meines, weil ich gestern Nacht in Leukerbad einfach abgehauen war. Ihres, weil der Umgang der Walliser Lokalpolizisten mit einem Gewaltopfer wohl nicht den aktuellen Anforderungen entsprochen hatte. Jedenfalls fassten sie mich den ganzen Tag mit Samthandschuhen an, ganz besorgt um meinen Zustand. Zwei Polizisten kümmerten sich um mich und stellten nur behutsam ein paar Fragen.

Näf und Bernasconi hatten noch in der Nacht gestanden, und die Polizei überliess mir ihre Aussagen, ich durfte sie lesen. Den Mord an Juri gab Bernasconi sofort zu, schon bei seiner Festnahme im Bad, und er sprach gleichzeitig von entwendetem Geld, mit dem er nichts zu tun habe. Später im Verhör kam das nicht mehr zur Sprache. Die Polizei hielt die Aussage für eine anfängliche Schutzbehauptung, mit der Bernasconi von den Erbschaftsbetrügen ablenken wollte. Ich las die ausführlicheren Vernehmungsprotokolle aus Bern.

Offensichtlich hatte Tobias Bucher schon Wochen vor der Tat Bernasconi mit seinen Vorwürfen in Bedrängnis gebracht. Bernasconi hatte es mit Bestechung und mit Drohungen versucht, vergebens. Bis er, als seine Betrügereien endgültig aufzufliegen drohten, die Gelegenheit packte, Tobias loszuwerden. Das Gespräch über die geplante Velotour in der Kaffeepause, Bernasconi rief seine Schwester an, und gemeinsam organisierten sie die Tat. Bernasconi war Tobias gefolgt und hatte ihn von hinten mit einer Metallstange erschlagen, auf dem Steg unter der Autobahnbrücke. Dann die laute Auseinandersetzung, die von Spaziergängern gehört worden war, die Geschwister stritten sich, als Tobias' Leiche bereits im Kofferraum lag, und sie nicht wussten, wie weiter. Als es dunkel war, schafften sie die Leiche zur Kanderbrücke und warfen sie ins Wasser. Anschliessend fuhr Bernasconi ins Erbschaftsamt, wo er den Abschiedsbrief verfasste und ihm ein Erinnerungsfoto aus Tobias' Schreibtisch beilegte. Den Brief deponierte er noch in der gleichen Nacht in Buchers Briefkasten, während Katrin Näf das Fahrrad zur Kanderbrücke brachte. Die Brücke, die ich alleine besucht hatte und bei der mir zum ersten Mal das kleine weisse Auto aufgefallen war. Ich selbst hatte mich Bernasconi und Näf geradezu auf dem Servierteller präsentiert mit meinen unvorsichtigen Nachforschungen.

«Tobias Bucher fiel auf, dass an gewissen Erbschaften etwas eigenartig war, und zwar immer bei Personen ohne Nachkommen», erklärte der Polizist, der mir das Geständnis zum Lesen gegeben hatte. «Erbschaftsfälle, in denen Bernasconi etwas zu gegenwärtig war, Bernasconi nahm die Testamente entgegen und so weiter und so fort. Nicht unzählige Fälle, so viele Personen ohne Nachkommen gibt es selbst in einer Stadt wie Bern nicht. Aber einige, über die Jahre verteilt. Bucher ging dem nach und wollte wissen, wer jeweils profitiert hatte. Bernasconi wurde vermutlich zum Verhängnis, dass er seine Halbschwester begünstigte, auch wenn sie nicht den gleichen Namen trugen. Die Betrüge liefen zuerst über eine Freundin und deren Tochter – da war es schwieriger, die Beziehung zu Bernasconi aufzudecken.»

«Aber wie ist es ihm gelungen, die Testamente zu fälschen?», erkundigte ich mich.

«Einem grafologischen Gutachten hätte keines der Testamente standgehalten. Aber Bernasconi machte sich zu Nutzen, dass die Testamente, weil keine Erben da waren, von niemandem genauer angeschaut wurden. In seiner Position hatte er alle Möglichkeiten, sich umfassend zu informieren über die Verwandtschafts- und Besitzverhältnisse der Personen. Er konnte sich Fälle aussuchen, bei denen wenig Risiko bestand.»

«Trotzdem, dass das möglich ist?»

«Wie gesagt, im Detail wissen wir noch nicht alles, und es scheint verschiedene Wege gegeben zu haben. In mindestens einem Fall hat er ein hinterlegtes Testament abgeändert, andere Testamente hat er nachträglich, nach dem Tod der Person, ins System eingeschleust. Die Testamente werden elektronisch erfasst, auf den Namen der Person. Wie ihm das gelungen ist, weiss ich nicht. Ich frage mich auch, wie er es schaffte, für so vieles selber zuständig zu sein, auch das wird er uns noch erzählen müssen. Immerhin besteht das Erbschaftsamt aus verschiedenen Abteilungen.»

«Gab es nicht in Österreich einen ähnlich gelagerten Fall? Testamente wurden während Jahren gefälscht und abgeändert, sodass sie zugunsten von Beamten ausfielen?»

«Ja», antwortete der zweite Polizist, der bisher schweigend daneben gesessen hatte, «wir nehmen an, dass sich Bernasconi vom Testamentsskandal in Vorarlberg inspirieren liess. Nur war die Sache dort viel grösser angelegt, eine Richterin, Beamte des

Grundbuchamtes, Anwälte, sie alle scheinen involviert gewesen zu sein. Bei Bernasconi handelt es sich um einen Einzeltäter.»

Als er das sagte, erkundigte ich mich nach Perren und erfuhr, dass er noch nicht verhört worden war. Die Polizei sei erst am Anfang ihrer Nachforschungen, wurde mir gesagt. Man hielt es nicht für unmöglich, dass Perren seine Anwaltspflichten verletzt hatte. Ihm hätte doch etwas auffallen müssen. Für einen Notar eine schwerwiegende Sache, um die sich der Notariatsinspektor zu kümmern hatte. Vorläufig interessierte sich die Polizei vor allem für die Morde. Was sie am meisten zu beschäftigen schien, war, dass Tobias' Tod bei ihnen als Selbstmord durchgegangen war.

Das geringe Interesse an Perren enttäuschte mich schon. Und AdFin als Käufer von Liegenschaften? Ausserdem hatte es ja auch die Einbrüche bei Juri und bei mir gegeben. Waren sie nicht interessiert an deren Aufklärung? Den ganzen Tag über fragte ich mich, wo Ricklin steckte. Ich erkundigte mich bei den beiden Polizisten, nicht nach Ricklin natürlich, sondern nach der Aufklärung der Einbrüche.

«Da wüsste Ricklin Bescheid», meinte der eine zum anderen, «weisst du, wo der ist?»

«In den Ferien», war die Antwort. Ich erfuhr, dass Ricklin auf Teneriffa war, und zwar allein. Eine Familie schien es nicht zu geben.

Wirklich geschockt war ich, als ich mich nach AdFin und nach Gussew erkundigte. Die beiden Beamten wussten gar nicht, von wem ich sprach. Es lag um Tage zurück, dass ich, gemeinsam mit Alexandre Pereira, der Polizei alle nötigen Angaben zu Gussew, zum Stick und zu den beiden fremdländischen Männern im Bad gemacht hatte. Offensichtlich war man der Sache noch nicht nachgegangen. Schuld daran war, mindestens zu einem Teil, dass Dubach, der Tramper, nicht aus Frankreich gekommen war. Er hatte sich nicht bei der Polizei gemeldet.

Mir zuliebe, damit ich Antworten auf meine Fragen erhielt, riefen die Polizisten einen weiteren Kollegen herbei. Ich hatte den jungen Mann in Uniform noch nie gesehen, aber er kannte meine und Pereiras Aussagen zu den Russen. Unsere Vermutungen bezüglich einer möglichen Täterschaft seien ja nun offensichtlich falsch gewesen, meinte er. Denn, falls Juri tatsächlich vor irgendwelchen Russen Angst gehabt hatte, so stand das, wie man jetzt wusste, in keinem Zusammenhang zur Tat.

Ich erfuhr, dass die Polizei heute Vormittag im Rahmen der Ermittlungen ein höfliches Gespräch mit Gussew geführt hatte. Gussew hatte verneint, Juri Salnikow persönlich gekannt zu haben. Den USB-Stick hatte er als sein Eigentum wiedererkannt und ausgesagt, er hätte ihn vor längerer Zeit verloren. Laut Gussew war der Stick, der private Erinnerungsfotos enthielt und ihm deshalb sehr wichtig war, wohl zufällig von Juri gefunden worden. Nach Rücksprache mit der Staatsanwaltschaft hatte die Polizei Gussew den Stick ausgehändigt, den sie als nicht relevant für den Mord ansah.

«Und die Russen, die Dubach, der junge Tramper, im Bad gesehen hat?»

Der uniformierte Beamte musste zuerst im Dossier blättern, bevor er mir antworten konnte. «Wir haben da Ihre Aussage, dass Ihnen das von diesem Dubach erzählt worden sei. Eine direkte Zeugenaussage haben wir nicht. Das ist wenig, und ausserdem ist es momentan von untergeordneter Bedeutung. Sie sagen, es waren noch zwei Männer im Bad. Das ist gut möglich, dass Juri am Anfang nicht allein, sondern in Gesellschaft ins Bad ging. Solche Details werden Teil unserer Ermittlung sein. Aber glauben Sie denn, das waren Mittäter? Zweifeln Sie an der Schuld von Bernasconi? Bernasconi hat ja selbst gesagt, dass Juri zum Tatzeitpunkt allein war. Wir haben sein Geständnis.»

Nein, ich glaubte nicht an Mittäter, nur an weitere Verbrechen, an andere Verbrechen. Aber ich sagte nichts, ausser dass ich Kopfschmerzen hätte. Meine Aussagen hatte ich längst gemacht, und ich durfte gehen.

Die schwere Eichentür des Polizeigebäudes war noch nicht hinter mir ins Schloss gefallen, als ich Lisa anrief. Ich erzählte ihr von der Aufklärung der beiden Morde und dass die Polizei nicht gegen Gussew ermittelte. Dass die Polizei ihm sogar den Stick zurückgegeben hatte.

Sie fluchte, sie fluchte so lange, dass ich schon fast vorne bei der Tramhaltestelle war, bis ein Gespräch mit ihr möglich wurde. Das Problem bestand darin, erklärte sie mir, dass damit auch ihre Kopie des Sticks unbrauchbar geworden war. Ihre Kopie war illegal, und sie hätte, im Verwendungsfall, auf das Original zurückgreifen müssen. Auf ein Original, das sich legal in unserem Besitz befunden hatte. Was der Fall gewesen war, solange das Original bei mir, als unschuldiger Finderin, oder bei den Ermittlungsakten der Polizei lag.

Auch ich hatte begriffen. Gussew und Jaschin, ihre Geschäfte und Transaktionen, ihre Verbindungen zu Lokalpolitikern und Anwälten, der Zweck der eigenartigen Wechselstube, die Tätigkeiten von AdFin, Perrens Verstrickungen, der Grund, weshalb Juri plötzlich Geld hatte. All das würde nicht wirklich Teil der Ermittlungen sein. Vorläufig jedenfalls interessierte sich die Polizei nicht dafür. Und später, falls etwas davon am Rand der polizeilichen Nachforschungen auftauchte, würde es zu spät sein. Trotzdem versuchte ich Lisa zu trösten.

«Es ist doch möglich, dass sie später, wenn sie die Unterlagen von Bernasconi und Perren genau unter die Lupe nehmen, auf Ungereimtheiten von AdFin stossen.»

«Perren wird vielleicht sein Anwaltspatent verlieren. Aber ob Gussew dann noch in der Schweiz sein wird, ist fraglich. Oder Jaschin, und wer immer sonst noch dahinter steckt», fluchte sie vor sich hin.

«Dann gib mir den Stick zurück», rutschte mir heraus, diese

Rechnung war noch offen. Daraufhin wollte Lisa das Gespräch beenden.

Während ich das Telefon in meiner Tasche verstaute, beschloss ich, sie notfalls wirklich unter Druck zu setzen. Illegaler Datenbesitz war die Kopie in den Händen von MROS, sie hatte mich selbst auf die Idee gebracht. Während ich mich als Privatperson und Finderin des Sticks kaum strafbar machte für eine in Unkenntnis der Gesetze angefertigte Kopie.

Ich war mir aber nicht sicher, ob sie ihn jemals wieder herausrücken würde.

Daran dachte ich, als wieder einmal ein Volvo zu den Zapfsäulen fuhr, mit dieser Automarke kannte ich mich inzwischen aus.

Der Volvo war weinrot, eine Frau sass am Steuer, sie tankte und verschwand, ohne einen Blick in Richtung auf unser Haus geworfen zu haben. Hatte ich nun als Ermittlerin versagt, oder war ich erfolgreich gewesen? Nicht erfolgloser als viele andere, was den Kampf gegen illegale Finanzgeschäfte betraf, nahm ich an. Dass weitere Nachforschungen, selbst mit Hilfe des Sticks, noch etwas bringen würden, bezweifelte ich. Allenfalls liessen sich über die Fotos Kontakte von ein paar Berner Politikern zu den Russen nachweisen. Aber was brachte das gross, solange Gussew als unbescholtener Geschäftsmann galt?

Und getäuscht hatte ich mich in der Analyse von Ricklins Einkaufskorb. Den Weight-Watchers-Käse ass er also alleine. Wichtig war das nicht, und Ferien auf Teneriffa sind nichts für mich.

Ich wusste jetzt, was mit Juri geschehen war. Das zählte. Das meiste wusste ich. Was ich nicht wusste, war, auf welcher Seite Juri eigentlich gestanden hatte. Woher kam das viele Geld, das Geld bei Juri und nun auch bei Bernasconi? Half Juri Geld waschen? Warum war Bernasconi zu unserem Rendezvous mit einem Sack voll Geld aufgetaucht? Warum hatte er nach Perren und den anderen gefragt? Dachten die Russen, Bernasconi habe Juri das Geld abgenommen? Dachte Bernasconi, ich sei von den Russen geschickt worden, um das Geld einzutreiben?

Den ganzen Tag über hatte ich gewartet. Auf eine Frage, auf diese eine Frage, die Frage nach der weissblauen Sporttasche aus Plastik. Sie war mir nicht gestellt worden. Dabei wäre ich heute vorbereitet gewesen, mit einer lupenreinen Lüge. So aber wollte ich erst einmal abwarten, vorläufig. Jedenfalls konnte ich mich über die finanzielle Seite meiner Ermittlungen nicht beklagen.

Etwas war mir noch nicht klar. Ich griff zum Telefon und rief Petar an.

Ich fragte ihn, ob er etwas von einem Koffer von Juri wusste. Einen Koffer, den Juri bei mir in Obhut gegeben hatte und der verschwunden war. Mit Briefen, mit Fotos, Andenken.

«Ja, natürlich», Petar schrie beinahe ins Telefon, «der Koffer ist bei mir! Ich weiss nicht, was ich damit tun soll. Wem soll ich ihn denn geben? Juri hatte keine Verwandten!»

«Wie bist du denn zu dem Koffer gekommen?»

«Die Botschaft hat ihn mir gegeben, mit der Bitte, Verwandte oder Bekannte ausfindig zu machen. Aber wem soll ich ihn denn geben? Juri war allein.»

Endlich verstand ich auch das. Juri hatte den Koffer nach Leukerbad geholt, wie ich von Pereira wusste, und natürlich war der Koffer, gemeinsam mit allen anderen Taschen aus Leukerbad, auf der Botschaft und schliesslich bei Petar gelandet. Warum bloss war ich nicht selber darauf gekommen? Petar war froh, als ich mich bereit erklärte, den Koffer zu übernehmen. Ich würde ihn behalten. Ein Andenken an Juri.

Robert Beyer

Barbara Lutz, 1959 in Dornbirn geboren, studierte Ethnologie in Wien und Bern. Arbeitete in verschiedenen Kontinenten, in der Entwicklungszusammenarbeit und Friedensförderung. «Russische Freunde» ist ihr erster Roman. Barbara Lutz lebt bei Bern.

Mit Dank an Renate für den Versand von Zeitungsartikeln und Lesen des Manuskripts, an Änni und Robert für ihre kritische Durchsicht und an Christina, Sarah, Aljona, Yvan und Marina.